O DESTRUIDOR
DE CORAÇÕES

VI KEELAND

CB005808

Título original: Worth The Fight
Copyright© 2014 por Vi Keeland
Copyright da tradução © 2014 por Editora Charme

Todos os direitos reservados. Nenhuma parte deste livro pode ser utilizada ou reproduzida sob quaisquer meios existentes sem autorização por escrito dos editores.
Esta é uma obra de ficção. Nomes, personagens, lugares e acontecimentos descritos são produtos de imaginação do autor. Qualquer semelhança com nomes, datas e acontecimentos reais é mera coincidência.

2ª Impressão 2017
Produção Editorial: Editora Charme
Tradutora: Andreia Barboza
Revisora: Ingrid Lopes
Modelo da Capa:© Peter Dichkov

Este livro segue as regras da Nova Ortografia da Língua Portuguesa.

CIP-BRASIL, CATALOGAÇÃO NA PUBLICAÇÃO
SINDICATO NACIONAL DE EDITORES DE LIVROS, RJ

S835i
Keeland, Vi
O Destruidor de Corações / Worth The Fight
Série MMA Fighter - livro 1
Editora Charme, 2014.

ISBN: 978-85-68056-03-5
1. Romance Estrangeiro

CDD 813
CDU 821.111(73)3

www.editoracharme.com.br

VI KEELAND

O DESTRUIDOR
DE CORAÇÕES

MMA Fighter - 01

Editora
Charme

"Algum dia, alguém entrará na sua vida e te fará entender por que nunca deu certo com ninguém antes."

Desconhecido

Este livro é dedicado ao meu "alguém".

UM
Elle

Eu queria acreditar que o meu passado não me segue como uma sombra em um dia ensolarado e da qual eu não consigo fugir. Eu tenho uma vida boa. Sou inteligente, tenho um bom trabalho, pernas longas, seios bonitos, e já me disseram, mais de uma vez, que o cara com quem eu saio é um ótimo partido. Então, por que é que, quando eu olho ao redor, procurando por William no restaurante lotado, parte de mim espera que ele tenha se levantado e ido embora? Quem, aos vinte e sete anos de idade, deseja levar um bolo? Aquela que vai continuar caminhando pela vida no piloto automático, a não ser que circunstâncias em minha vida perfeita forcem uma mudança. A perfeição é altamente superestimada. Eu sou uma personagem na minha história, passando pelos capítulos da minha vida como se fossem escritos por uma pessoa imaginária, quando eu deveria ser a autora.

Eu sou assim há muito tempo. Faço escolhas responsáveis. Minha vida é honesta e organizada e minha frequência cardíaca permanece constante. Gosto das coisas assim na maior parte do tempo. Eu deveria ter orgulho da forma como conduzo a minha vida. Mas a verdade é que, muitas vezes, sinto como se eu estivesse sufocando na minha vidinha superficial.

William chama a minha atenção, levantando a mão, e indica uma mesa no canto do restaurante. A mesma mesa que sentamos quase sempre. À mesma hora, no mesmo lugar, toda semana, semana após semana. Eu vejo duas garotas sentadas no bar, perto de mim, olhando para William e rindo. Seus queixos caem quando elas percebem que ele está acenando para mim e nem sequer as notou. Abro o meu melhor sorriso falso quando William, sempre um cavalheiro, levanta-se quando eu chego à mesa. Ele me beija no rosto e envolve o braço ao redor da minha cintura com um toque familiar.

— Desculpe, estou um pouco atrasada — faço meu discurso ensaiado, enquanto sento em meu lugar.

— Não tem problema, eu também acabei de chegar — William responde, e sei que é mentira. William Harper nunca se atrasa. Tenho certeza de que ele chegou aqui quinze minutos mais cedo e, como eu estou vinte minutos atrasada, ele está esperando há, provavelmente, mais de meia hora, mas ele jamais reclamaria.

— Você aceita uma bebida? — A atenciosa garçonete sorri para William, apesar de seu discurso ser dirigido a mim. Se eu fosse do tipo possessivo, seu flerte explícito provavelmente me irritaria. Mas eu não sou. Possessividade e ciúmes seriam reações emocionais, algo que eu passei anos trabalhando para conter.

— Eu quero uma vodca cranberry. Diet, por favor — Olho para William e noto que seu copo já está vazio. Eu sorrio por dentro, pensando em como eu conheço esse homem bem. Ele havia tomado a única dose de bebida que se permitia beber: uma vodca com tônica. Aquela dose habitual durava meia hora e então ele mudava para água.

— Só água para mim, obrigado. — William sorri para a garçonete e ela brilha com sua atenção. William Harper é um homem bonito. Você teria que ser cego para não enxergar a sua beleza. Alto, olhos azuis, cabelo loiro perfeitamente arrumado, e sempre vestido como se tivesse acabado de sair de um ensaio da revista GQ. Seus dentes são brancos, perfeitamente retos e deslumbrantes em seu sorriso perfeito. Ele vem de uma família respeitável e, com apenas vinte e sete anos, já é sócio da firma de advocacia de seu pai. Então por que, nesse momento, enquanto ele fala, eu vejo seus lábios se moverem, mas não consigo ouvir uma palavra do que ele está dizendo?

— Elle, você está bem? — William percebe a minha distância e sei que a preocupação em sua voz é genuína. Ele realmente é um ótimo cara, um bom partido, como dizem.

— Oh, eu sinto muito. — Finjo ter saído do transe. — Minha

cabeça ainda deve estar no caso que eu estava trabalhando — minto.

A resposta parece satisfazê-lo.

— Que tipo de caso?

Não demorou muito para que nós começássemos a conversar sobre trabalho; era sempre assim. Eu deveria ficar feliz porque tínhamos o trabalho em comum e ele entendia o que eu faço, mas nós praticamente só falamos sobre isso.

— É uma rescisão ilegal de contrato de trabalho — eu cito o primeiro caso que vem à minha mente. Felizmente, a garçonete volta, entrega nossas bebidas e pergunta o nosso pedido, dando-me mais tempo para pensar em algo interessante sobre o caso maçante que eu disse a William que estava pensando.

A garçonete se afasta e um casal mais velho se aproxima da nossa mesa.

— Você é Bill Harper Jr., certo? O filho do Bill? — O cavalheiro estende a mão com um sorriso amigável.

— É William, mas, sim, eu sou William Harper Jr. — Eu o ouvi corrigir dezenas de pessoas no decorrer dos últimos anos. Eu sempre me perguntei por que ele se incomodava tanto ao ser chamado de Bill ou Billy, a ponto de sentir a necessidade de corrigir as pessoas. Afinal, quando alguém usa um apelido, está querendo ser amigável, não é? William tem um jeito educado de corrigir as pessoas sem ser grosseiro. O engraçado é que eu me pergunto por que isso o incomoda, mas nunca perguntei.

Os dois homens conversam por um tempo e, em menos de dez minutos, William dá um cartão ao homem, sugerindo que ele faça contato, e o homem promete ligar para o escritório no dia seguinte. A maneira como ele faz isso não é desprezível como se fosse um trem de carga. William é suave e profissional. Isso, provavelmente, é natural para ele, já que seu pai, avô e irmão também são advogados.

Nós terminamos o jantar sem mais interrupções e nossa conversa é fácil e natural. Tem sido assim desde que nos conhecemos, no último ano da faculdade de Direito. Nós nos demos bem instantaneamente e o consideraria um dos meus amigos mais próximos, se não estivesse dormindo com ele uma vez por semana, pelos últimos dezoito meses.

— Aluguei *Possible Cover*. Eu estava esperando que você fosse para a minha casa, depois do jantar. — É a cara de William alugar o mais novo filme de ação, que ele provavelmente irá desprezar, só porque eu sou uma viciada em filmes desse gênero. William é um apreciador de filmes de arte e Woody Allen.

— Podemos deixar para uma próxima vez? — Vejo o rosto de William se retorcer ligeiramente. Esta é a segunda semana consecutiva que encerro o nosso encontro depois do jantar... e antes do sexo. — Eu tenho que estar no escritório às seis horas para me preparar para um depoimento. — Finjo decepção na minha voz quando mais uma mentira flui livremente pelos meus lábios.

Eu não tenho certeza se ele compra a minha desculpa ou se é apenas educado demais para me cobrar por isso. Mas não me importo. Não estou de bom humor hoje. Nos últimos meses, a nossa vida sexual se tornou um desafio para mim, porém, William não parece ter notado. Não é culpa dele também. Ele tem um bom equipamento e funciona bem, na maioria das vezes.

Mas, ultimamente, tenho tido problemas para conseguir chegar ao *meu lugar feliz* durante nossas noites juntos. Talvez isso fosse parte do problema. Se eu quisesse um *final feliz* com William, tinha que chegar lá por conta própria. Ele simplesmente não parece mais ser capaz de me fazer chegar lá, sem que eu tenha que agir. Então pareço ter me tornado uma daquelas mulheres que fazem sexo uma vez por semana e que precisam fingir. E não estou com vontade de fingir mais nada esta noite.

DOIS
Elle

Meus colegas de trabalho na Milstock & Rowe formam um grupo eclético de pessoas. William e eu fizemos estágio aqui no último ano da faculdade de Direito. Após a formatura, William foi trabalhar no escritório de advocacia do pai, na Madison Avenue, que foi inaugurado por seu avô, há mais de setenta anos. A empresa é bem estabelecida e atende a elite da indústria da publicidade. Leonard Milstock, um dos sócios da Milstock & Rowe, me ofereceu uma posição como colaboradora júnior ao final do estágio e eu alegremente aceitei.

William e eu não discordávamos muitas vezes, mas nós discutimos um pouco quando eu decidi ficar na Milstock & Rowe. Ele achava que não era um bom passo na carreira aceitar um emprego em um pequeno e desconhecido escritório. Mas eu estava confortável lá e Milstock me permitia fazer um trabalho que um associado júnior apenas sonharia que pudesse cair em suas mãos, em uma grande empresa. Essa era uma das vantagens de trabalhar em um escritório pequeno, e eu achei que compensaria o salário mais baixo e a falta de prestígio. William, por outro lado, achava que eu estava indo para o lado oposto na escalada do sucesso. Salário e prestígio estavam no topo das prioridades da carreira de William. Mas não na minha.

— Bom dia, Regina. — Sorri para a recepcionista ao entrar no escritório quinze minutos atrasada. Ninguém parece se importar com o fato de que estou eternamente atrasada, especialmente porque costumo ficar até muito depois das sete, quase todas as noites. Pontualidade não é o meu forte.

— William ligou e pediu para você retornar a ligação. Ele queria saber se a sua agenda está disponível para atender um cliente dele.

O DESTRUIDOR DE CORAÇÕES **11**

Droga. Agora ele sabe que o depoimento que eu disse que tinha de manhã cedo era mentira.

— Regina, você se importaria de pedir a Gigi para ligar pra ele de volta e verificar a disponibilidade na minha agenda? — Levanto minhas sobrancelhas para Regina, ela entende o que estou pedindo e sorri, animada por fazer algo por mim.

Regina é nossa recepcionista há quase um ano. Ela tem uns quarenta e tantos anos e tem oito gatos, além de muitos gatos decorativos em sua mesa. Por fora, ela parece uma mulher de meia-idade comum. Um pouco acima do peso, com calças que se ajustam até demais em seu grande traseiro, e costuma usar camisas de crepe estampado e sapatos baixos e confortáveis. À primeira vista, ela é uma mulher comum, quase uma dona de casa. Isto é, até que ela abre a boca.

Eu nunca conheci uma mulher, na minha vida, que tenha uma voz mais sexy do que a dela. Pensando bem, também não conheço nenhum homem que tenha uma voz tão sexy. O som que sai de sua boca é um ronronar de uma gatinha sexy, não um rugido de urso de pelúcia. Estou absolutamente, certa de que ela poderia ganhar um milhão de dólares por ano sendo operadora de sexo por telefone, ou a voz de audiolivros eróticos. Os homens ficam impotentes para negar qualquer coisa quando ela pede com sua voz sensual. Eu apelidei a mulher com a voz irresistível de Gigi.

Eu já solicitei a ajuda da deusa Gigi em mais de uma ocasião. Às vezes, para ligar para clientes que eu sabia que ficariam chateados com a necessidade de cancelar um compromisso de última hora. De alguma forma, quando Gigi ligava, com sua voz sexy, os clientes do sexo masculino recebiam a notícia muito melhor.

Ninguém no escritório sabe como Regina e eu nos conhecemos, muitos anos atrás. Todos provavelmente acham que ela é uma amiga da minha mãe, por sermos extremamente diferentes. Mas ela não é. Ela é a minha melhor amiga... a mulher que salvou a minha vida. Apesar de que, se você perguntar, ela vai dizer que eu salvei a dela. Quem sabe, talvez a gente realmente tenha salvo uma à outra.

Leonard Milstock é o meu chefe de setenta e cinco anos de idade. Eu só vi Frederick Rowe, a outra metade da Milstock & Rowe, uma vez. No entanto, o seu nome continua na porta e há rumores de que ele ainda recebe salário todo mês. Os dois eram melhores amigos desde a escola primária e parceiros desde antes de eu nascer. Aparentemente, o Sr. Rowe era *Felix*[1] e Milstock, o *Oscar*, que mantinha as coisas fluindo sem problemas no escritório. Mas ele se aposentou há alguns anos, devido à saúde frágil de sua esposa, e agora tudo o que tínhamos era a metade simpática da estranha dupla.

Entro no escritório de Leonard e tento encontrar uma cadeira sob as pilhas de arquivos desorganizados. Eu tiro três paletós da cadeira que tenho certeza de que estão lá há, pelo menos, dois anos, e os penduro quando Leonard começa a falar sobre o caso em que estamos trabalhando juntos. Enquanto ele fala, eu reorganizo todos os arquivos que tinham sido deixados entreabertos na cadeira e jogo fora uma dúzia de *Wall Street Journals* que estão lá há mais de um ano. Leonard ou não percebe a minha arrumação ou não se incomoda, porque não perde o pique e continua falando rapidamente, enquanto eu estou arrumando o lugar.

— Você vai ter que lidar com o depoimento, esta tarde — Leonard fala enquanto mastiga um cachorro quente apimentado que Regina entregou há poucos minutos, mesmo sendo só dez e meia da manhã.

— Claro, sem problemas. — Eu posso, mas estou surpresa de ele estar me pedindo para fazer. O depoimento da tarde é para um dos nossos maiores clientes e, geralmente, Leonard conduz e eu apenas acompanho. Leonard vê o questionamento escrito em meu rosto.

— Vou fazer uma angioplastia esta tarde. — Leonard faz o comentário como se tivesse acabado de falar sobre o tempo e não que ele iria passar por uma cirurgia cardíaca grave.

---

1 Referência a uma famosa peça da Broadway, chamada The Odd Couple, que conta a história de dois incompatíveis companheiros de quarto, o estressado Felix Ungar e o descontraído Oscar Maddison.

— Angioplastia? Você está bem?

— Sim, sim. Eu estou bem. Os médicos, hoje em dia, fazem muito barulho por nada. Ele provavelmente só me quer em cima da mesa porque seu filho tem um pagamento de propina a fazer.

— Isso provavelmente não tem nada a ver com o fato de você comer um cachorro quente apimentado todos os dias no café da manhã, não é? Não é porque você não tem tomado cuidado com o seu coração, não é? — Eu assumo uma posição de filha, dando sermão em Leonard, coisa que eu fazia nas raras ocasiões em que seus péssimos hábitos o impediam de prosseguir com seu trabalho.

— Ouça, mocinha. Quando você chegar à minha idade, vamos ver o quanto você se importa com o que come. Portanto, mantenha os pensamentos magros e saudáveis para si mesma e vá se preparar para o nosso cliente. Estou contando com você para agradá-lo.

Eu rio, sabendo que Leonard não está realmente com raiva, é só o seu jeito. Nós não somos melosos um com o outro, mas ele sabe que eu me preocupo com ele.

— Diga a Millie para me ligar quando você estiver todo remendado, ok? — Sim, Leonard Milstock se casou com uma mulher chamada Millie, o que faz com que ela se chame Millie Milstock. Eu teria ficado com meu nome de solteira, mas tenho certeza de que isso não era nem mesmo uma possibilidade quando se casaram, há mais de cinquenta anos.

— Tá bom, tá bom, chata. — Eu sorrio para o meu patrão e balanço a cabeça, vendo-o terminar seu último cachorro quente. Quando os médicos fizerem a cirurgia, eu tenho certeza de que vão encontrar pedaços inteiros de salsicha causando a obstrução em suas veias.

TRÊS

Elle

Poucos dias depois, Regina entra em meu escritório para avisar que William e o Sr. Hunter chegaram para a nossa reunião das onze. Claro, William está quinze minutos adiantado e eu... eu estou atrasada. Faço o possível para encerrar o caso em que estou trabalhando rapidamente. Eu reconheço que tenho me aproveitado de William ultimamente, quase desafiando-o a reclamar das minhas mentiras e atrasos. Mas ele não reclama. Ele não vai falar que pegou mais uma mentira minha na outra noite, quando eu disse que tinha que trabalhar muito cedo, e não tenho certeza se é porque ele não se importa ou porque é muito educado.

— Obrigada. Ah, Regina, você poderia, por favor, levá-los até a sala de reunião e dizer que vou encontrá-los em alguns minutos?

— Claro que sim, Elle — Gigi responde com sua voz de gata sexy, que, definitivamente, não pertence a Regina. Eu sorrio, imaginando se ela quer me deixar tranquila de que eles ficarão felizes por estarem esperando e ela irá acalmá-los ou se, talvez, o Sr. Hunter seja um cara mais velho de boa aparência que estimulou a aparição de Gigi.

Poucos minutos depois, vou até a sala de reunião, o que é uma surpresa, já que estou sempre muito atrasada. Na verdade, estou satisfeita comigo mesma por estar no horário. William e seu cliente levantam no momento em que eu entro e sinto uma súbita vontade de cumprimentar os dois, por algum motivo. Minhas mãos estão ocupadas com meu café, blocos de notas, celular e laptop. Eu nem sequer olho para os homens até que consigo colocar minha pilha sobre a mesa da sala de reuniões.

Regina entra na sala e ronrona:

— Posso pegar café para os senhores? — Nenhum sinal de

Regina; ela ainda está no modo Gigi.

Eu olho para William, meio que esperando encontrar uma carranca em seu rosto por Gigi estar sendo tão pouco sutil, mas ele está sorrindo para mim com seu comportamento amigável de costume.

— Elle, este é Nicholas Hunter. — William acena para o homem sentado ao seu lado.

Eu finalmente olho para o homem que estava sentado ao lado de William e fico assustada com o que encontro. O homem tira o ar dos meus pulmões. Ele é muito possivelmente o homem mais bonito que eu já vi. William, que está sentado ao lado dele, não deixa a desejar na aparência, mas este homem é tudo o que William não é. Pele bronzeada, profundos olhos verdes, cabelo escuro rebelde, e um queixo másculo e áspero que emoldura o homem que estende a mão para mim.

— É Nico, ninguém me chama de Nicholas, exceto esse cara — Nico faz um movimento para William com o polegar — e minha mãe. — Ele estende sua grande mão para mim. A minha mão pequena se perde na sua e parece que estou apertando a mão de um homem com uma luva de beisebol. Seu aperto de mão é firme e quente e ele olha diretamente nos meus olhos enquanto fala, com um sorriso um pouco arrogante no rosto. Eu sinto o calor se espalhar das nossas mãos unidas pelo meu corpo e partes de mim formigam quando o calor percorre o caminho até a minha área mais privada.

Nico. O nome sexy combina com o homem sexy. Não me passa despercebido o fato de que deve matar William ter que chamar o homem de Nico, sabendo que ele tem um nome formal mais condizente com as normas da boa educação. Mas acho que Nico corresponde ao homem diante de mim muito melhor do que Nicholas. Estou olhando para ele, não só porque ele é absolutamente lindo, mas porque sinto que o conheço de algum lugar. Até o nome é familiar: Nico Hunter. Tenho certeza de que o conheço, mas ele foi apresentado como Nicholas Hunter e esse nome não me lembra nada.

— Elle? — William chama a minha atenção de volta para ele. Espero que eu não esteja olhando por muito tempo. Será que eu estava de boca aberta? Isso seria rude.

— Nicholas, humm, Nico, tem um contrato de patrocínio que ele quer rescindir. O escritório analisou, mas pareceu bastante rígido para nós, então pensamos que talvez você pudesse aplicar o caso *Weiland* nele.

Interessante. *Weiland* foi um caso sobre o qual eu escrevi um artigo e que foi publicado no meu último ano da faculdade de Direito. Era algo bem inusitado, uma aluna ter publicado um artigo numa revista jurídica, por isso não estou surpresa por William lembrar do caso. O caso era sobre um atleta que tinha um contrato de patrocínio de três anos com uma empresa que vendia bebida energética que, mais tarde, fundiu-se com outra empresa. A outra empresa fabricava uma bebida que era comercializada para mascarar o uso de drogas para melhorar o desempenho. *Weiland* não queria ser associado a uma empresa que exaltava a possibilidade de mascarar substâncias dopantes em testes. Infelizmente, o seu contrato era totalmente fechado. Mas, com uma jogada genial de seu advogado, ao invés de alegar que um dos termos do contrato era inválido, coisa que o faria perder, eles processaram com base em uma violação da cláusula moral do contrato.

Então, Nico é um atleta? Isso não me surpreende, pela sua aparência. Ele é um homem grande e posso dizer que está em ótima forma, mesmo com um terno cobrindo seu corpo.

— Por que você não me conta a sua história, Nico?

Eu estou ansiosa para ouvir sua história, por algum motivo. É mais do que um caso em perspectiva; estou curiosa sobre o homem que está na minha frente.

Nico começa a falar que ele pratica artes marciais mistas. Eu realmente não sei o que isso implica, mas suponho que ele queira dizer que é um tipo de especialista em karatê. Enquanto ele fala, tento fazer algumas anotações, mas me pego olhando para ele, incapaz de mover os olhos para o papel para escrever. Ele fala olhando diretamente nos meus olhos e é ainda mais difícil

O DESTRUIDOR DE CORAÇÕES **17**

quebrar a troca de olhares. Eu esqueço que William está sentado ao lado dele. Não há ninguém na sala, apenas eu e o homem com profundos olhos verdes, que não me poupa da intensidade que suga a energia do meu corpo.

Regina entra na sala com café para nossos clientes, e eu sou grata pela interrupção quando Nico volta sua atenção para Regina para agradecer. Quando ele retorna sua atenção para mim, eu olho para cima, em direção a Regina, que está parada na porta, e, em seguida, olha entre Nico e mim e mexe as sobrancelhas sugestivamente. Eu finjo uma tosse para cobrir o meu sorriso com a mão e William me oferece a sua água. Sempre um cavalheiro.

Nico retoma de onde parou e eu tiro um instante para olhar seu rosto antes que ele prenda o meu olhar com o seu novamente. Eu noto uma pequena cicatriz acima do olho esquerdo e outra mais longa em sua bochecha direita. Elas são suaves, como se estivessem lá há anos, mas sua pele bronzeada dá um tom mais claro às cicatrizes, fazendo com que elas se destaquem mais do que o normal. As cicatrizes fazem seu rosto parecer ainda mais robusto e, de alguma forma, enfatizam a masculinidade de seu queixo talhado. O rosto pertence a um homem forte, um homem do qual eu não consigo desgrudar meus olhos por algum motivo.

William fala quando Nico termina e, finalmente, sua voz me faz lembrar que ele está na sala. Espero que eu não tenha ficado babando enquanto seu cliente estava falando. Tento me concentrar em William enquanto ele fala, mas meus olhos ficam vagando de volta para Nico, que me prende a todo momento. Eu noto uma ligeira contração no canto da boca de Nico, secretamente reconhecendo que fui pega.

Consigo voltar o foco para William quando ele começa a explicar como o caso Weiland poderia ser aplicado. Nico quer romper um contrato de patrocínio que está em vigor porque o fabricante utiliza trabalho infantil. O fato de que o homem está disposto a encerrar um contrato de milhões de dólares por uma causa tão nobre o torna ainda mais sexy para mim.

Depois de quase uma hora, William olha para o relógio e

começa a guardas as coisas. Nico pergunta a minha opinião sobre o seu caso e eu digo-lhe que preciso de uma cópia do contrato e algum tempo para fazer uma pequena pesquisa sobre a empresa antes que eu possa dar um parecer definitivo.

William concorda e fala:

— Será que podemos aproveitar nosso encontro na quinta-feira para discutir mais sobre o assunto?

— Umm, sim. — Eu pego Nico olhando para nós dois. Eu acho que ele está observando a nossa interação.

Nico aperta minha mão novamente e meu batimento cardíaco acelera com o simples contato. Ele não libera minha mão imediatamente. Em vez disso, ele usa a outra mão para fazer um movimento entre William e mim e pergunta:

— Vocês dois são um casal?

Eu respondo não ao mesmo tempo em que William responde sim. Eu olho para William e depois para Nico, que ainda está segurando a minha mão, e acho que noto um vislumbre em seus olhos que coincide com o sorriso no rosto. Ele está se divertindo com a nossa resposta, e eu não o culpo. Ele finalmente libera a minha mão e me sinto estranhamente desapontada por ele não estar me tocando mais.

Eu me viro para William e vejo que ele ainda está olhando em direção à minha mão que tinha sido segurada pela de Nico. Seu rosto parece aborrecido e confuso e me sinto mal pelo desrespeito que acabei de demonstrar a ele. Ele baixa a voz para mim:

— Eu vou te ver na quinta-feira?

Concordo com a cabeça, pensando que é melhor manter a conversa que preciso ter com ele em particular. Eu paro ao lado da mesa de Regina enquanto os dois seguem até a saída. Nico olha para trás no último segundo e sorri para mim. William não se vira.

Viro de um lado para o outro a noite toda, sem conseguir tirar a imagem de Nico Hunter da minha cabeça. O homem é absurdamente sexy e me incomoda o fato de eu não conseguir controlar meus pensamentos. Parece que só peguei no sono há dez minutos quando acordo com a música programada no despertador do meu telefone. Eu arrasto meu corpo ainda sonolento até o chuveiro e deixo a água fria cair sobre mim, na tentativa de me forçar a acordar. Depois de alguns minutos de tortura autoinfligida, ajusto a temperatura da água e fecho os olhos para relaxar no calor. Algo me atinge, então. Meus olhos se abrem, tentando forçar a imagem que apareceu vinda da escuridão da minha memória, sem aviso prévio.

Nico Hunter. Nico *"Destruidor de Corações"* Hunter. Eu estava lá na noite em que ele matou um homem. Foi a primeira e única luta que eu assisti. E agora, tudo isso vem à tona. Eu pensava naquela luta como luta livre, mas, pensando bem, lembro que chamavam de MMA, artes marciais mistas.

Meu padrasto é policial aposentado. Às vezes, ele trabalha como segurança em eventos esportivos. A maior parte dos policiais aposentados faz isso. Ele ganhou dois ingressos para um grande campeonato de luta de MMA, e os ofereceu para mim. Eu normalmente não iria, considerando o meu passado e como me sinto sobre assistir pessoas golpearem umas às outras, mesmo que seja consensual. Mas o meu irmãozinho Max é fã do esporte e eu fui a otária a levá-lo. Eu simplesmente não conseguia dizer não para um menino mimado de doze anos, que momentaneamente se esqueceu que deveria agir de forma descolada e ficou pulando para cima e para baixo como ele fazia quando tinha quatro anos.

A luta não durou muito, só dois rounds. Disso eu me lembro claramente. Durou, provavelmente, menos de dez minutos, no total. As festividades de antes da luta duraram uma hora a mais do que a luta em si. Nossos lugares eram bons, a apenas dez fileiras de distância do octógono. Lembro-me de recuar a cada vez que um dos homens dava um soco, mas eu não podia virar as costas. Fecho os meus olhos e vejo, imediatamente, o replay dos segundos finais. A maioria das pessoas acha que ter uma memória fotográfica é uma bênção, mas no meu caso é uma maldição. Sim, eu lembro de muitas imagens e expressões, mas também lembro de todas as coisas ruins que eu prefiro esquecer.

É como se eu tivesse acionado o play de um vídeo e estivesse assistindo aos últimos segundos da luta. Eu vejo Nico dar o soco, e então, assisto, em câmera lenta, quando ele vira a cabeça do seu adversário para o lado, com a força de dez homens. Ele cai no chão, com a cabeça mole, fazendo barulho antes mesmo de atingir a lona. A multidão que gritava silencia, e a equipe médica corre para dentro da gaiola, segundos depois de tudo acontecer.

Por mais horrível que seja ver toda aquela situação na minha mente, não é isso que me assombra. É o silêncio do lutador que caiu de joelhos quando percebeu que o homem não está vivo. Ele está destruído. Eu não consigo tirar os olhos do seu rosto quando o assisto quebrar em um milhão de pedacinhos. Eu deveria sentir pena do homem que acaba de perder a vida, mas nem sequer olho em sua direção. Estou obcecada pelo homem que nunca mais será o mesmo. Jamais. Eu sei que não. Sinto-me ligada a ele por um instante, parada no tempo.

Na minha mente, é meio-dia e a sombra do meu passado é o dobro do meu tamanho, elevando-se sobre mim. Eu não consigo escapar.

Quatro

Elle

Estou mais atrasada do que o habitual quando finalmente chego ao escritório. Ainda estou atordoada, tentando me recuperar do atraso, vendo meus e-mails e planejando o meu dia. Nico *"Destruidor de Corações"* Hunter. Eu não o conhecia antes da luta, mas esse era o seu nome. Lembro-me de vê-lo entrar no octógono e abrir um sorriso arrogante para a multidão. As mulheres foram à loucura. Não demorou muito tempo para eu descobrir o significado do seu nome. Lembro de sentir um choque quando vi o sorriso dele e aquele corpo... aquele corpo incrível.

A imprensa só falava no ocorrido, durante as semanas seguintes após essa luta. Ele era chamado de Nico *"Destruidor de Corações"* Hunter antes da luta, mas a imprensa retirou a parte *"de Corações"* do seu nome depois disso.

Estou digitando palavras no Google antes mesmo que eu perceba o que estou fazendo. As imagens gravadas na minha memória não são diferentes daquelas que aparecem na tela. O árbitro julgou que o golpe fatal foi limpo, mas isso não impediu a imprensa de fazer sensacionalismo com a história. Algumas semanas mais tarde, depois que a imprensa tinha seguido em frente, focando em qualquer outro assunto que viria a ser a matéria da vez, li uma pequena reportagem escondida na parte de trás do jornal, no meio das publicidades. O adversário de Nico tinha uma doença desconhecida na base da cabeça e era uma bomba-relógio ambulante.

Estou pronta para empurrar os pensamentos sobre Nico para as profundezas da minha mente e, finalmente, conseguir finalizar algum trabalho depois de mais duas xícaras de café. Já está no meio da tarde quando Regina me informa, cantarolando, que tenho um cliente na recepção, mas eu não tenho nenhum compromisso

O Destruidor de corações **23**

marcado na agenda.

Caminho até a recepção, o meu volumoso cabelo loiro-claro preso em um coque torto, no alto da cabeça, com dois lápis estrategicamente colocados. Eu paro de repente quando vejo Nico levantar do sofá da sala de espera e jogar uma revista sobre a mesa.

Sou surpreendida pela sua aparência, embora ele me pareça estranhamente familiar, depois de passar metade da noite e a maior parte da manhã em meu pensamento. Eu coloco minha melhor cara neutra e endireito a minha postura.

— Sr. Hunter, eu tinha um encontro marcado com você hoje? — Finjo que estou preocupada que eu possa ter esquecido um compromisso, mas não há a menor chance de eu me esquecer de qualquer coisa sobre esse homem nas duas vezes que o vi.

Ele dá dois passos para mais perto de mim, apenas uns dois centímetros e meio mais perto do que se poderia considerar espaço normal entre as pessoas. Mas eu reparo nele. Ele é mais alto do que eu, pelo menos, uns vinte centímetros, senão mais.

— É Nico, por favor. — Ele sorri e a sala parece menor, mais quente.

Eu sorrio de volta. Não tenho que fingir, é um sorriso verdadeiro. Estou feliz em vê-lo e não posso esconder isso, de qualquer forma. Eu não tenho ideia do porquê. Deveria estar apavorada, depois do que lembrei, mas não estou, por alguma razão. Estou curiosa sobre este homem. Eu aceno com a cabeça.

— Nico, em que posso ajudá-lo?

Ele sorri, é um sorriso malicioso, torto, que me faz pensar que o homem é brincalhão. Mas, caramba, se não é a coisa mais sexy que eu já vi.

— Me lembrei de uma coisa que acho que deveria ter dito e esqueci de mencionar ontem. Você tem alguns minutos?

Eu inclino minha cabeça para o lado e o observo. O que me atrai nele, que não me faz querer correr, mesmo sentindo o coração disparar através da minha blusa?

— Claro, vamos conversar no meu escritório.

Nico abre um sorriso vitorioso e é contagioso. Eu sorrio de volta e não sei ao certo por que estamos com o mesmo sorriso no rosto. Ele me segue pelo corredor e, quando viro para entrar no escritório, eu o pego com o olhar fixo na minha bunda. Ele ergue os olhos, assim que o pego em sua linha de visão. Uma reação normal seria ele ficar envergonhado por ter sido pego, mas não Nico. Ele sorri para mim, sem falsa modéstia. Em vez de achar grosseiro ou ofensivo, por alguma razão, isso me excita.

Sento-me atrás da mesa e Nico olha para a pequena cadeira localizada na frente da mesa e de volta para mim.

— Você se importaria se nos sentássemos lá? — Ele faz um gesto para o sofá atrás dele e percebo, pela primeira vez, que um homem do seu tamanho não caberia na delicada cadeirinha que fica em frente à mesa.

— Ah, claro, me desculpe. — Solto uma risada baixa. — Acho que essa cadeira não seria muito confortável para alguém do seu tamanho.

Nico para ao lado do sofá e espera eu sentar. Sento em uma extremidade e espero que ele sente na extremidade oposta, para que haja espaço entre nós, enquanto conversamos. Uma mesa, normalmente, preenche o espaço necessário para uma reunião de negócios, mas não há nenhuma nos separando no sofá. Nico não faz a coisa socialmente aceitável. Em vez disso, ele se senta próximo a mim. Não tão perto para nos tocarmos, mas próximos, como se estivéssemos em um teatro, um ao lado do outro.

Deus, está quente neste pequeno escritório, acho que não deveria ter fechado a porta. Eu levanto, ando até a janela e a abro. Volto para o sofá e Nico se vira para mim. Ele está tão perto que eu sinto o desejo de estender a mão e tocá-lo. Ele está me observando e tem um leve sorriso no rosto. Levanto-me novamente para pegar um bloco e uma caneta, e seu sorriso está mais amplo ainda, quando retorno; ele parece estar se divertindo. Ele deve perceber que estou inquieta. Estou me esforçando para fingir que ele não me afeta, mas afeta, por alguma razão.

O DESTRUIDOR DE CORAÇÕES **25**

— Então, Nico, o que você quer me falar? — Coloco minha caneta sobre o papel, preparada para fazer anotações, com a cabeça baixa. Estou determinada a não ser pega em seu olhar novamente.

Mas Nico espera em silêncio e não fala. Eventualmente, eu não tenho escolha a não ser olhar para ele para ver por que não começou a falar ainda. E ele prende o meu olhar quando olho para cima e sorri. Eu sorrio de volta, embora esteja ciente de que ele acabou de jogar comigo.

— Eu esqueci de te convidar para jantar ontem.

— Jantar? — Eu fico momentaneamente confusa.

Nico abre um sorriso diabólico e, imediatamente, sinto o desejo de beijá-lo no rosto. O que há de errado comigo? Eu sou tranquila, controlada e serena. Não uma colegial perturbada por estar perto de um menino bonito na sala de aula.

— Sim, jantar. Você come, não é? — Sua voz é uma mistura de divertimento e provocação.

— Umm — eu gaguejo momentaneamente. — Eu não posso.

Sua resposta é rápida, sinto como se eu estivesse em um depoimento e sou a única a depor.

— Por que não?

— Porque não seria correto.

— Você tem namorado?

— Não realmente.

— Então, por que não seria correto? — Nico abre seu sorriso torto e eu sei, antes que ele fale o que quer que seja, que será algo sedutor. — Eu acho que seria muito correto.

Seu sorriso torto me faz sorrir e eu perco a linha de raciocínio. Esse comportamento é muito diferente do meu habitual.

— É complicado. — Essas duas pequenas palavras assustam a maioria dos homens, mas aparentemente não Nico Hunter.

— Ok, conte-me sobre isso. Eu vou te ajudar a resolver a

complicação, assim nós podemos tirar isso do caminho. — Nico se inclina mais para trás, cruzando uma perna sobre a outra, ficando confortável para ouvir a história. Sério?

— Bem... você é cliente de William.

— E você disse ontem que vocês não eram um casal, certo?

— Nós não somos. — Estou sendo honesta, eu não penso em William como meu namorado. Namorado implica uma relação de verdade, mais do que apenas bons amigos que satisfazem as necessidades sexuais um do outro, de vez em quando. Mas a minha resposta não é totalmente sincera também. — Quero dizer, *não* realmente.

— Tudo bem. — Ele desdobra seus braços e os acomoda sobre os joelhos enquanto se inclina para frente. — Então, onde está a complicação? — Ele olha diretamente nos meus olhos por um minuto, antes de continuar. — No *não realmente*?

Eu coro, não tendo certeza se ele percebe o que estou dizendo ou não.

— Sim. — Prendo o seu olhar quando eu respondo, determinada a não recuar.

Nico me avalia e entende o meu embaraço. Isso emana de mim, mesmo eu conseguindo alcançar a minha profunda calma e personalidade fria e calculista. Parece que não consigo esconder dele o que estou sentindo, ele não permitirá isso, e não faço ideia de por que eu o deixei me controlar. Eu não consigo me controlar perto desse homem e isso me faz sentir exposta.

— Deixe-me te levar para jantar. Apenas jantar. Eu serei um perfeito cavalheiro. Palavra de escoteiro. — Ele levanta sua mão e três dedos.

Eu franzo a testa para ele.

— Você foi mesmo um escoteiro?

— Sim — ele diz a palavra sem convicção. Eu aperto os olhos e olho para seu rosto, com descrença. Ele sabe que eu posso dizer que ele está omitindo alguma coisa.

— Tudo bem, foi somente por um dia. Meu irmão e eu entramos numa briga e fui expulso na segunda reunião. Mas ainda conta. Eu fui um escoteiro.

Eu sorrio para ele, satisfeita pela sua confirmação, avaliando a sinceridade com que ele falou.

— Por quê?

— Por que o quê? — A confusão em seu rosto é evidente.

— Por que você quer jantar comigo?

Nico me observa demoradamente, avaliando e olhando o meu corpo, de cima a baixo, não fazendo qualquer tentativa de esconder seu ataque descarado. Ele me dá um sorriso de menino que tem uma ponta de conotação sexual, antes de ele falar:

— Além do óbvio de que você é linda?

Eu coro, mas me forço a ficar calada. Um bom negociador sabe quando se calar e deixar que seu oponente se contorça para preencher o silêncio.

— Você é inteligente, confiante e as pessoas à sua volta parecem adorar você. — Ele para e me olha; eu posso dizer que ele está decidido a continuar. — E quando eu olho nos seus olhos, vejo uma pequena centelha...

Ele faz uma pausa por um segundo. Eu olho para ele, mas continuo calada.

— E nas últimas vinte e quatro horas, tudo o que eu consegui pensar era no que seria necessário para transformar essa centelha em uma chama.

Puta. Merda. Eu o encaro por um longo momento. Minha mente está girando, mas eu já sabia da minha decisão, antes mesmo que ele falasse. Eu me levanto em silêncio, sinalizando o fim da nossa conversa. Nico levanta e se junta a mim, esperando pacientemente pela minha resposta.

— Está bem.

Ele sorri, e eu fico presa em seu charme pueril.

— Está bem? — Eu acho que realmente o surpreendi.

Eu sorrio de volta e levanto uma sobrancelha, desafiando-o a questionar a minha resposta.

— Sexta-feira, às dezenove horas. Me dê o seu endereço. Eu vou buscar você.

— Eu saio daqui às dezenove horas. Por que você não me pega aqui?

E foi assim que eu fiz planos para jantar com Nico *Destruidor de Corações* Hunter.

30   VI KEELAND

CINCO

Nico

— Você tem pensado sobre a luta com o Kravitz? — Preach está do outro lado do saco, esforçando-se para mantê-lo no lugar enquanto eu alterno entre chutes e socos. Ele tem estado incomodado em arrancar essa merda de mim há quatro meses. Já faz treze meses desde que eu saí da gaiola e hoje foi o primeiro dia que não acordei suando frio, revivendo aquilo, desde que aconteceu. Não! Em vez disso, acordei com tesão e a imagem de Elle sorrindo para mim, desafiando-me e me fazendo questionar o que a fez mudar de ideia sobre sair comigo. Tomei uma ducha fria, mas não ajudou porra nenhuma. Então, decidi descer para o centro de treinamento e começar mais cedo que o habitual.

— Nós vamos ter essa conversa de novo, Preach? — acerto o saco com uma série de golpes rápidos e pego Preach desprevenido, fazendo-o dar um passo para trás, para se firmar. Ele sabe muito bem que eu pretendia derrubá-lo de bunda no chão.

— Nós vamos ter essa conversa até você parar de ter pena de si mesmo e levar sua bunda de volta pra droga da gaiola.

Alterno para atacar com as pernas. Minhas pernas são mais fortes e eu sei que tenho uma melhor chance de derrubá-lo por trás do saco, com a força das pernas. Mas, porra, Preach está preparado para mim e sua postura nem sequer vacila. Ele provavelmente sabia o que eu ia fazer, antes de mim. É isso que acontece quando você permanece com o mesmo treinador há dez anos. Eles entram em sua cabeça e o conhecem melhor do que você. Eles têm que conhecer. Caso contrário, como é que mudariam os maus hábitos de seus lutadores?

— Eu não estou pronto. — Paro e me inclino, colocando as mãos nos joelhos para recuperar o fôlego. Eu já estou nessa há quase oito horas, mas Preach não sabe disso. Ele fica puto se eu faço mais do que seis horas por dia. Diz que o corpo do homem tem que descansar se ele quiser recomeçar, ou alguma merda do tipo. Ele chegou no seu horário habitual e presumiu que eu tivesse acabado de descer.

Eu vejo um vislumbre de esperança nos olhos de Preach quando estou de frente para ele. Sei o que ele pensa, que eu não disse não, hoje. Ele vê isso como um progresso. Tenho certeza de que ele aceitaria qualquer coisa neste momento. Eu sei que sou um teimoso de merda e não tenho me mexido para voltar para a gaiola nos últimos treze meses. Mas Preach me conhece. Eu ainda treino seis horas por dia, seis dias por semana. Lutadores não investem nesse tipo de tempo, a menos que estejam treinando para uma luta. Mesmo assim, alguns que estão treinando investem menos.

Eu não menti para Preach; ainda não estou pronto. Mas hoje eu acordei e vi um vislumbre de sol rompendo sob a nuvem que carrego comigo desde o ano passado. Eu não sei se isso vai dar em algum lugar, mas estarei preparado, se der.

SEIS

Elle

Olho-me no espelho, para a última roupa que escolhi e já a vesti, e decido que terei que usá-la. Eu já estou meia hora atrasada para o trabalho e ainda nem sequer saí do meu apartamento. Minha cama está com roupas espalhadas desordenadamente por toda parte. Devo ter experimentado umas dez roupas esta manhã. Sinto-me como uma adolescente. Eu nunca penso muito no que vou vestir para trabalhar ou para os meus encontros com William. Eu tenho roupas bonitas, e William e eu fazemos uma simples transição, do trabalho para o jantar. Ele tira sua gravata e o paletó e desabotoa seus dois primeiros botões. E eu tiro o meu terninho. Mas não estou me vestindo para William hoje.

Eu quero parecer sexy esta noite. Sei que não deveria me importar com o que visto para o jantar, que não é um encontro, com Nico Hunter, mas, no fundo, eu me importo. Eu vejo o desejo em seu olhar e isso me estimula. Gosto de ser a responsável pelo seu desejo, mesmo que eu não queira. Dou uma última olhada no espelho e fico satisfeita com o que vejo. Estou vestindo uma saia lápis de cor creme, que abraça o meu corpo e vai até poucos centímetros acima do meu joelho. Ela faz par com uma blusa rosa clara, completamente transparente, com uma camiseta nude por baixo. Pelo fato de a camiseta ser nude, não fica totalmente claro se eu estou usando algo por baixo, a não ser que se faça uma inspeção mais minuciosa. Eu complemento a roupa com saltos da mesma cor. Eles são mais altos do que os que eu costumo usar para ir ao escritório, mas, como são da cor da minha pele, não há nenhum intervalo da minha perna para o meu pé, o que faz com que as minhas pernas, já longas, pareçam ainda mais longas.

Recebo a reação que eu esperava quando entro no escritório, só que a reação vem de Regina e não do homem para o qual eu me vesti esta manhã.

— Você está sexy, Elle.

Sorrio para Regina. Estou um pouco envergonhada por me vestir para um homem, mas Regina é minha amiga e não vai me julgar.

— Obrigada, Regina. — Dou uma voltinha para ela, na recepção.

— Você vai fazer aquele homem abanar o rabo e ficar de língua de fora, pendurada no canto da boca, durante todo o encontro.

As palavras de Regina me fazem sorrir, mas então me forço a voltar à realidade.

— Isso não é um encontro. — Meu rosto está sério e eu uso a minha melhor voz de repreensão de advogada.

— Seja o que for. — Regina sorri.

— Não é. — Eu sei que ela está tentando não me aborrecer.

— Eu não vou discutir com você. Se você diz que não é um encontro, então não é um encontro. — O sorriso de Regina nunca deixa o seu rosto.

— Bom, porque não é. — Eu passo por Regina e sigo para o meu escritório. Tenho um milhão de coisas para fazer, e agora, devido à minha brincadeira de me vestir melhor esta manhã, eu tenho uma hora a menos para fazê-las.

Fico contente que todo mundo já foi embora quando Nico entra pela porta, pontualmente, às dezenove horas. Estou colocando os arquivos em cima da mesa da Regina quando pego um vislumbre dele na calçada, pela porta de vidro. Ele está vestindo calça jeans e camisa social e eu sinto a minha frequência cardíaca aumentar, enquanto ele caminha até a recepção. O homem é sexy. Não bonito ou charmoso, essas palavras são muito comuns para descrever o que ele é. Sexy. Sensual. Bruto. Todo másculo.

— Oi. — Ele abre aquele sorriso torto para mim e, por um segundo, eu sinto os meus joelhos fraquejarem. O homem me faz sentir como uma estudante adolescente. Eu não me lembro da última vez que me senti assim. Sim, eu me lembro, eu era uma adolescente.

— Oi. — Eu sorrio para ele. Juro que o sorriso dele é contagiante; só de vê-lo, a minha boca espelha a dele em resposta.

— Eu só preciso de um minuto para desligar o computador. — Nico assente e dou um passo em volta da mesa da Regina. A frente do balcão da recepção estava escondendo o meu corpo e eu ainda estou olhando-o quando ele pega o primeiro vislumbre da minha roupa. Eu vejo seu rosto mudar, e isso faz o meu dia, que foi totalmente corrido porque tive que compensar a hora que me atrasei esta manhã, totalmente valer a pena. Caminho pelo corredor até a minha sala e olho de relance para ele quando me viro para passar pela porta. Ele ficou me observando por trás enquanto eu andava. Ele não vê o sorriso no meu rosto quando entro no escritório para me preparar para sair.

Tranco a porta da frente e espero Nico me mostrar o caminho até seu carro. Mas, ao invés disso, ele caminha e para em frente a uma moto estacionada na calçada em frente ao prédio e me dá um capacete, com um sorriso diabólico. Fala sério! Quem busca um encontro em uma moto?

— Umm... Eu posso dirigir — ofereço, pensando que talvez ele não tenha carro. Vivemos numa cidade com um bom sistema de transporte público e, com o preço alto da gasolina, pode até ser prático ter uma moto em vez de um carro.

— Você já andou antes?

— Não.

— Você está com medo? — Ele parece realmente preocupado que eu possa estar.

— Não. — Na verdade, não estou, embora eu provavelmente devesse estar.

Ele sorri e lá vou eu de novo, respondendo na mesma moeda.

— Bom, então suba.

Eu olho para a minha saia e de volta para Nico. Seu rosto está sorridente. Ele coloca o seu capacete e naturalmente joga a perna por cima da moto, sentando-se como se tivesse feito isso milhares de vezes.

Ele se volta para mim e espera, seu sorriso ainda no lugar. Eu balanço a cabeça para ele e coloco o capacete antes de sentar de pernas abertas, cuidadosamente, no banco de trás, de modo a não dar, a qualquer um que esteja passando, a chance de testemunhar um show. Tenho certeza de que o ouço dar uma risada.

Eu não tenho certeza do que fazer quando estou na parte de trás da moto. Sinto-me estranha. Deixando espaço entre nós, descanso minhas mãos nas costas de Nico, as palmas perto de seus ombros. Nico toma a bolsa das minhas mãos e a enfia no alforje[2], que eu nem tinha notado que tinha ali.

— Chegue para frente. — Eu vou.

— Envolva seus braços em volta da minha cintura e segure firme. — Eu hesito por um segundo, mas faço o que ele diz. Segurança em primeiro lugar, certo?

— Coloque esses sapatos sexy nas pedaleiras e não os mexa. Nem um pouquinho.

Está bem, agora consegui ficar um pouco nervosa. Penso na possibilidade de perguntar a ele o que poderia acontecer se eu mexesse meus pés, mas meu pensamento passa rápido quando ele se afasta do meio-fio e eu me encontro passando os braços ao redor da sua cintura, em um aperto de morte.

Após alguns minutos, começo a relaxar. O tráfego pesado já passou e está uma bela noite de verão. O vento bate no meu rosto e me sinto revigorada. Livre. Eu solto o meu aperto de morte da cintura de Nico, e estendo as mãos ao redor de seu abdômen. Pela primeira vez, estou relaxada o suficiente para realmente sentir o que está sob as minhas mãos. Músculos sólidos. Não apenas firmes e em forma como os de William, mas o tipo de músculos que são rasgados. Volumosos. Profundamente definidos. Eles são

---

2   É um tipo de bolsa, usada na lateral de motos e bicicletas.

relevos sob sua carne e eu quero passar minhas mãos neles para explorar melhor. Mas eu não o faço.

Nós desaceleramos à medida que entramos em um bairro que eu não reconheço. Eu nunca estive em um restaurante nesta área. William e eu tendemos a nos ater aos mesmos restaurantes, explorando outros novos ocasionalmente, que ele encontra quando uma nova edição do Zagat[3] sai, a cada ano. Avançamos lentamente até quase parar na frente do que parece ser um armazém e eu observo quando um portão de garagem de metal se abre. Parece uma entrada de carga e descarga, mas Nico conduz o moto por debaixo do portão que está subindo devagar e depois começa a fechar atrás de nós.

Ele desliga a moto e tira o capacete. Eu sigo o seu exemplo.

— Onde estamos? — pergunto, olhando ao redor do ambiente desconhecido. Estamos em uma garagem, há um grande SUV, de cor escura, estacionado ao nosso lado e algumas bicicletas penduradas nas paredes da lateral.

— Na minha casa. Bem, tecnicamente, estamos no centro de treinamento, mas moro no loft no andar de cima.

Eu olho para o SUV ao meu lado enquanto faço o meu melhor para descer da moto de forma elegante. Não é uma tarefa fácil de realizar.

— Esse SUV é seu?

Os lados da boca de Nico viram para cima em uma pitada de um sorriso diabólico.

— Sim.

Ele pega o meu capacete, entrega a minha bolsa, e faz menção em direção à porta.

— Vamos lá, vamos fazer uma rápida excursão antes de subirmos. O jantar está no forno, mas nós ainda temos um tempinho.

---

3   É um guia de restaurantes e de entretenimento nas principais cidades norte-americanas, com destaque para a cidade de New York.

Ainda estou absorvendo que ele está fazendo o jantar e não vamos a um restaurante, quando sinto a sua mão na parte inferior das minhas costas, conforme ele começa a me conduzir para a parte principal do edifício. Sua grande mão ocupa metade da parte inferior das minhas costas e eu posso sentir a minha pele por baixo de sua mão chamuscar. Os pelos na parte de trás do meu pescoço se levantam por conta própria e meu corpo vibra pelo seu simples toque. Eu acho que ele nem percebe a minha reação.

Nico aciona um interruptor e a enorme sala que entramos entra em foco. Tudo aquilo foi, provavelmente, um armazém no passado. Mas agora é uma academia moderna, de última geração. Há aparelhos de ginástica em uma metade do espaço e na outra metade tem o que parece ser dois grandes ringues de boxe.

— Uau. Isto é realmente interessante. Não parece em nada com a minha academia.

Nico ri.

— Eu duvido que qualquer um dos meus clientes se pareça com qualquer pessoa da sua academia, também.

Eu olho confusa para Nico e ele explica.

— Isso é um centro de treinamento para lutadores, Elle. É repleto de homens com tatuagens e testosterona enfurecida. Eu odiaria ver o que aconteceria por aqui se você entrasse neste lugar vestida como você, provavelmente, vai para a academia. — Nico balança a cabeça e ri.

Oh. Não sei ao certo se eu deveria ficar ofendida ou tomar as suas palavras como um elogio, então eu escolho a última opção.

Depois de mais alguns minutos, entramos em um elevador de carga e Nico puxa para baixo uma porta de metal. Ele insere uma chave no painel de controle e o elevador sobe lentamente. Nico ergue a porta e sua mão volta para a parte inferior das minhas costas, enquanto ele me conduz para fora do elevador e para dentro do loft. É enorme, quase tão amplo quanto o andar de baixo.

Pelo menos a metade do andar é um grande espaço aberto. De um lado, há uma cozinha moderna, com elegantes eletrodomésticos em aço inox. Há uma enorme ilha e bancadas em granito brilhante, que modernizam os armários de madeira escura embaixo delas. A sala de estar ocupa a outra metade do andar e tem o maior sofá modular que eu já vi. Aposto que o sofá pode comportar dez homens. Reparo que está estrategicamente posicionado em frente a uma grande TV de tela plana e eu imagino um bando de caras sentados, assistindo lutas. Um perfeito apartamento de solteiro, mas muito agradável.

Meu nariz capta um cheiro e fico surpresa.

— Peito de frango à francesa?

Nico sorri para mim enquanto caminha até a cozinha.

— Muito bom.

— Estou impressionada. Você sabe cozinhar? — Nunca pensei sobre isso antes, mas, nos anos em que eu tenho me encontrado com William, ele nunca, nenhuma vez sequer, cozinhou para mim. Eu nem tenho certeza se ele sabe cozinhar.

— Não fique tão surpresa. Eu sou muito bom nisso, se assim posso dizer. — Nico caminha até o forno e checa o jantar.

— Você cozinha com frequência? — Estou tão curiosa sobre este homem.

— Eu tenho que cozinhar, faz parte do esporte. Você não consegue se manter em forma e comer porcaria, então precisa aprender a cozinhar coisas saudáveis muito rápido, se quiser levar a luta a sério.

Eu assinto, faz sentido. É quase impossível manter uma boa dieta quando você vive comendo em restaurantes. Eu deveria saber. A única opção é salada, que é como eu tenho me mantido magra, mas um homem com a aparência de Nico precisa da ingestão de muitas calorias, mais do que uma salada poderia fornecer.

— Você ainda luta? — Eu nem sequer penso antes que as palavras saiam da minha boca. Talvez ele não goste de falar sobre isso. Lembro-me do jornal dizendo que ele tinha se aposentado depois do que aconteceu, mas ele era, definitivamente, mais jovem do que qualquer que seja a idade normal para lutadores se aposentarem.

Nico me diz que o jantar está pronto e serve toda a refeição: salada, legumes e o prato principal. Noto que ele não respondeu a minha pergunta, e eu não tenho certeza se foi intencional ou apenas o momento.

Permanecemos à mesa por um longo tempo depois de comermos. Eu o provoco sobre como ele é doméstico e ele brinca comigo sobre o quão dependente de comida para viagem eu sou. Ele ri quando eu digo que chamo pelo primeiro nome, pelo menos, cinco entregadores. Nossa conversa flui naturalmente e o tempo passa rápido. Muito rápido. Eventualmente, nós nos transferimos para o sofá e nossa conversa se volta para como ele entrou no MMA. Nico me diz que é o caçula de quatro meninos e que foi criado por sua mãe solteira, que trabalhava em dois empregos.

— Eu tive a minha bunda muito chutada. Minha mãe estava no trabalho à noite e meus irmãos estavam lutando, grande parte do tempo.

Eu rio ao pensar em Nico tendo sua bunda chutada.

— Jura? Eu não posso imaginar como seus irmãos se parecem, então.

Nico ri.

— Eu sempre fui grande para a minha idade. Quando eu tinha oito ou nove anos, minha mãe advertiu meus irmãos de que um dia eu seria maior e mais forte e ainda me vingaria pelos anos que eles conspiraram contra mim. Eu não acho que eles esperavam que esse dia chegasse quando eu tinha apenas doze anos.

— Quantos anos seus irmãos mais velhos tinham quando você estava com doze anos?

— Temos todos dois anos de diferença. Então eles tinham quatorze, dezesseis e dezoito anos.

— Você era maior do que o de dezoito, aos doze anos de idade?

— Eu não sei se eu era maior do que ele naquela época. Mas

eu podia lutar melhor. Eu lembro do dia em que isso aconteceu também. Joe, o de dezoito anos, chegou em casa e eu estava bebendo em seu copo.

— Seu copo? Ele tinha o seu próprio copo?

Nico ri.

— Parece pior do que é. Mas sim, ele tinha um copo e nenhum de nós estava autorizado a beber nele. Eu costumava usá-lo quando ele não estava em casa, despejava leite e mergulhava os meus biscoitos nele.

— De propósito?

— Sim, de propósito. Eu gostava de usá-lo quando ele não estava em casa; isso me dava uma satisfação secreta. — Nico sorri e balança a cabeça, percebendo o quão tolo ele parece por ter tido a satisfação de usar o copo de outra pessoa. — Mas um dia ele chegou em casa mais cedo e me pegou. Lutamos como sempre fazíamos. Nós quebramos a mesinha de centro e a mesinha lateral lutando pela sala. Mamãe costumava ficar irritada quando quebrávamos os móveis. Mas depois que rolamos por um tempo, eu consegui prender sua bunda no chão.

Eu sorrio, observando Nico contar a sua história com tanto carinho na voz. Eu nunca ouvi ninguém falar de lutar com tanta reverência. Para mim, a luta sempre significou ódio, violência e coisas tão feias. Mas, por incrível que pareça, quando Nico fala de seus irmãos, ele faz parecer que isso é derivado de amor e beleza.

Nico se levanta.

— Que tal uma taça de vinho?

— Claro, eu adoraria.

Nico me traz uma taça de vinho, mas nada para ele.

— Você não vai beber?

— Eu não bebo quando estou treinando. — Ele senta ao meu lado no sofá, muito mais perto do que antes. Minha perna toca a sua sem querer quando eu me inclino para frente para colocar a minha bebida na mesa e, quando eu olho para trás, Nico está olhando para as nossas pernas, onde elas se encontram. Ele me observa olhar para ele e traz seu olhar de volta para o meu. Fico hipnotizada enquanto ele olha nos meus olhos e então lentamente seus olhos caem para a minha boca, por um longo momento. Eu posso dizer que ele está se forçando a voltar o olhar para o meu, contra a sua vontade, quando seus belos olhos verdes se focam nos meus. Seus olhos se dilatam nesse momento e minha respiração engata quando vejo o meu próprio desejo refletido de volta para mim.

— Ah. — Eu engulo em seco. Do que estávamos falando? Beber. Beber durante o treinamento. — Você está treinando para uma luta?

Algo diferente passa pelo seu rosto com a minha pergunta, e eu não sei ao certo o que é.

— Não realmente. — Nico pondera por um segundo. — Mas se você perguntasse ao Preach, ele daria uma resposta diferente. — Ele ri. O clima mudou e não tenho certeza se estou decepcionada ou aliviada.

Eu encosto e tomo outro gole do meu vinho.

— Preach?

— Ele é o meu treinador.

Eu espero por mais, mas não sai nada.

— Por que Preach acha que você está treinando para uma luta, se você não está?

— Porque ele pensa que me conhece melhor do que eu mesmo.

— Ele conhece? — Nico fica surpreso com a minha pergunta. Eu observo enquanto ele pensa antes de responder. Eu gosto que ele simplesmente não cuspa uma resposta. Ele parece considerar cuidadosamente as suas palavras.

— Talvez. Eu estou com ele desde os meus quinze anos. Ele me conhece muito bem.

— Ele começou a te treinar quando você tinha quinze anos?

— Não, não no início. Quando eu tinha quinze anos, minha

mãe perdeu seu segundo emprego, então o meu tio me arrumou um trabalho em um centro de treinamento para que eu pudesse ajudar. Preach me contratou para limpar e segurar o saco pesado, enquanto os lutadores treinavam. Numa tarde, o cara que costumava atuar como sparring não apareceu e eu pedi a Preach para me deixar substituí-lo. Eu era bom no bloqueio de chutes, com os meus três irmãos, por isso não foi difícil pegar chutes com as almofadas. Fiquei fazendo isso por pouco tempo, até que um dos seus melhores lutadores, que eu achava um idiota arrogante, me acertou com um golpe baixo enquanto estávamos treinando e isso me irritou, então eu bati nele de volta. Acabei chutando sua bunda e o resto é história. Preach começou a me treinar depois disso.

Passamos as próximas horas falando sobre o meu trabalho e a família de Nico. Quando ele finalmente me levou de volta para casa, já tinha algumas pessoas fazendo cooper ao amanhecer. A noite fluiu sem esforço, sem quaisquer momentos desconfortáveis, até estarmos na frente do meu prédio.

Nico estaciona a moto e me ajuda a descer, sem liberar a minha mão quando eu já estou fora. Ele permanece perto, olha para mim e eu acho que ele vai me beijar. Mas, em vez disso, ele se inclina para baixo até eu sentir a sua respiração no meu pescoço. Todo o meu corpo responde e me inclino contra ele, ainda que levemente, mas é o suficiente para o meu corpo roçar contra o seu peito firme.

Sua boca está tão perto do meu ouvido que envia arrepios para a minha espinha. Eu quero tanto que ele me beije, mas não quero querer que ele me beije. Suas palavras são um sussurro no meu ouvido quando ele fala:

— Eu adoraria ver você novamente. Me avise quando o *não realmente* se transformar em um *não* de verdade.

Meu corpo está quente de estar tão perto dele. Estou decepcionada que ele não me beijou, mas, ao mesmo tempo, aliviada. Ele está certo por me lembrar sobre William. Nico libera a minha mão, que ele ainda está segurando, e eu sorrio para ele antes de virar para ir embora. Dou alguns passos para longe dele e me viro para trás.

— Por que você me buscou em uma moto, se você tem um SUV na garagem?

Nico olha para baixo timidamente e depois eu vejo o sorriso torto arrogante, que me derrete de alguma forma.

— Eu queria sentir seus braços em volta de mim, com força.

Está certo. Droga. De. Resposta. Ele manteve a palavra durante a noite toda e foi um perfeito cavalheiro. Eu sorrio para ele e começo a virar para ir embora, mas meus pés me levam de volta na direção contrária; eles parecem ter vontade própria. Eu preciso senti-lo mais uma vez. Corro os quatro passos que me levam de volta até ele. Nico não se move, ele ainda permanece de pé e me observa atentamente. Esperando. Eu me estico e pressiono os meus lábios firmemente nos dele e a eletricidade que vinha ameaçando o meu corpo durante toda a noite explode em plena potência. Explosão. Derretimento. Abalo. Ele me domina. Nós consumimos instantaneamente um ao outro. Nico envolve seus braços em volta da minha cintura, nossos corpos pressionados firmemente um contra o outro, mas nenhum de nós é capaz de se aproximar o suficiente. Seus braços estão me apertando com força; não há a menor chance de eu conseguir escapar, nem se eu quisesse. Mas, definitivamente, eu não quero.

Quando finalmente interrompemos o beijo, nós dois estamos ofegantes. Nico inclina sua testa na minha e eu recupero fôlego suficiente para falar.

— Eu queria sentir os seus braços em volta de mim, com força, também.

Nico sorri com as minhas palavras e me viro para ir embora. Eu realmente não quero ir embora, mas sei que, se eu não fizer isso, não serei capaz de fazer tão cedo. Subo as escadas sentindo seu olhar na minha bunda a cada passo e meus quadris dão um show quando balançam com entusiasmo renovado. Eu abro a porta e olho para trás, para encontrá-lo me observando, e não me envergonho de deixá-lo saber disso. Eu fecho a porta e me apoio contra ela. O que diabos eu estou fazendo?

SETE

Nico

Acordo todos os dias às cinco da manhã. Bem, exceto hoje. Eu tive uma noite de sono de merda, e meu corpo é uma massa de frustração reprimida. Mantive minha palavra por toda a noite. Mesmo que tudo o que eu quisesse fazer fosse pegá-la, levá-la para o meu quarto, me enterrar nela e a reivindicar como minha. Então ela me beijou. Sei que eu poderia ganhar ainda mais, depois daquele beijo. Mas não quero uma noite com Elle. Eu quero mais. Não faço ideia do porquê, mas eu quero. Caralho, muito, muito mais.

No trajeto de volta para casa, ontem à noite, eu recuperei o meu controle. Argumentei com a minha ereção, até que, finalmente, ela entendeu o meu estado. Quem diria que você pode argumentar com a porra de um pau duro. Acho que eu nunca tentei. Eu só cuidava dele, fazendo o que ele queria que eu fizesse.

Mas então, entrei no meu apartamento e senti o cheiro dela. E todo raciocínio saiu pela janela. Eu não conseguia dormir com um tubo de aço nas calças, então tomei um banho frio. Não ajudou em nada. Portanto, fiquei bem acordado, com uma ereção. Eu virei e revirei na cama, com a imagem de Elle na cabeça, sorrindo para mim. Zombando de mim por ter sido tão bobo.

O zumbido constante da campainha, no andar de baixo, me faz lembrar o quão atrasado estou. São quase seis horas. Eu aciono o elevador para subir, levanto a porta e encontro Vinny de pé, ali. Eu posso jurar que o garoto cresceu durante a noite. Aos treze anos, ele tem pouco mais de um metro e oitenta e três de altura. O garoto será uma força da natureza, mais cedo ou mais tarde.

— Que porra é essa? — O garoto espertinho tem a coragem de olhar para mim e falar desse jeito. Ele me faz lembrar eu mesmo nessa idade, e me forço a disfarçar um sorriso. Não posso deixar que ele pense que sou conivente com seu desrespeito.

— Olha o linguajar — eu digo severamente.

Ele revira os olhos e parece um adolescente de novo.

— Quem você é, minha mãe?

Se eu fosse a mãe dele, ainda estaria alta da noite anterior. Destruída, com quem quer que fosse o perdedor do dia. Um perdedor diferente a cada dia, mas é sempre a mesma história. Ela fode com ele para conseguir ficar alta por oito horas. Ele poderia disparar água sanitária em sua veia. Da última vez que a vi, ela estava tão desesperada, que talvez tivesse sido melhor se alguém realmente lhe desse água sanitária. Acabaria logo a angústia dela. O garoto poderia ficar melhor a longo prazo.

— Não, eu não sou sua mãe. Mas posso chutar sua bunda com uma mão nas costas, então demonstre um pouco de respeito, seu merdinha.

— Então você pode xingar, e eu não?

— Eu sou adulto.

— Hipócrita.

Esfrego as mãos no rosto, perdendo a paciência depois da minha falta de sono.

— Desça e faça oito quilômetros de esteira. Se sobrar tempo, antes da escola, a gente treina, boca grande.

Vinny resmunga, mas rapidamente começa a voltar em direção ao elevador. Quando comecei a treinar com Preach, tudo o que eu queria fazer era aprender os movimentos. Eu também odiava cardio, era como um castigo para um garoto que estava em um mesmo ambiente que um bom treinador.

Faço calmamente o shake de proteína para mim e para Vinny, antes de descer para o centro de treinamento. Eu sei que não deve ter comida em sua casa. Algumas dessas crianças só permanecem na escola porque sabem que podem conseguir uma refeição grátis por lá.

Vinny está encharcado de suor, correndo rapidamente no limite máximo na esteira. Eu sorrio ao passar por ele. Eu teria feito a mesma coisa. Quanto mais rápido você termina com o cardio, mais rápido vai para a luta.

— Preach disse que você talvez lute com Kravitz. — Vinny me dá uma esquerda rápida e eu facilmente varro suas pernas enquanto ele tenta se reequilibrar do seu erro.

— Você está se expondo. Apoie-se. Fixe suas pernas. — Eu estendo a minha mão e puxo Vinny, colocando-o de pé.

— Então, é verdade? Você vai voltar para a gaiola?

— Pare de bisbilhotar como uma garotinha e me derrube. — O garoto precisa se concentrar. Além disso, não tenho uma resposta para dar.

Vinny avança e tenta um takedown[4] com um double leg[5]. O garoto está, definitivamente, se tornando mais explosivo.

— Nariz pra cima. Costas retas. Mais uma vez.

Ele dispara, eu vacilo por um segundo, mas não caio. Um dia, criança. Um dia.

Vinte minutos depois, ele está encharcado e eu estou aquecido para o dia.

— Corra para o banho. E tome rápido. Você tem vinte e cinco minutos para chegar à escola. Se eu descobrir que você está atrasado, na próxima semana serão dezesseis quilômetros na esteira e não haverá tempo para treino, não importa o quão rápido você corra.

Vinny reclama, mas corre a toda velocidade para o chuveiro. A criança quer isso muito. Eu só espero que seja o suficiente para se manter limpo de toda a tempestade de merda que ronda a casa dele.

---

4 Também conhecido como *quedar,* que é derrubar o adversário.

5 Também chamado de *baiana.* É quando o atleta abraça as duas pernas do adversário. Depois de abraçá-las, o atleta pode fazer com que o adversário perca o equilíbrio empurrando as pernas para o lado, levantando, e empurrando o corpo do adversário.

— Até segunda-feira, Nico. — Vinny passa correndo por mim com sua mochila balançando no ombro. Eu assinto e ele se vai. Sai pela porta, após um banho de trinta segundos. Sorrio sabendo que ele fez isso para chegar na escola a tempo. Eu pego o telefone e ligo para o meu irmão para atualizá-lo sobre o seu aluno. Ele é um garoto de sorte por meu irmão ter um ponto fraco por lutadores ou ele o teria expulsado da última vez que encontrou Vinny batendo em um garoto três anos mais velho do que ele, na escada. Mas, em vez disso, deu a ele um lugar para canalizar as brigas que estava causando nos corredores. Sim, o garoto teve sorte quando eles designaram seus professores.

Oito

Elle

— Sal, da delicatessen, ligou para saber como Leonard estava se sentindo. Os negócios devem estar em baixa, com ele ausente há quase uma semana — Regina fala sorrindo, quando eu lhe entrego o menu para pedir o nosso almoço.

— Ele provavelmente está com medo de que nós o processemos por danos, depois que ele o alimentou com aqueles cachorros quentes apimentados fatais, todos os dias, durante esses anos todos. Você sabe o quanto tem de gordura e colesterol nessas coisas?

— Você sabe quem me parece que ele não come qualquer gordura, de modo algum? — Regina mexe as sobrancelhas sugestivamente e fala em sua melhor voz de gatinha sexy.

— Bela mudança de assunto. Acho que você pode mudar o rumo de qualquer conversa para algo sobre Nico Hunter, ultimamente. Deveria ter sido advogada. — Eu rio da mais recente obsessão de Regina.

— Você me culpa por estar abismada? — Abismada, quem usa essa palavra?

Eu suspiro, voltando o pensamento para o nosso beijo, ontem à noite. Não, eu certamente não culpo Regina por estar *abismada*. Acho que aceitei jantar com Nico para que eu pudesse encontrar alguma coisa de errado nele e conseguir tirar o seu sorriso letal da minha cabeça. Mas a noite de ontem só piorou as coisas. Não encontrei uma única coisa para me ajudar a empurrar os pensamentos impertinentes da minha cabeça. Na verdade, de fato, encontrei mais coisas que tornou difícil parar de pensar nele.

— Você vai me contar como foi o seu encontro ou eu preciso te levar para a sala de reuniões, para um depoimento formal?

— Por que é que você nunca pergunta sobre meus encontros com William, Regina?

— Porque não quero ficar entediada.

— Regina! — Elevo minha voz, a repreendendo.

— O quê? — Ela sorri para mim, sabendo que não estou realmente enfurecida. É uma amizade ímpar, mas a parte do meu relacionamento com Regina que eu principalmente valorizo é o fato de ela ser tão honesta quando conversamos.

— O que faz você pensar que meus encontros com William são entediantes?

— Não são? — Regina sorri intencionalmente.

— William é um cara legal.

— Eu não disse que ele não era.

É minha vez de suspirar. Regina está certa. Meus encontros com William são entediantes. Legais, tranquilos, mas entediantes. Mas isso é bom para mim. Não preciso de uma montanha-russa emocional, já tive o suficiente para a vida toda.

Eu não saio do escritório antes das vinte e duas horas. Estou lidando com meus processos e ajudando com os de Leonard, enquanto ele ainda está ausente. Eu me mantive ocupada durante toda a tarde e até tarde da noite, após o almoço com Regina. Não quero pensar sobre Nico. Ele é o que eu não preciso. Eu deveria estar pensando em William. Ele é o tipo de homem que eu deveria estar. Ele é estável, honesto e trabalha duro. É bom para mim e se preocupa comigo. Então, por que são os pensamentos sobre Nico que me mantêm acordada? Eu viro de um lado para o outro na cama por horas, até que finalmente estou exausta o suficiente para deslizar para a terra dos sonhos.

Um grito me acorda pela manhã. Estou petrificada. Incapaz de me mover após o som angustiante. Levo quase um minuto para perceber que fui quem o deu. Estou gritando e não consigo parar. O sonho está de volta. Não é realmente um sonho, é um pesadelo. Embora pesadelos sejam frutos da imaginação de uma pessoa, então acho que o que me acordou não foi um pesadelo... foi a realidade. Minha realidade. Minha memória. Meu passado.

Já se passaram seis anos desde a última vez que acordei com o tormento que assombrou meu sono por tantos anos. Eu não posso acreditar que isso está começando de novo. Levei anos para fazê-los ir embora.

Eu sempre acordo no mesmo lugar, no pesadelo. O punho se conecta com sua cabeça e ela tropeça para trás e bate na geladeira. Duramente. Seus olhos rolam na parte de trás de sua cabeça e seu corpo desliza para baixo em câmera lenta. Ele a está realmente machucando desta vez... e parece que não terminou com ela, ainda. Ele se inclina para baixo, com o punho puxado para trás, pronto para bater em seu corpo sem vida. Uma rajada de bala. É tão estrondosa que dói a minha cabeça. O som agudo deixa meu ouvido zumbindo. Faz com que eu estenda a mão e o cubra. Eu nunca imaginei que um som poderia machucar. Sinto como se meus ouvidos estivessem sangrando.

Minhas mãos estão sempre cobrindo meus ouvidos quando eu volto a mim. O som é tão real que me acorda. Toda vez é tão real como na primeira vez. A visão nunca se dissipa.

NOVE

Elle

Mergulho de cabeça no trabalho até o ponto de exaustão, por dois dias, sem parar. Acho que, se eu me desgastar o suficiente, vou estar cansada demais para sonhar. Se isso interrompe ou não os sonhos de virem, o importante é que eles não vêm nas próximas noites, de modo que eu não questiono o porquê.

Meu celular vibra e eu estico o braço para pegá-lo. Perdi a noção dos dias.

Jantar amanhã à noite? Estou com saudade.

William sempre confirma o nosso encontro no dia anterior. Mas eu estou surpresa por ele ter acrescentado que está com saudade. Nós não falamos sobre os nossos sentimentos. Nós gostamos da companhia um do outro. Nós conversamos sobre trabalho. Nós comemos em bons restaurantes. Fazemos sexo. Se não fosse pela parte do sexo, eu classificaria que William e eu temos uma grande amizade. Mas o sexo começou a nos por levar por um caminho para algum lugar, embora eu não faça a menor ideia de para onde estamos indo. Eu nem tenho certeza de que William quer sair do que temos. Não conversamos sobre isso. Nós simplesmente caímos na rotina e isso funcionou para mim, por um longo tempo.

Acho que encontramos uma bifurcação na estrada e preciso tomar uma decisão. Realmente seguir em frente com William ou iniciar uma nova direção. Já fiquei estagnada por muito tempo.

Na mesma hora, no mesmo lugar?

Eu sei qual será a resposta dele, antes de aparecer na minha tela.

Sim. Ansioso por isso.

Mentalmente, eu me estipulei um prazo final. Sou melhor sob pressão. Amanhã à noite, vou romper com William e vou com tudo para o que comecei com Nico. Não dá para jogar com os dois e fazer jogo duplo. Realmente não me parece que os dois podem ser misturados.

DEZ
Nico

O nosso jantar mensal na casa do meu irmão é sempre caótico. Há corpos rolando pelo chão, móveis virados de cabeça para baixo e a televisão está ligada, mas ninguém está assistindo. Quando éramos mais novos, minha mãe sempre dizia que esperava que tivéssemos uma casa cheia de meninos para se vingar pelo que a fizemos passar. Eu olho ao redor para os sete moleques que meus três irmãos geraram e sorrio, pensando que minha mãe conseguiu o que queria.

— Você quer uma cerveja? — Joe, meu irmão mais velho, pergunta à medida que ele abana a fumaça de churrasco que permanece na frente do seu rosto. Todos nós já dissemos a ele, mais de cem vezes, para diminuir a temperatura na grelha para não acabar em uma nuvem de fumaça que pode se transformar em um grande incêndio, mas o maluco nunca ouve.

— Nico não bebe quando treina. — Preach caminha atrás de mim e dá um tapa no meu ombro enquanto fala.

As sobrancelhas de Joe sobem rapidamente.

— Por que você não me contou que finalmente decidiu voltar à gaiola? Já era hora de você parar de sentir pena de si mesmo e voltar ao trabalho.

— Eu ainda não decidi voltar para a gaiola. — Dou um olhar desagradável a Preach e ele sorri para mim. Ele sabe que está desencadeando pelo menos uma hora de lição de moral com os meus irmãos e ele não se importa nem um pouco.

— Oh. Você ainda treina seis dias por semana? — Joe vira os hambúrgueres enquanto fala e eu vejo as chamas começarem a aumentar mais do que o normal.

O DESTRUIDOR DE CORAÇÕES **55**

— Sim.

— Bem, ou dá ou desce, cara. — A esposa de Joe, Lily, aproxima-se e grita para reduzir a chama e ele relutantemente a ouve.

— Não é assim tão fácil, Joe, e você sabe disso.

— Claro que é, cuzão. Você abre a porta da gaiola e avança por ela. Então, você chuta o cagão idiota de pé, no outro canto do octógono.

— Oh, isso é tudo o que se faz? Por que você não disse antes? — Sarcasmo escorre da minha voz. Eu bebo de uma só vez a garrafa de água e olho para o meu irmão.

— Talvez eu devesse chutar o seu traseiro para você se aquecer. — Joe soa quase como se achasse que ele realmente pode.

Eu sorrio para Lily, que anda por trás de Joe e lhe entrega um prato para os hambúrgueres que ele acaba de massacrar para a gente. Ela revira os olhos para a ameaça do marido.

— Acho que você já teve a sua chance, querido.

Joe se vira para a esposa.

— Você acha que eu não aguento mais esse bonitão?

Lily dá um tapinha no peito do marido, condescendente com ele.

— Claro que aguenta, baby. — Lily volta a sua atenção para mim. — Nico, tem alguém do trabalho que eu gostaria de te apresentar. Que tal você vir próximo fim de semana para um churrasco e eu a convido? — Lily olha para o prato, enquanto Joe termina de enchê-lo com hambúrgueres grelhados. — Pensando bem, eu vou cozinhar. — Ela pisca para mim.

Normalmente, eu sou aberto a conhecer mulheres. Eu nem sequer faço as perguntas típicas que as pessoas querem que sejam respondidas quando é oferecido um arranjo. Eu sempre fui um homem de oportunidades iguais, eu gosto delas de todas as formas e tamanhos.

— Posso confirmar com você depois, Lily? Eu meio que conheci alguém.

Lily está surpresa com a minha resposta.

— Você quer dizer que você está vendo alguém *exclusivamente*? — ela enfatiza a palavra exclusivamente como se a ideia fosse estranha para mim.

— Ainda não.

— Bem, o que está te impedindo?

— Ela está.

— Por que você não recorre ao seu habitual charme de conquistador como sempre faz? — Lily está meio que brincando com seu comentário.

— Porque essa você tem que merecer.

Lily balança a cabeça e murmura algo que não consigo escutar, enquanto se afasta, rindo.

— Merda, mano, você está ferrado. Você tem que conquistar a sua garota.

Preach traz o assunto "Kravitz" à mesa de novo e eu aguento outra meia hora de reprovação constante e xingamentos dos meus irmãos. É a primeira vez que estou pensando seriamente em voltar para a gaiola, em muito tempo. Mas Preach está me enchendo o saco, colocando meus irmãos do lado dele, então não digo a eles o que pretendo. Vou deixá-los sofrerem um pouco mais.

ONZE

Elle

Enquanto dirijo até o restaurante para encontrar William, eu lamento ter concordado com um jantar tão cedo. Dois dias não era tempo suficiente para resolver a minha cabeça. Estou mais confusa agora do que estava há alguns dias. Fiz uma lista mental das razões que eu deveria ficar com William. Ele é o sonho de toda mãe, alto, bonito, gentil, inteligente, bem-educado e bondoso. Eu até tentei fazer a mesma lista de razões pelas quais não deveria ficar com William, mas, depois de horas tentando pensar em algo, esse lado da página ainda está vazio. No começo, achei que fosse Nico nublando o meu julgamento sobre William, mas então percebi que eu estive acomodada com William desde muito antes de Nico Hunter colocar os pés dentro do meu escritório. Talvez eu só precisasse me empenhar mais em tudo o que William é e no que eu tenho com ele.

Como de costume, William está sentado à mesa de sempre, quando eu entro. Ele está surpreso de eu ter chegado no horário. Sorrio para ele, mas me esforço mais do que o normal. Talvez isso não seja tão difícil de fazer. O olhar em seu rosto demonstra que ele está feliz em me ver também. Ele diz que estou linda, conforme beija a minha bochecha e me dá um caloroso, mesmo que rápido, abraço. Ele é um bom homem e sei que será um bom marido e bom pai, algum dia.

Nós pedimos as bebidas e William segura a minha mão por cima da mesa. É um pouco fora do seu normal. Demonstração pública de afeto não é algo que ele goste, o que sempre foi bom para mim. Ele acaricia com seu polegar, suavemente, a parte de cima da minha mão. Eu olho para onde as nossas mãos estão unidas e vejo quando seu polegar traceja para frente e para trás. É uma sensação... que sensação é essa? Boa. Confortável. Uma que não faz as batidas do meu coração acelerarem. E, definitivamente, não faz os pelinhos da parte de trás do meu pescoço se arrepiarem.

Meu celular vibra e me desculpo para verificá-lo. Eu minto que estou esperando uma ligação de Regina. Estou apenas protelando. Esperando um sinal de qual é a decisão certa, no último momento do meu prazo autoimposto.

Eu não consigo parar de pensar em você.
Nico.

Meu pulso acelera e sinto minhas mãos começarem a suar. Eu finalmente percebo que todas as listas que fiz não me ajudam a decidir, porque elas eram sobre William e o meu problema não é William. Sou eu. Eu não sinto o que deveria sentir por ele, não importa o quanto eu queira.

Coloco o meu celular de lado e não respondo a mensagem de texto. William estende a mão para segurar a minha de novo e eu a puxo de volta. Desvio o olhar da mesa e olho para William. Ele vê exatamente o que estou pensando. Ele é um bom advogado, sabe como ler as pessoas, especialmente eu. Finalmente, paro de enrolar e tomo a minha decisão. Mesmo que Nico não seja a pessoa certa para mim, William também não é e eu não estou sendo justa com ele.

Vinte minutos mais tarde, estou de volta ao meu carro. É claro que William foi um perfeito cavalheiro quando eu disse que não podia mais vê-lo. Não estou certa se ele simplesmente não se perturbou ou se ele é bom em esconder as suas emoções. De qualquer forma, vou à luta esta noite. Eu vou colocar o meu lado emocional para fora, pela primeira vez em muito tempo. Estou com medo, mas, ao mesmo tempo, animada.

Dentro do carro, pego o meu celular para responder a Nico, mas, em seguida, guardo-o e decido tentar a sorte. O restaurante fica a apenas dez minutos da casa de Nico. Dirijo com a cabeça nas nuvens, pensando no que vou dizer quando eu chegar lá. Ele não consegue parar de pensar em mim. Eu não consigo parar de pensar nele. Aonde isso vai me levar, eu não sei ao certo, mas talvez eu possa realmente tentar. É a primeira vez que *eu quero* tentar.

Estou feliz e animada durante toda a viagem para a casa dele. Mas quando eu chego, fico subitamente nervosa. Penso em ficar sentada no meu carro por alguns minutos e recuperar a compostura, mas sei que estou enrolando e, se eu demorar muito, pensando demais, provavelmente vou embora. Eu vou fazer isso. Caminho rapidamente até a porta, toco a campainha e espero. Longos minutos se passam e estou prestes a dar meia-volta e me acovardar quando a porta se abre.

— Você esqueceu a sua chave? — Nico está abotoando a calça enquanto fala e não olha para cima imediatamente. Seu cabelo está molhado e ele está sem camisa e sapatos. Fico em silêncio e não me mexo. Meus pés estão presos no chão quando eu olho seu peito nu, pela primeira vez.

— Elle? — Nico olha para cima e me encontra ali parada, ao invés de quem ele estava esperando.

Abro a boca para começar a falar, mas uma voz atrás de mim me pega de surpresa. Uma voz de mulher.

— Oi. — Eu me viro. Ela é linda. A mulher atrás de mim é sorridente e bonita. Meu peito aperta e sinto um enorme nó na garganta. Então, ela se vira para Nico. — Você vai ficar aí parado, ou vai ser um cavalheiro e pegar as embalagens para que eu não as deixe cair?

Nico pega as sacolas e a mulher se vira para mim.

— Às vezes, você tem que acertá-lo na cabeça para conseguir com que ele se recupere. — Ela sorri e inclina a cabeça para o lado, avaliando-me. — Eu sou Lily.

A náusea me invade. Eu não parei para pensar que Nico poderia ter companhia quando decidi vir sem avisar. Eu sorrio, desculpando-me com a mulher que ainda está sorrindo para mim. Estranhamente, ela não parece incomodada com o fato de uma mulher estar de pé na porta dele, quando ela chega com as compras em seus braços.

Sentindo o vento me nocautear, respondo tão alto quanto consigo, mas ainda sai apenas um pouco mais alto do que um sussurro.

— Sinto muito. Eu deveria ter ligado antes. — Eu olho para Nico e então para Lily e rapidamente viro para ir embora. Estou constrangida e quero correr para casa e desmoronar com privacidade.

Antes que eu possa dar o primeiro passo, Nico agarra meu braço.

— Elle, espere. Não vá. — Ele parece confuso. Quero encolher e me enfiar em um buraco qualquer.

— Elle? — a mulher pergunta e eu olho para ela, parecendo tão confusa quanto Nico deve estar parecendo.

Eu olho de volta para Nico, para onde ele segura o meu braço, e de volta para cima, em seu rosto.

— Está tudo bem, de verdade. Eu devia ter ligado. Desculpe-me por ter interrompido. — Eu olho para Lily, me desculpando, e então de volta para Nico.

Algo passa pelo rosto de Nico. Um olhar de entendimento e ele sorri para mim. Há um brilho em seus olhos e ele parece se divertir. De repente, o meu constrangimento se transforma em irritação porque ele não liberou meu braço e ele acha o meu desconforto divertido.

— Elle. — Nico espera até que eu o olhe e ele tenha a minha atenção antes de continuar. — Esta é minha cunhada, Lily. Ela só estava entregando algo. — Ele se vira para Lily e fala. — Até logo, Lily.

— Eu poderia ficar mais um pouco — Lily oferece... e ouço um sorriso em suas palavras, mesmo não virando para olhar para ela.

Nico, sem virar para Lily, fala com ela.

— Tchau, Lily.

Lily dá um sorriso e vira-se para ir embora. Ela dá alguns passos, mas depois se vira de volta para falar mais uma coisa.

— Estou indo. Mas é melhor você levá-la para o jantar do mês que vem.

Nico balança a cabeça e sorri para mim, enquanto dá um passo para o lado.

— Entre.

Nós caminhamos pelo centro de treinamento escuro e entramos no elevador que leva ao seu loft. Nico estende o braço para puxar o portão para baixo e observo como os músculos de suas costas ondulam quando ele se estica. Cada centímetro de suas costas é definido e duas grandes tatuagens cobrem cada ombro.

Após o portão atingir o chão, Nico vira e me pega observando suas costas. Há paixão em seus olhos, que me faz perder o fôlego pelo jeito que ele olha para mim. Ele dá um passo em minha direção e para, mas não se vira para a frente do elevador. Ele dá um segundo passo, fechando a distância entre nós quase que completamente. Meu instinto é dar um passo atrás, para manter a segurança do meu espaço pessoal, mas não dou. Eu permaneço firme, levanto o olhar e o encaro. Meu coração bate tão alto que eu tenho certeza que ele pode ouvi-lo.

Nico, lentamente, inclina a cabeça e a enterra perto do meu pescoço. Seus braços estão ao seu lado, ele não me toca, mas está no meu espaço. Ele inala profundamente e eu sei que ele está capturando o meu cheiro. Há algo incrivelmente erótico no jeito que ele inspira profundamente, como se precisasse me absorver em cada sentido dele. Quando ele fala, sua voz é gutural e baixa, seu hálito quente acaricia o meu pescoço e envia um arrepio da espinha até as pontas dos meus dedos dos pés.

— Você está aqui.

Eu olho para ele.

— Estou. — Minha voz é fraca, mas, pelo sorriso no seu rosto, posso dizer que ele me ouviu muito bem.

— Isso significa que *não realmente* é um *não*, então? — Seu rosto agora está sério.

— Pergunte de novo. — Eu sorrio para o belo rosto que está imponente sobre mim, invadindo o meu espaço pessoal.

— Você está saindo com alguém?

— Não. — Minha resposta é assertiva.

— Sim. Você está.

Fico confusa.

— Estou?

— Eu não compartilho, Elle.

— Oh. — Oh, meu Deus.

Minha pulsação acelera quando ele, lentamente, abaixa a cabeça e encosta os lábios nos meus, sempre suavemente. A delicadeza do seu toque me faz querer puxá-lo para mim e grudar minha boca na dele para eu ter certeza do que realmente está acontecendo. Mas não o faço. Estou muito fascinada por esse homem e quero ver o que ele fará em seguida.

Nico puxa a cabeça um pouco para trás, mas não sai do meu espaço pessoal.

— Vamos tentar de novo. — Ele procura o meu olhar antes de continuar. — Você está saindo com alguém, Elle?

— Sim?

Nico sorri.

— Você não parece muito segura da sua resposta, querida.

— Você vai me beijar de novo, se eu acertar?

A minha resposta o diverte e ele pende a cabeça, rindo.

— Uma advogada. Você negocia tudo?

Eu paro e penso antes de responder:

— Negocio.

Nico sorri da minha resposta sincera. Seus olhos se fecham e ele encosta sua testa na minha.

— Deus, você tem um cheiro tão bom.

Nunca vi um corpo como o dele tão de perto, antes. Algo assim não parece real. Ambos os braços são cobertos por tatuagens; parece que ele está vestindo mangas coloridas, só que sem camisa. Elas se entrelaçam e envolvem o seu volumoso bíceps e sinto o desejo de traçar o caminho desde o primeiro traço de tinta até o último com a língua. Meu corpo reage a ele de forma diferente de tudo o que já senti antes. Esses sentimentos são diferentes de tudo o que estou acostumada, eles parecem vir do nada e são incontroláveis.

Um lado do lábio de Nico ondula ligeiramente, como se ele estivesse se divertindo com o meu olhar. Ele me entrega uma taça de vinho sem perguntar se eu quero, e aceito porque preciso dela para me acalmar. Eu estou aqui, olhando este homem maior do que o normal, e de repente estou sem palavras.

O vinho não pode se infiltrar na minha corrente sanguínea rápido o suficiente. Metade da taça se foi em um longo e pouco feminino gole.

— Com sede? — Eu olho para ele e encontro um vislumbre de diversão nos olhos de Nico, misturado com outra coisa. Acho que ele sabe que estou tentando me acalmar e me remexo em meu assento, no sofá, enquanto ele permanece ali de pé, parecendo tão não afetado.

Ignoro a pergunta dele e coloco a taça em cima da mesa, ao meu lado. Eu sou treinada para dirigir uma conversa. Posso retomar o controle aqui, é o que eu faço. Empurro o pensamento de querer lamber seu corpo nu para fora da minha cabeça e forço meus olhos a permanecerem focados em seu rosto áspero.

— Então, me conte alguma coisa sobre você, Nico Hunter. O que gosta de fazer quando não está treinando?

Ele ergue uma sobrancelha sugestivamente e parece ainda mais satisfeito. Sinto meu rosto corar com apenas esse gesto simples. Em vez de limpar minha cabeça, ele agora me tem pensando sobre o que ele gosta de fazer. E eu sinto a necessidade de me ventilar quando uma visão dele fazendo aquelas coisas invade a minha mente.

Nico ri e dá alguns passos para fechar o espaço entre nós, sentando ao meu lado no sofá. Ele tira uma mecha de cabelo do meu rosto, empurrando-a suavemente atrás da minha orelha. Há um brilho diabólico em seus olhos, porque ele sabe o que está fazendo comigo. Ele desliza uma grande mão atrás do meu pescoço, colocando-o com facilidade na palma da sua mão, e seu polegar fica na parte da frente, no oco do meu pescoço, acariciando lentamente, em pequenos círculos.

Sem pensar, eu levanto minhas mãos e toco seu peito nu e meus olhos se fecham com a sólida sensação de calor sob os meus dedos. Eu sinto o ritmo da sua respiração enquanto seu peito sobe e desce rapidamente e eu nem sequer percebo que minhas mãos começam lentamente a se mover, sentindo cada linha de músculo rígido de seu peitoral, parando um pouco acima de seu umbigo. Não há um grama de gordura nesse homem, em qualquer lugar, e tenho a vontade de enfiar minhas unhas e marcá-lo. Isso é totalmente fora do normal para mim; esse sentimento vem de algum lugar profundo. Um lugar para o qual eu cortei o acesso há muito tempo.

Nico coloca um dedo embaixo do meu queixo, forçando o meu olhar até seus olhos. Meus joelhos parecem geleia e meus lábios se separam quando eu olho em seus belos olhos verdes. Eu vejo o reflexo da minha necessidade e tenho que apertar as coxas para cessar o formigamento entre as minhas pernas, mas não consigo me mexer. Ninguém nunca olhou para mim do jeito que ele olha. Sinto uma batalha silenciosa no meu íntimo e sei que alguma coisa mudou em mim para sempre. Eu nunca vou ser capaz de voltar ao confortável e agradável depois de sentir o que quer que esteja queimando entre nós. Isso me assusta pra cacete e me atrai ao mesmo tempo.

Observo quando Nico fecha os olhos e os reabre alguns segundos depois. Eu posso ver que ele está se segurando, e me sinto fraca, por não ter forças para fazer o mesmo. Mas eu não me importo.

— Você comeu?

Eu balanço a cabeça. Fui a um restaurante, mas não cheguei a jantar.

— Venha, vou te levar para comer alguma coisa. — Ele não libera a posse que tem sobre mim, me olha por mais alguns segundos e então sorri. — O que há em você, Elle?

É uma pergunta, mas seu rosto me diz que ele realmente não espera uma resposta.

DOZE

Nico

— Eu acho que quero voltar. — Minhas palavras paralisam Preach no lugar e o pego prevenido para o golpe que eu arremesso em suas luvas de treino. Ele acaba de bunda no chão.

Eu estendo a mão para a dele e ele levanta, esfregando o quadril.

— Você não acha que podia me dizer uma merda dessas quando eu não estiver correndo o risco de sofrer uma contusão? Durante uma porra de uma xícara de café. Podemos sentar, tomar um café e discutir as coisas como pessoas normais, pra variar.

Eu balanço a cabeça para o drama de Preach. Ele vem me irritando com essa merda há mais de um ano e agora reclama do jeito que eu digo a ele que estou pronto. Maldito Preach.

— Porque mudou de ideia, filho?

— Isso importa? Você esteve na minha bunda por um ano e agora que falo o que você queria ouvir, você questiona.

— Como foi seu encontro ontem à noite? — fala uma voz vinda por trás de mim. Não vi Lily entrar. Eu estou começando a me arrepender de contratá-la para fazer minha contabilidade. Seu *timing* é uma droga e ela tem uma boca grande.

— O talão de cheques está lá em cima. — Não respondo à sua pergunta.

— Encontro? — Seu comentário chama a atenção de Preach.

— Oh, você não contou a Preach sobre Elle? — Lily fala arrastado. Ela age como minha irmã, me provocando. De repente, alegro-me por ter crescido com três irmãos que não tinham o menor interesse em fofocas ou na minha vida amorosa. Eu lanço um olhar a Lily, que diz para ela ir embora, mas ela permanece firme e Preach e ela começam a falar sobre mim como se eu nem mesmo estivesse aqui. Ela conta a Preach sobre Elle, e os dois fofocam como duas colegiais.

Eu fico parado, esperando Preach, e sinto os meus músculos começarem a esfriar. Há uma pausa na conversa e eu intervenho, antes que eles possam recomeçar.

— Será que podemos voltar para o trabalho, senhoras? Não estou pagando aos traseiros de vocês para ficarem por aí falando sobre mim, como se eu não estivesse aqui.

Lily força um sorriso para Preach, mas pega a dica e sobe as escadas para pegar os livros.

Preach levanta as almofadas que ele está segurando para bloquear meus golpes e eu salto para cima e para baixo algumas vezes, para fazer o sangue fluir novamente antes de balançar a perna para o alto e acertar um forte golpe no meio das almofadas protetoras, exatamente onde eu apontei o chute.

— A moça tem algo a ver com a sua decisão de voltar para a gaiola? — Preach pergunta enquanto se reposiciona para o golpe que ele acha que virá a seguir.

Eu decido mudar para um roundhouse kick[6], que mal pousa nas almofadas protetoras. Ele não esperava a outra perna, e o pego desprevenido, mas ele é hábil e se recupera, protegendo-se no último instante.

Novamente, eu ignoro a pergunta de Preach sobre Elle. Nem sei se ela gosta de MMA, portanto, não vou voltar para a gaiola para impressioná-la, se é isso que ele está pensando. O tempo só fez eu me sentir melhor. Eu não sei o porquê ou o que mudou, só me sinto pronto hoje.

---

6   É uma espécie de chute giratório, em que o atacante move a perna num movimento circular, alongando a perna, até completando o movimento de 360°.

TREZE

Elle

— Eu não acredito que você terminou tudo com William! — Regina bate palmas entusiasmada à medida que rasgamos as embalagens das quentinhas do nosso almoço. São quase três horas e só agora é que começamos a comer. Os dias têm sido muito atarefados. Leonard deve voltar na próxima semana e ficarei contente em voltar a lidar apenas com o meu próprio trabalho.

Surpreende-me o entusiasmo de Regina sobre a minha decisão de terminar as coisas com William. Eu sempre achei que ela gostava dele.

— Eu achei que você gostava de William.

— Eu gosto, querida. É só. Não sei... — Regina fala pensativa.

— Diga — eu a estimulo, em um tom que diz que eu realmente quero ouvir o que ela tem a dizer.

— Ele é muito bom e bonito também.

— E? — eu a incentivo a falar.

— Ele é inteligente e educado.

— Essa não parece uma lista de razões pelas quais eu terminar com alguém deixaria você feliz. — Eu atiro um pequeno tomate cereja da minha salada na boca. — Parece que essas são as razões pelas quais você diria a alguém para começar a sair com o cara.

Regina sorri, mas seu rosto fica sério quando ela fala.

— Eu fiquei vinte anos com o meu marido, e não me arrependo um só minuto desse tempo. Ele nem sempre era educado, não se levantava quando eu entrava em uma sala, falava palavrão à mesa de jantar, mas estava ali.

Eu franzo a testa. Sei que ela está tentando ajudar, mas não sei ao certo como qualquer coisa que ela está dizendo defende o meu rompimento com William.

Regina vê a minha confusão e continua:

— Mas quando ele entrava no quarto, me tirava o fôlego. Fazia o meu coração acelerar e, mesmo depois de vinte anos de casamento, eu ainda queria rasgar suas roupas quando me olhava e eu via *coisas* em seu olhar.

Minha mente vai até Nico. Eu sinto essas *coisas* perto dele. Ele faz os meus joelhos enfraquecerem e testa o meu autocontrole como se nunca tivesse sofrido antes. Eu olho para Regina e vejo a dor em seu doce olhar. Já faz mais de dez anos, mas ela ainda sente falta dele como se tivesse acontecido ontem. Entristece-me perceber que ele era a força que ela tinha, e agora ela se foi.

Sorrio para Regina e aceno com a cabeça, em silêncio, para que ela saiba que eu entendo o que ela está tentando me dizer.

— Então, vamos às coisas boas. Quando é que você vai sair com Nico Hunter? Aquele homem olha para você como se quisesse te comer viva. — Regina mexe as sobrancelhas sugestivamente. Um olhar que ela parece usar muito quando se trata de Nico Hunter.

Estou um pouco envergonhada de admitir que fui diretamente do meu rompimento com William para a casa de Nico ontem à noite, então eu omito alguns detalhes sórdidos.

— Eu o vi ontem à noite. — Minha voz é baixa e tímida.

— Você é indecente, garota safada. Eu não achei que você teria coragem! — Regina está me provocando, mas posso ver que ela está satisfeita com a minha novidade.

Meu rosto fica vermelho quando penso na visão de Nico sem camisa, em seu loft ontem à noite. Ele é muito possivelmente a coisa mais deliciosa que eu já vi. Mas estou confusa, porque ele parece colocar alguma distância entre nós, em determinados momentos. Antes de sairmos para jantar, eu tinha certeza de que ele estava sentindo o que eu sentia. Podia jurar que vi isso nos olhos dele. Havia desejo lá, tenho certeza.

Tivemos um ótimo jantar, também. Não houve nenhum silêncio desconfortável em nossas conversas e rimos a metade do tempo, durante a nossa refeição. É como se nos conhecêssemos há anos. O tempo passa tão depressa com ele, o restaurante estava quase vazio quando finalmente percebemos que era hora de ir embora. É por isso que eu estava em um emaranhado de emoções quando voltamos para a casa dele e ele não tentou me convencer a ficar.

— Nós só fomos jantar. Embora, eu admito que fiquei um pouco decepcionada porque ele não tentou me fazer ficar depois.

— Tenho certeza de que ele só estava sendo respeitoso, Elle. Você disse a ele que queria ficar?

— Não.

Regina está prestes a responder, quando um entregador entra carregando um enorme buquê de flores do campo.

— Entrega para Elle James.

Nós duas quase não conseguimos esperar o entregador sair pela porta, antes de eu pegar rapidamente o cartão, com Regina espiando por cima do meu ombro.

Não consegui dormir à noite toda pensando em você, depois que foi embora.

O sorriso de Regina irradiou, tão animada por mim como eu estava. Verdadeiramente uma grande amiga.

CATORZE

Elle

Saio do trabalho às dezessete horas, em vez de às dezenove ou vinte horas, como é o meu horário habitual, na sexta-feira à noite, por isso tenho tempo para me preparar para o meu encontro com Nico. Eu me depilo e coloco um conjunto de calcinha e sutiã de renda combinando... só por precaução. Não que eu esteja pensando em dormir com ele esta noite, mas estaria enganando a mim mesma se pensasse que eu pararia, se as coisas começassem a se intensificar. Nico Hunter é a minha verdadeira kriptonita.

A campainha toca e me sinto como se tivesse quinze anos novamente. O menino bonito está prestes a falar comigo e engulo as minhas palavras como uma idiota e me envergonho quando engasgo enquanto tento trazê-las de volta. O que diabos há de errado comigo? Sou inteligente, estou no controle, e estou agindo como uma completa idiota. Abro a porta e sorrio. Na verdade, acho que eu poderia ter desmaiado em vez de sorrir. As pessoas realmente desmaiam?

Dou um passo para o lado para permitir que Nico entre. Ele entra e então se vira de frente para mim. Minhas costas estão contra a porta quando ele abaixa a cabeça para encontrar a minha, roçando suavemente os seus lábios contra a minha boca.

— Oi.

— Oi. — Minha resposta é ofegante por apenas um sussurro de seus lábios contra os meus.

Nico tem malícia em seu olhar, o que me faz querer que ele faça *coisas* comigo. Ele alimenta o meu desejo de ter seus braços fortes me prendendo contra a porta e me deixando impotente. Não é um sentimento que eu esteja familiarizada, e me assusta sentir isso, tanto quanto me excita.

Ele entra no apartamento e de repente ele parece menor, com o homem enorme que acabou de entrar.

— Você cozinhou?

— Se você qualificar isso como cozinhar...

— Cheira bem. — Nico franze o nariz e é uma cara absolutamente adorável. Uma que o faz parecer ter cinco anos de idade. Estou tão encantada pelo jeito como um homem tão grande e poderoso pode parecer tão adorável, que leva um minuto para registrar suas palavras. — Mas eu acho que alguma coisa está queimando.

Uma nuvem de fumaça sai do forno, quando abro a porta. Eu pego duas luvas de forno atrás de mim e retiro o salmão que foi vítima da minha incapacidade culinária. A cor bonita, rosa e suave agora está marrom na parte de cima. Eu não sei como pode ter queimado tão rapidamente, só ficou ali menos de meia hora.

Nico vem por atrás de mim e alcança, na minha lateral, o botão do forno e o vira.

— Cozinhar, não assar.

Ergo o olhar para ele, que percebe que suas palavras não significaram nada para mim, então ele explica.

— Você precisava colocar o forno em cozinhar, não grelhar.

Nico caminha até minha geladeira e a abre. Eu o vejo pegar algo, mas estou muito ocupada tentando descobrir como salvar a bagunça que eu fiz, para prestar atenção. Ele coloca uma taça de vinho que acabou de encher, próxima a mim, na bancada e se inclina para trás, contra o balcão da cozinha em forma de U.

Eu levo a taça à boca e tomo um longo gole, antes de virar de frente para Nico, a poucos metros de distância de mim.

— Desculpe, o jantar está arruinado.

Nico sorri para mim e não diz nada por um instante.

— Vem cá. — Sua voz é baixa e suave, e ele estende seu braço musculoso para mim. Eu obedeço e seus braços envolvem a minha cintura, puxando-me bem apertado contra o seu peito duro, enquanto ele abaixa sua boca na minha. Nossos lábios se unem e, quando os seus se abrem, eu faço o mesmo. Sua língua lambe lentamente o contorno dos meus lábios, enviando um arrepio à minha espinha.

Um gemido baixo escapa da minha boca e sinto seu aperto intensificar em resposta. Eu surpreendo até mesmo a mim quando mordo seu lábio inferior, tirando dele um gemido baixo que faz com o que há entre as minhas pernas se encha de excitação. Nico inclina a cabeça e nosso beijo se aprofunda, nossas línguas exploram a boca um do outro com uma paixão que eu nunca conheci ou achava provável, ainda que pareça tão natural e certo.

Estamos ambos ofegando ruidosamente quando paramos para recuperar o ar.

— Eu senti saudade de você. — Sua voz é baixa e rouca. Pecaminosa. Só se passaram dois dias desde que nos vimos, mas eu senti falta dele também.

— Eu também — consigo deixar sair entre uma respiração ofegante e outra.

O abraço de Nico me aperta até quase ao ponto da dor, mas não me importo. Suas mãos estão na parte inferior das minhas costas e, quando ele me puxa para mais perto, posso sentir sua ereção contra a minha barriga e quero esticar o braço entre nós e agarrá-la. Sinto sua espessura pulsar contra mim.

Acho que vai me beijar de novo, mas, em vez disso, ele planta um suave beijo na ponta do meu nariz e em seguida na minha testa, antes de me envolver em um abraço de urso. É um momento tão terno e tão inesperado, depois do beijo avassalador, há apenas um minuto.

Logo depois, Nico afrouxa seu aperto sobre mim.

— Onde está a sua gaveta de cardápios?

— Como você sabe que eu tenho uma gaveta de cardápios?

— Eu agora vi, pessoalmente, como você cozinha, lembra?

Brincando, dou um tapinha com as costas da mão em seu estômago e encontro uma parede de tijolos.

— Segunda gaveta debaixo da pia, à direita.

Nico vasculha os meus cardápios.

— Você come esse lixo?

— Qual deles? — Olho para o monte de cardápios, pensando qual ele encontrou que não aprova.

— Todos eles. — Pela primeira vez, olho para a pilha de cardápios e reconheço que é uma pilha bem grossa.

— Só quando eu quero comer. — Sorrio maliciosamente e Nico balança a cabeça em desaprovação, mas posso dizer que ele está me provocando. Se eu tivesse um corpo parecido com o dele, também teria que me alimentar com comida saudável. Eu poderia até aprender a cozinhar, se me parecesse com ele.

Um cardápio chama a sua atenção e parece ter a sua aprovação.

— Há alguma coisa que você não come?

— Eu sou muito fácil.

Minha resposta me faz ganhar um sorriso diabólico, antes de Nico pegar seu celular e pedir a comida.

Depois que terminamos de comer, Nico me mostra o filme que ele trouxe e eu olho para o filme, em seguida, para o seu rosto.

— Você realmente quer ver isso?

O canto de sua boca se contorce para cima, mal disfarçando sua diversão.

— Na verdade, não.

— Então por que trouxe?

— Eu pensei que você gostaria de assistir.

Eu inclino a mão para avaliar o homem. Ele ganha crédito por trazer algo que ele achou que eu gostaria, mas não vou deixá-lo se safar dessa tão fácil.

78 *Vi* KEELAND

— Por quê?

— Por que o quê?

— Por que você achou que eu gostaria de assistir O Diário de uma Paixão?

— Porque você é mulher e as mulheres gostam dessa porcaria sentimental.

Pegando a sua mão, eu o levo para o meu armário da sala de estar e abro a porta, revelando duas prateleiras cheias de alguns dos meus filmes favoritos. Ele examina os títulos e, em seguida, olha para mim em estado de choque, como se eu tivesse lhe mostrado um cadáver que estava trancado no armário, em vez de uma simples coleção de filmes.

— Você gosta de filmes de ação?

— Quanto mais saltos de aviões, melhor.

Nico envolve seu braço em volta da minha cintura e me vira, puxando-me para o seu peito, antes de plantar um beijo na minha boca. Ele olha para mim.

— Sim, realmente vale a pena. — Eu quase não ouço suas palavras, elas são faladas muito baixo.

— O que vale a pena?

Outro beijo é plantado em minha boca.

— Nada.

Durante todo o filme, temos várias sessões de amassos. As grandes mãos de Nico deslizam para cima e para baixo, pela lateral do meu corpo. Seus dedos passam, muito lentamente, na curva do meu seio, conforme passam por ele e seu polegar mal roça embaixo da ondulação, então não tenho certeza se seus dedos me tocam ou apenas chegam muito perto.

Enquanto os créditos do filme rolam na tela, estamos perdidos em um beijo ardente que eu não quero parar. Minhas mãos tateiam lentamente o caminho para baixo de seu peito musculoso e paro em seu abdômen. Nunca fui do tipo que dá o primeiro passo, mas não me importo neste momento. Eu quero mais deste homem. Preciso de mais. Minhas mãos deslizam para debaixo de sua camisa e eu gentilmente marco sua carne firme com as minhas unhas, enquanto faço o caminho para baixo, parando quando eu sinto o topo de seu cinto.

Um grunhido baixo irrompe de Nico e ele guia as minhas costas para baixo no sofá, à medida que sobe em cima de mim. Com seu peso pressionado sobre mim, posso sentir cada músculo e juro que eu poderia gozar antes mesmo de a nossa pele nua se encontrar. Ele é simplesmente incrível de sentir. Um gemido baixo escapa de algum lugar dentro de mim e nosso beijo se aprofunda, quase desesperado.

Gemendo, Nico senta e me deixa sem fôlego no sofá. Meu corpo está desesperado e precisando de mais. Quando olho para cima, vejo-o passando as mãos pelos cabelos em frustração.

— Por que você parou? — Minha voz sai como a de uma colegial insegura, que reclama com seu novo namorado. Mas isso é ao que esse homem tem me reduzido: uma mulher com respiração ofegante e desejo sem final feliz.

— Você não tem ideia de como é difícil parar. — Sua voz é crua, honesta e cheia de emoção. De alguma forma, isso faz eu me sentir melhor, saber que não é fácil para ele. Mas também me confunde. Por que ele continua parando?

— Então, por quê?

Nico se esforça por um momento.

— Porque eu quero que você me conheça primeiro, assim você não se assustará.

— Por que você me assustaria?

Ele pensa por um longo momento antes de responder.

— Porque é quem eu sou. — Nico me olha e toca suavemente a minha bochecha com o polegar. — Você é uma mulher linda, inteligente e forte, que está acostumada a ser tratada como uma dama.

Estou confusa com suas palavras e Nico vê isso em meu rosto. Ele me puxa para ele e enterra o rosto no meu pescoço. Sua respiração está tão perto do meu ouvido que, quando ele fala, sinto suas palavras por todo o meu corpo.

— Mas quando eu finalmente te tiver debaixo de mim, definitivamente não vou te tratar como uma dama.

82 *V*I KEELAND

QUINZE

Elle

Regina liga para o meu ramal para avisar que William está no telefone. É a primeira vez que ouço sobre ele desde que eu lhe disse que não podia mais vê-lo. Quando eu disse a ele que queria que continuássemos amigos, não foi da boca para fora. Nossa amizade é importante para mim, e estou feliz por ele ter me ligado, embora eu não esperasse por isso tão cedo.

— Oi.

— Oi. — Um momento longo demais de silêncio me faz sentir que essa poderia ser uma conversa estranha.

— Eu queria que você soubesse que sua carta foi um sucesso. — O tom de William é mais profissional do que de amizade.

Momentaneamente, não estou acompanhando a conversa. Então me dou conta de que ele deve estar se referindo.

— Eles vão deixar Nico rescindir o contrato?

— Sim, eles parecem concordar com você que é melhor dar o fora, ao invés de entreter o público com uma ação judicial em relação à ética deles. — Minha carta foi um pouco mais dissimulada do que eu normalmente faria. Uma ameaça velada ligeiramente disfarçada, para lembrá-los de que não é preciso sermos bem-sucedidos em uma ação judicial sobre a ética da empresa para sermos vitoriosos. O dano à sua reputação viria através de uma pessoa pública, apenas por julgar o caso em um fórum público.

— Essa é uma ótima notícia. Você já contou ao Nico? — Minha voz sai um pouco mais animada do que eu tinha a intenção.

— Não. Eu te liguei primeiro. Se você quiser ligar pra ele e dar a boa notícia, por mim tudo bem.

Uma parte minha se sente mal por querer ser a pessoa a contar a Nico a boa notícia. Mas a outra parte quer ser a única a agradá-lo. William me diz que vai enviar por fax a papelada da rescisão para eu avaliar e concordo em olhar assim que chegar, já que eles querem uma resposta rápida.

Após desligarmos, percebo o quão profissional a nossa conversa foi... e me sinto mal que a nossa amizade possa não resistir.

DEZESSEIS

Nico

Eu nocauteio facilmente os dois primeiros caras que Preach coloca no ringue comigo, jogando-os de bunda no chão. Ele está tentando fortalecer a minha confiança, mas estou perdendo a paciência.

— Dê-me um parceiro de verdade ou vou encerrar o dia.

Preach ri de mim.

— Eles são parceiros de verdade, você só está azedo hoje. Mas vamos manter assim pelas próximas três semanas.

Leva menos de três minutos para eu passar pelo terceiro sparring no treino, e me sinto mais frustrado do que quando comecei. Preach está testando o quão bom pareço, embora eu ache que ele só está me dando parceiros fracos.

Passo os próximos 15 minutos perdendo o meu tempo e me irritando no ringue, com quem não consegue lidar com a rapidez dos meus socos. Meus dedos estão inchados e sangrando até o momento em que descarrego energia suficiente para fazer uma pausa e recuperar o fôlego.

Preach olha para os meus dedos e balança a cabeça. Estamos juntos há muito tempo, o que o faz reconhecer quando algo está me incomodando. Às vezes, ele sabe o que é antes de mim.

— O que está te incomodando, filho?

— Nada.

— Ótimo. Como estão as coisas com a Elle?

— Excelentes. — Eu pego a corda de pular e começo a balançá-la muito rápido. A corda desliza sob os meus pés, duas vezes, a cada pulo.

— Preach. — Eu abaixo a minha voz para que nenhum dos ratos da academia possa me ouvir. — Quanto tempo as pessoas normais namoram antes de dormirem juntas?

Preach ri. Ele acha que eu estou brincando.

— Sério, sem brincadeira, quanto tempo?

— É disso que se trata? Você está necessitado? — Preach ri e sinto vontade de chicotear a bunda dele com a corda que eu não consigo parar de balançar. Estou com tanta energia reprimida que sinto que eu poderia treinar por dias, e ainda estar ansioso.

— É isso mesmo, você está acostumado com as garotas deixando suas calcinhas caírem aos seus pés, antes mesmo que elas abram suas bocas sujas. — Preach ri. — Você finalmente encontrou uma que está te fazendo suar a camisa?

Sal, o cara que está trabalhando na recepção hoje, assobia para chamar a minha atenção.

— Telefone pra você.

— Diga a quem quer que seja que estou malhando e que depois ligo de volta. — Parece que Sal perdeu a cabeça para interromper o meu treino por causa de um telefonema.

— Tudo bem, mas é uma mulher.

Eu ouço Preach e Sal rindo, enquanto caminho até o telefone.

DEZESSETE
Elle

Ouvir sua voz ao telefone me faz sorrir. Conto a boa notícia a Nico e me ofereço para levar os documentos para ele examinar, no caminho do meu compromisso das quinze horas. Ele promete um delivery pouco saudável para mim em troca do meu tempo. Sua versão de pouco saudável e a minha versão são totalmente diferentes, mas estou ansiosa para vê-lo de novo, de qualquer maneira.

O trânsito está muito mais tranquilo do que o habitual e chego antes da hora no centro de treinamento de Nico. Eu nunca chego a nenhum lugar antes da hora. Mesmo que não haja nenhum carro na rua, eu normalmente me atraso. O cara na porta me olha desconfiado quando entro; ele provavelmente acha que estou entrando no prédio errado. O terninho vermelho que estou usando é um dos meus favoritos. Ele aperta na cintura e realça as minhas curvas em todos os lugares certos. Mas eu definitivamente estou vestida de maneira inadequada para uma academia.

— Tenho a sensação de que você está no lugar errado, mas estou feliz que você esteja aqui, porque acho que me apaixonei. — Sua frase pode ser toda errada, mas seu sorriso é simpático, então eu sorrio de volta, inocentemente.

Nico dá um tapa na parte de trás da cabeça do rapaz, mas posso dizer que ele realmente não queria machucá-lo.

— Fique avisado, Sal. Guarde seus olhos e comentários para você ou, da próxima vez, você não conseguirá parar em pé, no ringue, porque vou chutar o seu traseiro.

Nico caminha pela recepção e coloca o braço em volta da minha cintura, puxando-me para ele, protetoramente, antes de me beijar docemente nos lábios.

Sal dá um riso abafado, enquanto esfrega a parte de trás de sua cabeça e murmura algo sobre Nico ter muita sorte.

Com a mão na parte inferior das minhas costas, Nico me conduz pela academia. Eu não sei ao certo se mulheres apenas não vêm aqui com frequência, ou se me ver com Nico surpreende as pessoas, mas noto que todos param o que estão fazendo à medida que caminhamos para um escritório, na parte de trás da academia.

Um homem está sentado atrás da mesa digitando em um teclado com apenas um dedo. Catar milho seria uma descrição mais apropriada. Ele olha para cima e inclina-se para trás na cadeira, com um sorriso no rosto.

— Preach, esta é Elle.

— Olá, Elle. Eu já ouvi muito a seu respeito. — O homem se levanta e estende a mão para mim, com um caloroso sorriso no rosto. Gosto dele instantaneamente, obviamente não sei o porquê, apenas gosto.

Eu olho de Preach para Nico, levantando uma sobrancelha, questionando Nico em silêncio, perguntando o que esse homem pode ter ouvido falar de mim.

— Acho que eu deveria te agradecer — Preach fala com a sua mão ainda envolvendo a minha, enquanto continua a apertar por mais tempo do que um aperto de mão normal.

— Você pode soltar a mão dela agora, Preach — Nico tenta parecer ameaçador, mas é óbvio que os dois homens se respeitam mutuamente e provocações são algo a que ambos estão acostumados.

Nico diz a Preach que fui competente e consegui rescindir o contrato e Preach parece impressionado. Em seu caminho para sair pela porta, Preach dá um tapinha nas costas de Nico.

— Inteligente e bonita. Então, que diabos ela está fazendo com um idiota como você?

Nico ri do comentário e fecha a porta atrás de si. Eu vejo quando ele a tranca antes de se virar para mim com um sorriso diabólico no rosto.

Sem falar, ele coloca as mãos na minha cintura e facilmente me levanta, posicionando-me em cima da mesa. O olhar em seus olhos faz o meu corpo todo formigar. Ele levanta uma das suas grandes mãos e a envolve na parte de trás da minha cabeça, segurando-a onde ele quer. Eu o espero se inclinar para baixo e cobrir a minha boca com a dele. Não é um beijo de "oi". É um beijo que me faz sentir como se ele quisesse me marcar. Como se ele precisasse me mostrar que não haverá mais ninguém depois dele.

Negligenciando o fato de que estou usando saia, envolvo minhas pernas em sua cintura quando ele se inclina ainda mais para mim. O tecido fino da minha calcinha de renda faz pouco para aliviar a sensação da sua dureza empurrando na minha área mais sensível. Seu outro braço alcança por trás da minha bunda e me puxa para ele. Exigente. Já pressionada contra ele, a pressão adicional é como um gatilho e envia um raio de eletricidade entre as minhas pernas, onde já estou inchada. O menor atrito pode me ajudar a encontrar a libertação que eu tanto preciso desde que conheci este homem.

Eu mordo seu lábio inferior quando ele tenta afastar a sua boca da minha. Nico geme e responde apertando um enorme pedaço da minha bunda, que ele já está segurando firmemente. É apenas um pouco menos do que doloroso, porém atinge o outro lado. Um lado no qual tatear e agarrar é erótico e aumenta a minha necessidade a novos níveis.

Uma batida na porta me traz, desabando, de volta à realidade. Quando volto a mim, vejo-me apoiada na beira de uma mesa, vestida com o meu terninho, com as pernas abertas e ofegando como um animal selvagem. Jogar um balde de água fria na minha cabeça teria tido um efeito menor sobre a minha libido. Quem está do outro lado da porta não pega a dica quando ninguém responde, o que só alimenta a curiosidade e a batida torna-se cuidadosamente mais alta.

— Eu vou matar quem quer que esteja do outro lado da porta. — Nico inclina sua testa contra a minha, e ajuda ao meu constrangimento inicial saber que ele está tão afetado quanto eu.

O DESTRUIDOR DE CORAÇÕES **89**

Ele me beija mais uma vez nos lábios.

— Não se mova um só centímetro. — O seu tom soa mais como um comando e, pela primeira vez, eu quero ouvir, ao invés de desafiar a autoridade que fala.

Nico caminha até a porta e abre só uma brecha. Eu ainda estou sentada na beira da mesa. Estou surpresa comigo mesma por não ter me levantado correndo para recuperar a compostura.

— Preach disse para eu não bater, mas tenho que pegar a minha irmãzinha em uma hora e não queria ficar sem treino. — A voz de um rapazinho me deixa nervosa quando me vejo completamente descabelada e com a saia para cima, enrolada em volta da minha bunda, sentada próxima à porta. Eu me levanto rápido e, freneticamente, começo a me arrumar. Nico me olha de rabo de olho e vejo sua mandíbula apertar.

— Você vai correr oitocentos metros extras por não ouvir Preach. Vai me dar nove quilômetros na esteira e, se eu terminar aqui, vamos ver quanto tempo resta.

Eu ouço o menino gemer, mas, segundos depois, seus passos me dizem que ele obedecerá.

Nico fecha a porta e volta a sua atenção para mim. Eu já arrumei a minha roupa e não estou mais sentada na mesa.

— Você não deveria ter se mexido.

— Havia um garotinho a menos de dois metros de distância e minha calcinha estava aparecendo. — Eu cruzo os braços, deixando-o saber que isso pode acontecer outras vezes. Ouvir nem sempre é o meu forte.

Ele balança a cabeça de um lado para o outro, mas sua cabeça está baixa e não consigo ver o seu rosto para ler o que ele está sentindo. Defendendo a minha posição, não me mexo do lugar quando ele caminha de volta, invadindo completamente o meu espaço pessoal. Ele me olha, seus olhos ainda semicerrados do nosso encontro e eu engulo em seco, minha boca subitamente ficando seca pelo jeito que ele está olhando para mim.

— Sábado à noite. Eu vou fazer o jantar. — Ele me olha para avaliar a minha reação. — Traga uma bolsa porque eu não vou deixar você ir embora da próxima vez.

O inchaço entre as minhas pernas, que estava diminuindo, volta em ritmo acelerado.

— Está bem. — Minha voz falha quando respondo com um sussurro.

Nico levanta o meu queixo, forçando-me a olhar em seus olhos.

— Está bem? — Mesmo dizendo o que eu ia fazer este fim de semana, ele ainda quer uma confirmação.

Meu olhar não vacila quando respondo. Eu forço minha voz mais alta.

— Está bem.

Nico sorri como se eu tivesse acabado de lhe dar um prêmio que ele realmente queria, e é contagioso. Espelhando o seu entusiasmo, não posso deixar de sorrir de volta. Ele segura a minha mão, pega a minha bolsa e um outro saco muito familiar para mim. Comida de delivery.

Sua mão alcança a porta e ele faz uma pausa.

— Nós não podemos comer aqui ou não posso prometer que vou me controlar. Você parece tão sexy com esse tailleur e o seu cheiro me faz perder o controle.

Nós almoçamos em uma pequena lanchonete que fica na academia e passo, com Nico, pelos principais pontos da rescisão de contrato que eu trouxe. Ele está abrindo mão de vários milhões de dólares de pagamento e tem que devolver uma quantia substancial de dinheiro que já foi adiantado. Se isso o está preocupando, ele faz um bom trabalho não deixando transparecer.

Dezoito

Elle

No sábado de manhã, eu ligo para a minha mãe para saber como ela está. Sinto-me culpada por não ligar mais frequentemente, mas às vezes preciso tentar bloquear essa parte da minha vida. Não que seja culpa dela o fato de eu não conseguir separá-la do passado que me assombra. Eu não entendo, mas está tão profundamente entrelaçado, que é difícil ver o lado bom de uma teia de más recordações.

Quatro anos de terapia me ajudaram a recomeçar a viver e, esses dias, eu realmente acho que estou fazendo isso. A culpa por não sentir remorso tinha me prendido em um lugar ruim, mas, na maior parte dos dias, acho que progredi.

Mamãe e eu passamos dez minutos colocando o papo em dia e, então, a conversa muda para William. Ela casualmente pergunta como ele está e se surpreende quando digo a ela que, recentemente, paramos de nos ver. Eu não menciono que comecei a ver alguém, porque não estou no clima para interrogatório. Não hoje. Eu não mentiria se ela perguntasse, mas sei que ela iria perguntar se contei sobre o meu passado a ele ou não. Por alguma razão, ela parece pensar que dizer às pessoas sobre o pior dia da minha vida é catártico. Talvez seja, mas não sei por que eu nunca contei a uma alma viva fora das minhas reuniões semanais do grupo. Claro, muita gente sabe. Mas essas são as pessoas que leram as manchetes. Eles não ouviram da minha boca.

Depois de desligar, passo uma hora tentando descobrir o que vestir para Nico. A roupa em si é a parte mais fácil. Mas quero parecer sexy *sem* ela. Percebo agora que nunca me preocupei com o que eu vestia para William. Nem mesmo no início. Talvez eu devesse ter me importado, mas não vale a pena perder tempo pensando nisso agora. Seja qual for a razão, sinto necessidade de agradar Nico Hunter. Nunca me senti assim com outro homem. Se, há algumas semanas, uma mulher tivesse me dito que se vestia para agradar seu homem, eu provavelmente teria achado que ela era patética. Mas o jeito que Nico me olha faz eu me sentir embriagada. É como uma droga que eu anseio, desesperadamente, ter de novo. Seu prazer é a minha recompensa, e estou disposta a fazer o que for preciso para merecê-la.

Sou honesta comigo mesma sobre como me sinto, mas isso não me permite aceitar a minha própria reação a esse homem mais facilmente. Estou dividida entre ceder ao que parece ser tão certo e me castigar por agir como uma menininha fraca.

Trabalhei algumas horas na parte da tarde. Minha jornada de trabalho é sempre de seis dias na semana, mas, com Leonard afastado, estou fazendo sete. Metade do dia hoje e, possivelmente, sem trabalhar amanhã, tornará a minha segunda-feira brutal, mas só vou me preocupar com isso na segunda.

Chego ao seu prédio na hora. As únicas duas vezes que cheguei no horário para qualquer coisa no último ano envolvem Nico Hunter. Eu não acredito que isso seja coincidência. Enquanto caminho até a porta, sinto-me nervosa e inquieta. A antecipação causa estragos na minha capacidade multitarefa e nem percebo que ele está em pé na porta, enquanto me atrapalho com a bolsa para guardar as minhas chaves, durante a caminhada.

— Ei, linda. — Sua voz é baixa e sexy, assustando-me completamente, porque eu não tinha percebido que tinha alguém aqui.

Eu pulo e olho para cima, derrubando todo o conteúdo da minha bolsa, excessivamente cheia, na calçada.

— Desculpe-me, eu não queria te assustar. Pensei que você tivesse me visto aqui em pé.

Nico se inclina para começar a arrumar a bagunça, e eu quase perco o equilíbrio quando abaixo para ajudá-lo a recolher as coisas. Ele sorri para mim de um jeito sexy e eu sorrio de volta. Fico momentaneamente perdida em seu sorriso, com os joelhos fracos, até perceber o que ele está segurando na mão. Com o canto do olho, eu compreendo que essa é a razão para o seu sorriso malicioso. Minhas pílulas anticoncepcionais. Ele estende a mão para me devolver a cartela, mas não solta quando eu a seguro.

— Bom saber. — O sorriso malicioso de Nico se alarga, transformando um sorriso de tirar calcinha em um de máxima explosão e eu sinto o vermelho tingir meu rosto. Puta que pariu, sou uma mulher adulta, que aceitou o convite de um homem para passar a noite na sua casa, mas ainda assim coro por causa de pílulas anticoncepcionais. Que diabos há de errado comigo?

Eu rapidamente recolho o resto da minha vida pessoal, exposta na calçada, e fico aliviada por ter tirado os preservativos aromatizados que Regina tinha enfiado na minha bolsa ontem, antes de eu sair. Sabor bacon. Que mulher quer aroma de carne, durante a degustação da carne?

Nico levanta e não oferece ajuda para eu levantar. Ele simplesmente me ergue. Depois que estou de pé, ele se inclina e planta um beijo suave nos meus lábios. Nada mais que um roçar, mas a sensação dele faz todo o caminho até os dedos dos meus pés. E nós estamos em pé, no meio da calçada. Não há qualquer pessoa ao redor, mas, ainda assim, é fora do meu normal receber demonstração pública de afeto. Ou, pelo menos, era antes.

— Você não trouxe uma sacola? — O rosto de Nico parece tão decepcionado quanto o de um menino ao qual foi dito que não poderia ficar com o cachorro que ele estava planejando levar para casa.

— Eu trouxe, apenas deixei no carro. — Nico inclina a cabeça e fixa o seu olhar no meu.

— Você não tem certeza se quer ficar? — Posso ouvir a decepção na sua voz.

— Umm. — Como posso responder a ele? É claro que eu quero ficar, mas me senti estranha em entrar na casa dele com uma sacola, mesmo ele tendo me convidado. Estaria sendo quase presunçosa.

Nico toma minha hesitação como uma confirmação de que eu

não tenho certeza se quero ficar. Ele dá um passo à frente e envolve um braço ao redor da minha cintura, descansando na parte de cima da minha bunda. A outra mão se move para trás da minha cabeça e ele me beija. Ferozmente. Sua língua procura a minha, então ele suga a ponta, conforme a puxa para adicionar os dentes. Seus dentes mordem o meu lábio inferior e, só quando eu começo a sentir a dor da sua mordida, ele suga e lambe, afastando-se do local que ele quase machucou, tornando-o mais do que melhor.

Eu sinto a mão que estava na minha cintura viajar mais para baixo e ele me puxa para rente a ele, firmemente, enquanto suas mãos percorrem a minha bunda e ele segura um dos lados dela com sua mão grande. Sensações de formigamento atingem as minhas veias e eu sinto a pele sensível entre as minhas pernas inchar. Nico grunhe e me aperta mais forte antes de me puxar levemente para trás, soltando a minha boca, puxando meu lábio entre os dentes enquanto se afasta.

Não faço ideia de onde estou. Meus sentidos estão todos profundamente focados no homem que roubou meu fôlego e estou ofegante quando ele finalmente libera minha boca completamente. Sua respiração está acelerada, quando a sua boca desce até o meu ouvido e ele fala com a voz tensa.

— Estou aproximadamente a dez segundos de perder o meu autocontrole, querida. Acho que posso pegar a sacola para você e então entramos, assim não daremos um show para toda a vizinhança.

Nico puxa a cabeça para trás e espera pela minha resposta. Mas não consigo falar ainda, então aceno com a cabeça que sim e apenas observo quando ele pega as minhas chaves. Ele me beija novamente na boca, desta vez muito mais suave.

— Eu não me importo. Não dou a mínima para quem está observando, desde que eu possa fazer isso com você.

Obrigo-me a fechar a boca enquanto permaneço ali parada, olhando-o pegar a minha sacola no carro e voltar para mim; o rosto decepcionado foi substituído por um sorriso de mil megawatts que me faz lembrar de seu nome de guerra. *"Destruidor de Corações"*.

96 *VI* KEELAND

Se o nome se encaixa...

Dentro do loft, as coisas se acalmam, e eu fico grata. Ou, no ritmo que ia na rua, eu teria entrado em sua cama no espaço de quinze minutos após a minha chegada. Nico me levanta e me acomoda no balcão da cozinha, para que possamos conversar enquanto ele prepara o jantar. Observando-o se mover pela cozinha, eu percebo quão sexy um homem que sabe cozinhar pode ser. Há algo instintivamente atraente sobre um homem que quer cuidar de sua mulher. Não que eu seja o tipo da mulher *"descalça e grávida na cozinha"*. Mas isso é diferente. Um papel quase natural que ele assume na nossa relação e eu acho que gosto de ser cuidada. É algo que eu nunca permiti ninguém fazer antes.

DEZENOVE
Nico

Eu preciso diminuir o ritmo. Quase a tomei na rua, pelo amor de Deus. Sinto que estou preso em um filme ruim, com um diabinho sentado em um ombro e um anjo no outro. Mas o maldito diabo tem o dobro do tamanho e o meu anjo é mudo, porra. Ótimo, eu tenho o caralho de um anjo mudo.

Ela parece tão bonita em cima do balcão que eu desejo levá-la comigo onde quer que eu vá e mantê-la em um pedestal perto de mim. Mas enquanto eu pego uma garrafa de água da geladeira, vejo seu reflexo no aço inox. Ela descruza e cruza novamente as pernas e tenho um vislumbre do topo de sua coxa por uma fração de segundo. Droga, estou começando a ficar duro, apenas por um reflexo de uma maldita coxa. Porcaria de anjo mudo. Decido pensar na minha avó. Vovó Ellen. Ellen, ei, é Elle com um n. As pernas de Elle. Merda, isso não está funcionando.

— Que cheiro bom. O que você está fazendo? — Eu viro a cabeça para respondê-la, mas leva alguns segundos para a sua pergunta chegar até o meu cérebro.

Não é tão bom quanto o seu cheiro. Eu gostaria de comer você, ao invés disso.

— Cuscuz.

— Você fez cuscuz?

— Bem, não é tão bom quando sai direto da caixa.

— Engraçadinho. — Ela dá um sorriso forçado para mim. Até o seu sorriso forçado me excita. — O que tem nele?

— Alho, azeite, pimenta, cebola, salsa...

Elle desce do balcão. Eu a tinha colocado lá para mantê-la

à distância. Ela não percebe o que faz comigo toda vez que chega perto de mim.

— Posso ajudar? — Seu braço roça no meu quando ela vem ficar ao meu lado no balcão. Ela se inclina sobre a panela onde os ingredientes estão refogando e fecha os olhos enquanto aspira o aroma. Claramente, ela aprecia o cheiro. Seu rosto suaviza e suas bochechas relaxam quando o nariz oferece o aroma ao seu cérebro. É a coisa mais erótica que eu já vi. Ela precisa voltar para cima da porra do balcão.

VINTE

Elle

Nico me levanta como se eu não fosse nada, quase uma boneca, e me senta de novo no balcão. É a segunda vez que ele me tira do caminho. O homem, com certeza, é territorial quando cozinha, e estranhamente eu acho sexy. A parte de dentro da mão dele roça na curva do meu seio cada vez que ele me levanta e eu tenho que cruzar as pernas e apertar as coxas para impedir o meu corpo de reagir a ele.

— Eu vi você cozinhar, lembra? Acho que posso fazer sozinho. — Ele sorri para mim. Um sorriso arrogante que deveria me irritar. Mas, em vez disso, encontro-me espelhando o seu sorriso. Sorrio de volta depois que ele acaba de me insultar. Esse homem me faz perder todo o bom senso.

O jantar está delicioso. Começamos a nos conhecer melhor. Conto a ele sobre o meu trabalho, meu trabalho voluntário em uma clínica de mulheres agredidas, e algumas coisas sobre a minha infância. Omito o período entre onze e dezessete anos. Ele não existe para mim. Nico me conta sobre o seu centro de treinamento e alguns outros produtos que ele apoia, estou impressionada com o quanto ele parece conhecer os produtos. É evidente que ele não faz contrato com algo que não use ou, pelo menos, que sinta convicção. Ao contrário de muitos atletas que têm contrato com um produto e usam outro, o dinheiro parece não comprar o seu aval.

Após o jantar, digo para ele ir relaxar que eu limpo. Ele não ouve, em vez disso, fazemos tudo juntos. É uma sensação natural e confortável limpar sua cozinha. Trabalhamos juntos facilmente, sem esforço... como se tivéssemos feito isso milhares de vezes antes. Não é a primeira vez que sinto essa sensação quando estou com Nico. Às vezes, sinto como se o conhecesse há muito mais tempo do que realmente conheço. Estranhamente familiar, mesmo sendo tudo novo e excitante, ao mesmo tempo.

Meu batimento cardíaco acelera quando Nico me serve vinho em uma taça e apaga as luzes da cozinha. Com o jantar fora do caminho, não há mais nada para ocupar nosso tempo. Exceto o que eu acho que nós dois estamos aguardando para acontecer. Não nos conhecemos há muito tempo, apesar de sentir como se eu estivesse aguardando por esta noite há uma eternidade: desde o dia em que ele entrou no meu escritório.

Ele pega a minha mão e me leva para o sofá. Nico olha para mim e seu sorriso arrogante desaparece, sendo substituído por algo que eu não esperava ver em seu rosto. Ele parece preocupado. Ele exala alto, forçando uma respiração profunda que eu não sabia que ele estava segurando, e suas mãos percorrem o cabelo nervosamente. Parece que está se preparando mentalmente para me dizer algo. Para dar más notícias. Meu estômago dá uma reviravolta com o pensamento.

— Você já foi a uma luta? — O loft está silencioso e sua voz é tão baixa que soa quase dolorosa.

— Você quer dizer uma luta de MMA?

— Sim. — Ele espera calmamente pela minha resposta.

— Uma vez.

As sobrancelhas de Nico se erguem. Ele está surpreso que fui a uma luta. Dou um sorrisinho. Ele tem razão de estar surpreso, ainda não consigo acreditar que fui convencida a ir. Não tinha contado que fui a uma de suas lutas. Especialmente não o que eu presenciei. Ele sorri para mim, mas, em seguida, seu rosto cai novamente antes de continuar.

— Quem estava lutando?

— Você. — Não é como se o assunto tivesse surgido na nossa conversa e eu mentido para ele, mas sinto como se tivesse feito algo de errado em não mencionar que fui a uma luta sua. *Aquela* luta.

Minha resposta o deixa surpreso.

— Você me viu lutar?

— Uma vez.

— Que luta?

— Não me lembro do nome do outro cara. — Eu deveria lembrar, lembro-me de tudo. Mas não estou mentindo quando respondo. Bloqueei a coisa toda na minha memória tão bem, que na verdade não me lembro. Sou boa em fazer isso. Felizmente, meu cérebro entra em modo proteção, às vezes.

— Eu ganhei? — Vejo um lampejo do seu sorriso arrogante. Ele deve vencer sempre.

— Sim. — Eu sorrio.

— Foi tap out[7] ou decisão?

— Ummm. — Eu não faço ideia de como responder à pergunta. Nico provavelmente acha que eu não sei o que significa tap out. Mas eu sei. Só que, naquela luta, o seu oponente não se rendeu e não houve necessidade de uma decisão.

— Em que round eu venci?

— Eu acho que foi no segundo.

Eu observo quando o seu rosto muda. Seus olhos se fecham quando ele percebe que luta eu vi. Seu belo rosto fica aflito e não sei ao certo se é só a memória daquela noite ou se é porque eu disse a ele que estava lá. Eu não digo nada, porque não sei o que dizer. Só sei que vê-lo sofrendo me dói. Fisicamente.

Eu estendo a mão, pego as suas e aperto delicadamente, implorando para ele me olhar. Ele não se mexe por um longo momento. Com a cabeça ainda curvada, ele finalmente levanta o olhar para mim. O que vejo quebra o meu coração. Há dor crua nos olhos e tristeza em seu rosto.

— Você sabe. — Sua voz é tensa e sinto desejo de fazer isso passar. De curá-lo. Fazê-lo esquecer-se da memória que lhe causa

---

7   Quando um dos lutadores se rende durante a luta. Ele toca o chão ou o oponente em um ato de submissão.

tanta dor. Às vezes, pode ser insuportável, eu sei muito bem. Todos esses anos eu não tive ninguém para me ajudar a esquecer.

Eu aceno com a cabeça uma vez. Suas palavras não eram uma pergunta, mas respondo de qualquer maneira. Vejo quando Nico fecha os olhos por um longo momento antes de olhar para mim. Algo o atinge e não sei o que é, mas um pouco da dor que estava ali há um minuto foge de seu rosto. Parte dela ainda está lá, mas menos acentuada agora.

— Apesar de tudo, você está aqui. — Seu rosto está sério e decidido. Isso é tão estranho e surreal. Seu olhar está bloqueado no meu, cheio de intensidade e dor e todo o resto desaparece. Nada mais tem importância, a não ser eu e Nico. O aqui e agora, todo o resto é apenas um borrão porque ele mantém o meu único foco.

— Onde mais eu estaria? — Minhas palavras são ditas baixinho, mas elas se conectam instantaneamente com Nico. Eu nem sequer sei de onde ela veio. Sou o tipo de pessoa que pensa antes de falar, mas prendo o seu olhar quando as palavras saem dos meus lábios. O tempo para com a minha simples resposta de quatro palavras e, quando recomeça, tudo é diferente.

Por uma fração de segundo, vejo algo em seus olhos que não consigo identificar, mas me aquece em todo lugar. Como se envolta em um cobertor quente quando está com frio, trazendo-me conforto e calor, eu só quero rastejar para debaixo e ficar lá. Nico está em silêncio quando se levanta. Eu olho para cima no momento em que se inclina e me pega em seus braços musculosos. Ele me embala com força enquanto anda. Nenhum de nós fala sequer uma palavra, apenas observamos um ao outro.

Entramos no que deve ser o seu quarto e ele gentilmente me coloca no meio da cama grande, mas não se junta a mim imediatamente. Em vez disso, se levanta e assimila tudo. Eu, deitada no meio da sua cama. Acho que ele está tirando uma foto mental, como se quisesse cauterizar isso em seu cérebro e lembrar para sempre. Isso me faz sentir adorada. É a coisa mais doce que um homem já fez e sem necessidade de uma só palavra.

Seu olhar excitado lentamente passeia pelo meu corpo e,

quando seus olhos finalmente chegam até os meus, mal posso esperar por mais. Eu o quero. Desesperadamente. É mais uma necessidade do que um desejo. Eu deveria me assustar com o que sinto, mas não. Não há lugar para o medo entre nós. Eu levanto a mão e a ofereço a Nico, que olha dos meus olhos para a minha mão, e volta novamente, antes de pegá-la. A confirmação silenciosa do que eu preciso é o suficiente... e finalmente entendo o que eu quero.

Ele lentamente cobre o meu corpo com a metade do dele, a outra metade apoiada na cama. A parte que está tocando em mim é musculosa e dura... e eu queria que seu corpo estivesse completamente pressionado no meu, para que eu pudesse sentir cada músculo torneado pressionado contra mim. Em vez disso, ele usa o espaço entre nós para deslizar a mão pela lateral do meu corpo.

Sua mão inicia no meio da minha coxa e, meticulosamente devagar, sobe pelo lado do meu corpo. Os olhos de Nico não deixam os meus enquanto sua mão viaja. Quando sua mão alcança o lado do meu seio, seu polegar toca delicadamente a curva dele. Deixo escapar um suspiro suave, baixo, mas Nico escuta e eu posso realmente ver o verde de seus olhos escurecer com a minha reação. Ele está me observando, capturando cada reação minha ao seu toque e tenho a sensação de que está tão excitado quanto eu estou com o seu simples toque.

Meus olhos se fecham quando sua mão alcança o meu rosto. Ele suavemente acaricia a minha bochecha com o seu polegar calejado. Suave, delicado, apenas um roçar. Seu toque delicado faz com que eu me sinta adorada e tento lutar contra a inundação de emoções. É instintivo, mas é uma batalha perdida. Uma à qual eu nunca me rendi, até agora.

Abro os olhos e vejo quando o olhar de Nico cai para a minha boca, e o meu olhar vai para a dele. Sua cabeça inclina para baixo e acho que ele finalmente vai me beijar, mas, ao invés disso, enterra a cabeça no meu pescoço e inspira profundamente, cheirando-me. Ele solta um grunhido baixo quando exala e juro que isso me arrepia toda. É como se uma corrente elétrica corresse, desde o topo da minha cabeça até a ponta dos dedos dos meus pés e estou desgastada pelo raio que disparou através de mim.

Nico puxa para trás a sua cabeça do meu pescoço e seu olhar prende o meu, de novo. Ele está tão perto de mim agora que não consigo me controlar e estendo a mão para tocá-lo. Meu dedo indicador traça lentamente seus lindos lábios grossos com um toque delicado e lento, gravando sua forma na minha memória. Seus lábios se abrem e ele respira fundo antes de fechar os olhos. Eu posso ver que ele está se esforçando para se controlar, quando os reabre alguns segundos depois.

É incrivelmente sexy assistir a um homem tão forte assim tão perto de perder o controle. Ela alimenta a minha necessidade de empurrá-lo. Empurrá-lo sobre o limite da paciência, onde o seu controle desaparece e o macho selvagem que vejo à espreita, por baixo, assume o controle. Eu quero ver o quanto vai demorar para ele chegar lá.

Depois que acabo de traçar os seus lábios, empurro meu dedo dentro de sua boca. É quente e úmido, e ele toma o meu convite. Eu vejo como ele chupa gentilmente o meu dedo no começo. Eu mordo o lábio inferior quando ele chupa mais forte. Meu olhar se afasta da sua boca para encontrar o dele, que ainda está me observando. Observando-me olhar para ele. Vejo um brilho em seu olhar e pego o canto de sua boca virando para cima em um sorriso, antes de ele morder o meu dedo. Forte. Dor dispara através em mim, misturada com necessidade e desejo, e fico momentaneamente atordoada com sua ação.

Nico libera o meu dedo e acho que o ouço afirmar "aqui tem fogo", e então ele está em mim. Sua boca cobre a minha e nós nos fundimos. É um beijo desesperado, totalmente de língua e escorregadio, com sucção e mordida. Aquele momento que me consome no início, mas, instantaneamente, preciso de mais.

Meu quadril, em antecipação, empurra para cima de encontro à sua ereção. Ereção grossa, grande e sólida como uma rocha. Meu corpo treme ao sentir a sua excitação tão intimamente contra mim e deixo escapar outro gemido. Acho que nunca gemi assim, tão incontrolavelmente, mas agora ele flui de um lugar profundo dentro de mim. Nico tenta puxar a cabeça para trás, mas eu envolvo meus braços mais apertados em volta do seu pescoço e o mantenho onde eu preciso dele.

Ele consegue se livrar do meu aperto firme e puxa a cabeça ligeiramente para trás. Estou prestes a reclamar quando ele diz:

— Eu preciso provar você toda. — Sinceramente, acho que tenho um mini orgasmo com as palavras dele. O pensamento de sua cabeça entre as minhas pernas envia um forte arrepio pela minha espinha e eu me agito quando Nico levanta o peso de cima de mim e acomoda a cabeça entre as minhas coxas.

Esqueço que nós dois ainda estamos completamente vestidos até que Nico empurra a minha saia e sua boca me cobre, minha calcinha de renda ainda entre nós. Sinto o calor de sua boca e a sua rápida respiração contra a minha pele mais sensível e é um tormento. A necessidade de não ter nada entre nós é enorme e estou prestes a implorar, quando sinto o calor de sua boca me deixar. Nico remove suavemente minha saia e calcinha e eu me preparo para uma explosão. Mas, então, ele fica imóvel. Depois de alguns segundos, olho para baixo e ele está olhando para mim, esperando-me capturar o seu olhar antes de falar. Sua voz é baixa e rouca, mas cheia de desejo primitivo.

— Eu quero que você olhe.

Meu corpo começa a ter espasmos por conta própria com suas palavras. Eu não consigo responder, mas não desvio o olhar também. Nico desenha lentamente a língua e me lambe sem pressa, da minha entrada até o meu clitóris. Ele para quando atinge meu pacote inchado de nervos e passa levemente a língua, muito sutilmente sobre ele. Eu choramingo com seu toque suave, mas preciso de mais. Mais atrito, mais língua, mais sucção. Muito mais. Ergo o meu quadril em busca de mais, e meu corpo vibra ao encontrá-lo, enquanto Nico abre para mim um sorriso maroto. Ele sabe exatamente o que está fazendo comigo. Qualquer constrangimento que eu sinta aqui, precisando de mais, sai pela janela quando eu percebo que ele está me provocando, e emaranho meus dedos em seu cabelo e empurro o seu rosto para baixo, em mim, procurando desesperadamente o atrito que eu preciso.

A boca de Nico me reivindica. Ele circunda o meu clitóris mais e mais, antes de chupar com força, levando o meu inchaço na sua boca e me atacando com sua língua malvada. Não há qualquer construção para o meu orgasmo, sem aviso prévio. Apenas um coração fortemente acelerado, por causa de uma onda interminável de orgasmo pulsante que me rasga violentamente. Tão violentamente que sinto lágrimas nos meus olhos sem qualquer outra razão, senão pela mais pura emoção e euforia que necessita escapar de onde está presa, dentro do meu corpo.

Fico tão completamente perdida pela intensidade do que aconteceu, que eu mal participo dos próximos poucos minutos de atividade frenética. Nico tira as nossas roupas. Ouço o rasgar de um invólucro de alumínio, mas são as suas palavras que me trazem de volta para o momento.

— Última chance de dizer não, Elle.

Depois de tudo o que foi dito e feito para mim, ele ainda me dá uma saída. Eu sinto o meu coração apertar no peito, adorando que ele ainda esteja colocando as minhas necessidades antes das suas. Por causa disso, eu o quero muito mais.

— Eu não me lembro de alguma vez querer nada mais do que quero você agora. — Eu olho nos seus belos olhos verdes quando falo, deixando-o ver através da vulnerabilidade que eu tinha mantido trancada por tanto tempo.

Ele responde a minha declaração com um beijo. Chamar isso de beijo não parece ser o suficiente, é muito mais. Mas não há nome para duas pessoas se tornarem tão emaranhadas uma na outra, que elas se perdem. Para querer tanto alguém que seu corpo treme à espera de mais. Muito, muito mais.

Eu sinto sua cabeça inchada na minha abertura e ele interrompe o nosso beijo. No momento em que ele afasta a cabeça para trás, eu imploro por seus lábios de volta nos meus. Mas ele quer me olhar quando entrar pela primeira vez em mim. Acho isso excitante e erótico, e me pego querendo lhe mostrar o que ele está fazendo comigo, em vez de esconder minhas emoções. É tão diferente de quem eu sou.

Eu já senti a sua ereção entre nós, então sei que ele é grande, mas eu nunca o senti totalmente, para saber quão exatamente grande ele é. Até que ele empurra dentro de mim. Ele é gentil, como se soubesse que não pode dar-me tudo de uma vez, que ele poderia me rasgar ao meio se penetrasse em mim muito rapidamente. Ele entra com calma em mim e para, permitindo que meu corpo se acomode ao seu pênis grosso. Seus quadris fazem pequenos círculos suaves, permitindo que o meu corpo alongue antes de ele empurrar tudo para dentro. Ele se move lentamente e eu imagino que ele já deve ter entrado todo, mas então ele continua avançando. Centímetro após centímetro de uma gloriosa espessura me enche ao máximo. Até o momento em que a base de seu membro grosso bate contra o meu corpo, eu começo a me preocupar que não serei capaz de tomar mais. Mas ele para e começa a girar os quadris suavemente, movendo seu corpo perfeito, lentamente, para cima e para baixo, tocando de leve o meu clitóris a cada vez, enviando choques por todo o meu corpo.

Nico olha nos meus olhos e me sinto completa. Incrivelmente completa. Mas não apenas de seu comprimento grosso entrando e saindo lentamente de mim; estou completa de muito mais. Emoção, carinho, sensação crua... Algo que eu já não sentia há muito tempo. Viva.

Meus olhos começam a fechar quando eu sinto meu próximo orgasmo emergir para a superfície. Quero que ele me leve, quero me render à sua intensidade. Mas Nico tem outros planos. Ele beija suavemente os meus lábios e sussurra para mim.

— Eu quero ver você. Por favor. — Suas palavras são tão afetuosas e delicadas, que sou incapaz de negar qualquer coisa a ele. Meu orgasmo me atinge e luto contra a vontade de fechar os olhos. Ao invés disso, mantenho o olhar fixo nos olhos de Nico e dou o que ele quer, permitindo que ele sinta o meu orgasmo através dos meus olhos enquanto o meu corpo ordenha o dele através de ondas de espasmos incontroláveis.

Estou tremendo quando ele goza. Seus quadris finalmente mudam de golpes suaves para estocadas ferozes. Sinto a sua espessura crescendo dentro de mim e então ele goza em um grunhido. Um grunhido cru, primitivo, que é tão intensamente sensual, que detona um orgasmo inesperado no meu corpo e nós dois respiramos ofegantes durante o nosso clímax juntos. É a mais poderosa experiência íntima de toda a minha vida, e é apenas a nossa primeira vez juntos.

Não me lembro de cair no sono, mas acordo antes de Nico. Posso dizer que é de manhã pela luz que entra pela janela desenhando uma sombra. Minha cabeça está descansando na curva de seu ombro e seu agarre é apertado em torno de mim, mesmo durante o sono. Admiro o belo homem me segurando, seus músculos volumosos, mesmo em seu estado relaxado. É coisa de louco como o seu corpo é perfeito, como se tivesse sido esculpido por um artista. E as tatuagens. Droga, as tatuagens são apenas um complemento à beleza, fazendo-o parecer uma criatura exótica. Eu nunca fiquei com um homem tatuado. Eu costumava admirá-los de longe, mas nunca tive um na minha cama. Homens tatuados tendem a ter uma desvantagem. São *bad boys*. Eu só opto por aqueles que me transmitem segurança. Pelo menos, eu optava.

Embora eu esteja desfrutando completamente de vê-lo dormir, preciso ir ao banheiro. Eu me liberto com cuidado dos braços musculosos de Nico, tentando não acordá-lo. Gasto alguns minutos no banheiro, limpo-me e passo os dedos pelo cabelo. Olho-me no espelho e noto que pareço diferente, mas não sei ao certo o que vejo para me sentir desse jeito. Relaxada, talvez?

Volto para a cama e acho que tive sucesso em não acordá-lo, mas um grande braço me agarra e, de repente, estou de costas, debaixo de Nico. É um pouco irritante a maneira como ele me atira de volta, como se eu fosse leve como uma pena, mas ao mesmo tempo acho que é incrivelmente sexy.

— Bom dia, linda. — Nico enterra a cabeça no meu pescoço

enquanto fala. Suas palavras vibram com calor no meu pescoço e arrepios disparam por todo o meu corpo.

Não consigo ver seu rosto, mas, pela sua voz, sei que ele está sorrindo. Eu sorrio de volta, mesmo que ele não possa me ver também.

— Bom dia. — Levanto meu queixo, dando-lhe um melhor acesso ao local ele está sugando suavemente, e sinto a sua excitação na minha perna. Ele está duro e não é só uma ereção matinal que os homens têm ao acordar.

Nico desloca seus quadris e seu corpo cobre completamente o meu, e sinto-o perfeitamente posicionado na minha abertura. Mas ele faz uma pausa, puxa a cabeça para trás e olha para mim.

— Você está dolorida?

Na verdade, estou muito dolorida. E não só na minha área íntima. Todo o meu corpo parece que foi um pouco surrado na noite passada. Mas é uma sensação boa e eu quero mais dela. Tento minimizar o meu desconforto, sabendo que a informação completa pode fazê-lo parar.

— Não realmente.

Nico abaixa a cabeça e ouço uma risada profunda.

— Sabe, para uma advogada, você é uma mentirosa de merda.

— Você está dizendo que os advogados são, geralmente, bons mentirosos?

Nico arqueia uma sobrancelha, em diversão.

— É isso o que eu estou dizendo.

— E como você sabe que estou mentindo? Talvez eu não esteja dolorida. Talvez você seja muito prepotente em pensar que pode me deixar dolorida tão facilmente.

Ambas as sobrancelhas de Nico arqueiam em resposta ao meu comentário.

— Bem, pra começar, eu te fiz uma pergunta direta e você respondeu *não realmente*. Lembro que é isso o que você diz quando tem uma resposta que sabe que eu não vou gostar.

Olho de soslaio e franzo as sobrancelhas em um esforço para parecer irritada. Mas não adianta. Ele está absolutamente certo e não posso fingir que ele não está. Solto um exasperado e longo suspiro exagerado e reviro os olhos.

— Então, talvez eu esteja um pouco dolorida.

Nico sorri, parecendo todo cheio de si. Eu não tenho certeza se ele está assim por estar certo ou por me fazer ficar dolorida. Ambos, seria o meu palpite. Mas então algo em seu rosto muda e vejo seus olhos escurecerem, antes de ele sair de cima de mim. Estendo a mão para ele quando o seu corpo está metade fora do meu.

— Aonde você vai?

— Estou com fome. Eu ia preparar o café da manhã, já que você está dolorida.

Eu começo a responder, preparada para discutir com ele, quando percebo o que ele está fazendo. Ele não está levantando para sair de cima de mim, ele está levantando para se abaixar pelo meu corpo. Nico está com fome e eu mal posso esperar para ser a sua refeição.

Vinte e Um

Nico

Elle entra na cozinha usando apenas a camisa, abotoada até em cima, que eu estava usando ontem à noite, e um sorriso de satisfação. Eu me sinto como o maldito Tarzan e isso leva toda a força que tenho para não bater no peito, sabendo que eu coloquei essa satisfação no seu rosto. Mais uma vez.

Ela parece sexy e eu preciso voltar para dentro dela. Logo. Não me lembro da última vez que fiz café da manhã para uma mulher. Nos últimos trezes meses, eu tratei as mulheres como gatos de rua. Eu as tratava com um pouco de carinho, mas, se as alimentasse e elas soubessem onde eu morava, tinha medo de que elas voltassem. Mas Elle é diferente. Eu quero que ela fique. Eu quero fazer seu café da manhã e, em seguida, passar o dia com ela, talvez até mesmo passar o máximo de tempo com ela na cama.

Ela está quieta e espero que não esteja pensando em fugir. Ela tenta roubar um pedaço do bacon de peru que eu estou fazendo, e bato com a espátula em sua bunda. Hmm. Espero que ela fique, para que possamos brincar mais com a espátula. Eu a coloco em cima da ilha, e suas pernas nuas balançando me lembram as de uma criança. Ela é inteligente, sexy e bonita e não tem ideia disso.

— Você tem algum plano pra hoje? — Estou me aventurando em território desconhecido aqui. Normalmente é ao contrário. Elas querem ficar e eu mal posso esperar para me livrar delas.

— Umm. Nada que eu realmente queira fazer. Eu tenho algum trabalho para pôr em dia, mas isso pode esperar.

Levo um pedaço de bacon até ela e a alimento. Ela não tenta pegar da minha mão. Em vez disso, ainda sentada no balcão, morde um pedaço. Ela sorri para mim enquanto pega o último pedaço com a boca, mordendo o meu dedo de propósito. A mulher não tem um pingo de medo de mim, mesmo sabendo do que eu sou capaz.

Ela levanta uma sobrancelha, desafiando-me após a mordida.

— O que você costuma fazer aos domingos?

— Eu normalmente acabo lá embaixo, mesmo que eu diga a mim mesmo que não vou malhar. — Pego um outro pedaço de bacon do prato e ofereço para ela dar uma mordida. Enquanto ela mastiga, puxo sua bunda quase para fora do balcão, para que fique nivelada contra mim. A altura é perfeita. Definitivamente vou tomá-la na cozinha como está agora, assim que ela não estiver mais dolorida. Eu finjo oferecer uma outra mordida no pedaço de bacon, e o puxo de volta, empurrando o resto do pedaço na minha boca, em vez de na dela.

Ela, divertidamente, faz beicinho e me empurra, mas não saio do lugar.

— Preach e eu também costumamos pegar Vinny para jantar aos domingos, à noite.

— Vinny?

— Ele é um garoto do bairro que eu treino. A mãe é uma fo… fracassada e ele estava indo por um mau caminho. Tinha problemas na escola o tempo todo, com brigas, por isso estou trabalhando para dar a ele foco. Ele é um bom garoto, mas não nunca diga a ele que eu disse isso.

— Seu segredo está a salvo comigo. Eu não vou revelar que você é realmente um cara legal.

Eu envolvo meus braços ao redor da cintura dela.

— Espero que não, eu tenho uma reputação a zelar, sabe? — Eu planto um beijo em seus lábios, antes de terminar o nosso café da manhã.

VINTE E DOIS

Elle

— Oh, meu Deus, isso está tão bom. O que você colocou nos ovos?

Nico ri.

— Não posso revelar o meu segredo. Mas acho que você é um público fácil com toda a porcaria que come.

Depois do café da manhã, tomamos banho juntos, e ficamos até que nós dois estávamos enrugados e a água, fria. Eu poderia passar horas ensaboando todas as linhas duras de Nico. Ele é ainda mais sexy em plena luz do dia. Seus ombros largos e quadrados levam a seus grossos braços musculosos e tatuados. Seus músculos abdominais planos parecem esculturas de pedra e ele tem o mais delicioso V, que aponta para baixo para a sua impressionante masculinidade. Realmente uma obra de arte.

Nico diz que quer me levar para passar o dia fora e eu concordo, embora ele não me diga para onde vamos. Nós passamos pela academia ao sair e fico surpresa com o quão cheia está para um domingo. Muitos cumprimentos são trocados aos gritos e Nico acena, mantendo-nos em movimento. Ouço uma vaia ou duas enquanto caminhamos para a garagem e sinto o agarre de Nico apertar no meu quadril.

Ele abre a porta do SUV para mim e me ajuda a entrar.

— Desculpe por isso. Domingo é dia de competição e é um festival de testosterona. Eles vêm cheios de gás para competir e seus modos saem pela janela.

Eu sorrio.

— Não faz mal. Isso não me incomoda. Eu fui garçonete durante a faculdade em um lugar que sediava despedidas de solteiro privadas todo final de semana. Eu aprendi a sorrir e a ignorar muito rápido.

— Sim, bem, mesmo assim, vou chutar algumas bundas quando voltar.

Paramos o carro no *Navy Pier Park* e Nico dá a volta para abrir a minha porta. Ele me ajuda a sair do SUV, mas não solta a minha mão. Juntos caminhamos com nossos dedos firmemente entrelaçados, do estacionamento à roda-gigante. Eu nunca fui adpeta de demonstrações públicas de afeto, mas a sensação é boa, estranhamente natural, nada forçado ou vergonhoso.

Há uma feira acontecendo aqui, na maioria dos fins de semana do verão, junto ao Pier, e os vendedores estão espalhados por todo o parque. Nós andamos um pouquinho e o jeito que Nico nos guia me faz sentir que temos um destino para chegar eventualmente. Mas não questiono. É tão diferente seguir o fluxo e deixar que alguém assuma a liderança.

Nós nos deparamos com uma enorme mesa montada, cobertas de *Girl Scout Cookies* e dezenas de meninas uniformizadas de escoteiras. Uma menininha vem correndo na nossa direção e, por um minuto, acho que ela está fugindo de alguém. Seu rosto está tão determinado em direção ao seu destino! Não posso deixar de sorrir quando vejo o sorriso dele, seu rosto inteiro se ilumina como uma árvore de Natal na manhã de Natal, conforme ela grita.

— Tio Nico, você veio!

Nico a levanta e a balança no ar, no momento em que a garotinha está prestes a colidir em nós.

— Sim, pequenina, eu vim. Você me pediu para vir, certo? — Ele a coloca de volta no chão e ela pega a mão de Nico e começa a puxá-lo em direção à mesa de cookies. Nico olha para mim se desculpando, e pega a minha mão, puxando-me com ele. Somos um trem humano liderado pelo que parece ser uma menininha de seis ou sete anos de idade.

— Este é o meu tio Nico e ele é famoso! — a garotinha grita para suas amigas. Um bando de menininhas se aglomera ao redor de Nico e é a primeira vez que vejo esse grande cara durão parecer um pouco assustado.

Uma mulher para ao meu lado e se apresenta como Katie, mãe de Sarah. Ela pede desculpas pela empolgação da filha e me diz que o tio Nico é muito popular com os seus sobrinhos e sobrinhas. Eu a escuto falar, mas não consigo tirar meus olhos de Nico enquanto ele interage com as crianças. Ele é uma contradição ambulante, tudo o que não parece ser. Suave, gentil, doce e brincalhão, nada parecido com o lutador bad boy que vi pela primeira vez há mais de um ano em uma luta sem sentido, na qual eu não tinha que estar.

Como se me sentisse o observando, Nico olha para mim e me pega olhando para ele. Ele abre um sorriso e sorrio de volta. Quando eu finalmente desvio o olhar do homem que tem conquistado a minha atenção como nenhum outro, encontro Katie me encarando, sorrindo.

— O quê foi? — Por um segundo, acho que devo ter perdido alguma coisa durante o meu lapso momentâneo de consciência.

— Ai, meu Deus! Você está em apuros. Eu conheço aquele olhar dele. É o olhar de determinação e os rapazes Hunter não param até conseguir o que querem.

Dou uma risada do comentário dela, mas pensar que eu poderia ser a presa de Nico Hunter me dá a sensação de que tenho borboletas no estômago.

VINTE E TRÊS
Nico

— Estamos prontos. Daqui a cinco semanas, a contar de sábado, você enfrenta o Kravits. O Comissário em pessoa me deu a palavra dele de que isso não será um obstáculo para uma vitória na disputa pelo título. Você chuta o traseiro do Kravits e estamos de volta ao cinturão. — Preach sempre me coloca pra cima, sabe o que eu quero levar de uma luta.

Concordo, balançando a cabeça e começo a pular corda.

— Eles querem fotos novas para promoção até quarta-feira. Dinheiro deles, fotografia deles. Tudo o que temos que fazer é levar as garotas que você quiser para fotografar com você, como colírio para os olhos.

Eu movimento a corda mais rápido, fazendo duas voltas a cada pulo.

— Sem garotas.

Preach olha para mim como se eu tivesse duas cabeças.

— O quê? O que você quer dizer com sem garotas? Você é o Nico *"Destruidor de Corações"*, porra. Suas fotos sempre têm mulheres.

Eu posso ouvir a corda cortando no ar, cada volta assobiando conforme eu aumento a velocidade.

— Sim, eu sei. Não desta vez.

Preach cerra os olhos como se tivesse tentando ler as palavras que estão escritas na minha testa.

— Isso tem alguma coisa a ver com *a garota*?

Eu não respondo. Não é da conta dele, de qualquer modo.

Preach intensificou o treino de hoje e provavelmente vou ficar dolorido pra cacete amanhã, mas agora estou correndo em pura adrenalina. Faço uma corrida extra de oito quilômetros depois que ele vai embora, correndo a toda velocidade, quase o tempo todo. Eu simplesmente não consigo me cansar; me sinto assim nos últimos dias.

Deixo a água quente trabalhar meus músculos, forçando a configuração de massagem do chuveiro. Meus músculos ainda não estão doloridos, mas sei que eles vão ficar, quando eu me acalmar. Estou inquieto e não consigo relaxar. Eu cedo ao debate mental que tenho tido desde ontem, sobre não forçar a barra com a Elle. Não quero assustá-la, mas, porra, eu quero essa mulher. E mais do que na minha cama. Rapidamente, envio um SMS antes que eu mude de ideia. Estou agindo como um covarde.

Não consigo te tirar da minha cabeça.
O que você está fazendo?

Eu passo a bola para ela e vamos ver onde isso vai dar.

Fico surpreso quando meu celular vibra rapidamente, indicando a chegada de um novo SMS.

Eu também. Sobre o que pedir pra jantar.

O que você está a fim de comer?
Eu entrego.

Você.

Eu não respondo ao SMS, mas, vinte minutos depois, estou na porta de Elle.

Ela abre e sorri.

— Onde está o meu jantar?

— Estou bem aqui.

VINTE E QUATRO

Elle

Mal fecho a porta quando me vejo empurrada contra ela, por um metro e noventa de puro homem. Ele é todo força e poder, e não há dúvidas de que ele me quer. Muito. Quase tanto quanto eu o quero neste momento.

Posso sentir a sua grossa ereção enquanto ele me mantém presa contra a porta, com seu quadril. Ele está duro como aço e isso me deixa louca por ter tanta roupa entre nós. Eu estico a mão até seu zíper e o puxo para baixo em um movimento desesperado. O som reverbera alto entre nós e Nico geme quando coloco minha mão dentro da calça para libertá-lo. Eu preciso tocá-lo. Agora. Sentir o seu pau grosso e quente em minhas mãos. Libertando-o de sua cueca, dou uma bombeada rápida da base até a ponta, apertando firmemente.

Nico tenta tirar rápido a minha saia; suas ações são tão desesperadas quanto as minhas. Mas eu o pego desprevenido e seguro a mão dele para detê-lo. Ele se acalma. Já sei que ele parou para verificar se estou bem, mesmo no auge da paixão. Eu uso os segundos que passam, quando ele abre espaço para confirmar se estou bem, e deslizo para baixo, pela porta na qual estou encurralada, e caio de joelhos.

Olho para ele sob os meus cílios.

— Você disse que estava me trazendo o jantar.

A grande ponta lisa de seu pênis desliza pelos meus lábios e sou recompensada com um gemido e uma pequena explosão de pré-sêmem na minha língua. Eu chupo forte a cabeça grossa e bombeio meu punho para frente e para trás no comprimento dele. Outro gemido gutural faz meu clitóris inchar e abafo tudo, menos o desejo de ouvir aquele som novamente. Eu preciso ouvir isso.

Preciso saber o que posso fazer com ele. Que posso levá-lo para o mesmo lugar que ele me levou antes. Lugar que eu não tenho sido capaz de parar de pensar por dois dias inteiros.

Sinto Nico enfiar os dedos em meu cabelo, enrolando até que suas mãos estejam segurando minha cabeça firmemente. Eu o lambo da base à ponta, na parte de baixo, e repito lentamente a ação no topo. Posso sentir seus olhos me observando. Mesmo que eu não possa ver seu rosto, sei que ele está obstinadamente focado em mim. Quando alcanço a ponta, giro a língua ao redor, dando-lhe um bom espetáculo, deixando-o ver como a minha língua adora a sua espessura.

Uma última rodada e então eu o chupo profundamente, de forma inesperada, deixando-o surpreso com como eu o engulo até a minha garganta, ficando até difícil respirar. Seu pau incha, deixando-o mais grosso, e tenho que ajustar a minha respiração para o meu nariz, a fim de continuar. Algumas mexidas curtas e ele desliza para dentro e para fora com mais facilidade. Meus músculos da garganta relaxam, abrindo ainda mais para ele deslizar pela minha garganta molhada. Nico sibila um suspiro profundo e suas mãos no meu cabelo apertam quase ao ponto da dor, mas não completamente. Então acontece. Seu corpo tensiona e ele começa a se desfazer, com as mãos envoltas no meu cabelo. Puxando com força, ele curva a minha cabeça contra a porta enquanto começa a deslizar para dentro e para fora da minha boca, empurrando seu pau mais fundo na minha garganta. Ele grunhe enquanto fode a minha boca e o som dele perdendo o controle me leva à beira do meu próprio orgasmo.

As mãos de Nico, de repente, liberam a minha cabeça em um gemido rouco alto e eu o sinto começar a deslizar para fora de mim.

— Eu vou gozar, Anjo. — Sua voz é tensa e quero terminar o que comecei. Eu preciso terminar. Então, eu empurro para frente quando ele começa a se afastar e o pego de volta na minha boca, assim que ele começa a jorrar longos fluxos de sêmen quente e cremoso. Eu engulo tudo e, com avidez, chupo a cabeça, desesperada para ordenhar até a última gota dele.

Depois que ele é esvaziado e seu corpo fica relaxado, Nico me puxa e me levanta, embalando-me enquanto me leva pelo apartamento. Ele beija suavemente minha testa enquanto caminha até o sofá, e senta-se comigo, ainda embalada firmemente em seus braços.

— Isso foi incrível. — Ele beija o topo da minha cabeça e fala suavemente — Obrigado.

Eu me aconchego em seu peito e olho para ele.

— Eu não acho que é a etiqueta apropriada agradecer a alguém depois do sexo oral. — Eu fico tímida com a minha resposta.

— Eu não sou muito de etiqueta, Anjo. Eu digo o que sinto e me sinto grato. E não apenas sobre o boquete.

Algumas horas depois, estávamos deitados na cama, exaustos. Nico torce uma mecha perdida do meu cabelo ao redor de seu dedo, enquanto conversamos. Eu sempre fui uma pessoa que dormia depois do sexo, preferindo evitar a intimidade persistente que vem depois que duas pessoas compartilham seus corpos. Mas é diferente com Nico, eu gosto desse momento calmo, de nos conhecermos, quase tanto quanto do tempo físico. Ambos me acalmam, fazendo eu me sentir completa.

— Eu marquei uma data para a luta.

Sem pensar, traço o contorno da tinta lindamente moldada em seu peito musculoso, seguindo levemente o desenho com a minha unha.

— É a sua primeira luta desde... — Minha voz some, não sei como terminar a frase.

— É. — A voz de Nico é baixa e contemplativa, mas não soa como se eu o aborrecesse com a minha pergunta impensada.

— Quanto tempo faz?

— Muito tempo. — Ele faz uma pausa. — Desde primeiro de maio do ano passado, pouco mais de treze meses.

Sua resposta me diz que esse dia está gravado na sua memória. Aposto que ele pode citar o número de dias, horas e segundos desde que aquilo aconteceu. Isso estará sempre lá, no fundo da sua mente, mesmo quando ele não estiver pensando nisso. Isso nunca vai embora. Eu deveria saber.

— O que fez você decidir que estava na hora?

Um longo momento passa enquanto Nico contempla sua resposta.

— Eu realmente não sei... Apenas estou pronto para seguir em frente. — Seu braço me puxa para mais perto e ele beija o topo da minha cabeça. Um gesto tão pequeno, mas ainda assim tão grande.

Vinte e Cinco
Elle

— Bom dia, Regina. — Eu entrego um caramelo latte à minha amiga, quando chego muito mais tarde do que o meu mais tarde habitual.

— Parece que você teve uma boa noite. — Regina levanta uma sobrancelha, com um sorriso cúmplice.

Olho para mim mesma, perguntando se algo está fora do lugar. A minha camisa está abotoada torta? Como ela poderia saber?

— Você está brincando? É tão óbvio?

— Bem, você não costuma falar tão musicalmente. — Ela pisca para mim enquanto eu passo por sua mesa e encosto contra seu arquivo.

— Nico veio na noite passada. — Eu suspiro, pensando nele na minha cozinha fazendo o café, esta manhã, vestindo nada além de um moletom que pendia baixo em sua cintura de um jeito delicioso e pecaminoso.

— Imaginei, pelo sorriso "acabei de ser fodida" em seu rosto.

— Eu pensei que era a minha voz musical que tinha me entregado.

— Isso e as flores que chegaram quinze minutos antes de você entrar.

Meu dia passa em uma corrida de telefonemas e trabalho, que eu não tinha planejado fazer. Mas Leonard deve retornar em breve e quero deixar seus primeiros dias de volta mais tranquilos, então negligencio os meus próprios arquivos e passo mais tempo com os dele.

Ligo para Nico à tarde e agradeço-lhe as flores. Eu amei que ele me enviou flores silvestres, em vez de algo mais comum, como rosas. Elas são lindas, coloridas e condizentes com o remetente.

Regina e eu ficamos até mais tarde e pedimos o jantar no escritório. São quase nove e a nossa comida está fria antes mesmo de sentarmos na sala de conferências para dar as primeiras mordidas.

— Ele sabe? — A voz normalmente direta e sarcástica de Regina é delicada e apreensiva. Ela sabe que trazer à tona o passado pode fazer comigo, então ela aguarda atentamente a minha resposta.

— Não.

Regina olha para mim preocupada.

— Você não acha que ele vai entender... com o que aconteceu com ele?

Eu acho. Eu realmente acho que ele vai entender, por algum motivo. Mas não estou pronta para dizer as palavras em voz alta, ainda.

— Não comece, Regina. Isso é recente e não estou evitando o assunto, só não tivemos oportunidade.

— Você nunca terá oportunidade de falar sobre isso, a menos que levante o assunto. Quantos anos você perdeu com William e nunca tocou no assunto?

Eu suspiro pesadamente, eu sei que ela está certa, mas não estou pronta para que Nico olhe para mim de forma diferente. Ele vai me ver de um jeito diferente, quando souber. Ou pior, vai olhar para mim com pena. A maneira como ele me olha faz meu coração dar cambalhotas, algo que estou apenas começando a aprender a apreciar. Passei muitos anos da minha vida tentando fugir de todas as emoções. É a primeira vez que eu quero sentir alguma coisa, em um longo tempo. Sentir os altos e baixos e tudo o que está no meio.

126 VI KEELAND

— Eu só não estou pronta ainda.

Regina sabe o que eu passei, então ela não insiste. Mas sei que esta não é a última vez que vou ouvir isso dela.

Vinte e Seis
Nico

— A puta da outra noite tinha peitos gostosos, hein, *Destruidor de Corações*? — Frank Lawson é um completo idiota. Sempre foi. Eu nem percebi que ele estava no centro de treinamento na noite em que Elle e eu passamos por lá.

— Ela não é uma puta e mantenha os olhos longe dela quando ela estiver aqui, ou você vai ter que encontrar um novo lugar para treinar. — O local fica em silêncio. — Depois que eu chutar o seu traseiro.

Frank joga as mãos para cima em sinal de rendição exagerada e ouço alguns dos caras rindo tranquilamente ao fundo.

— Ei, Frank, Nico pode te usar como sparring, o que você acha? — Preach brinca. Eu sou grato pelo fato de Preach sempre me apoiar. Ele me deu uma desculpa para enfiar a porrada naquele idiota e chamar de treino.

Meu olhar está gelado quando Frank olha para mim. Ele sabe que estou puto. Mas o lugar ainda está tranquilo e agora ele vai parecer um viadinho se disser que não.

— Humm... com certeza.

Preach pisca para mim quando me viro para terminar o meu aquecimento. Em um dia ruim, eu posso acabar com Frank com uma das mãos amarrada nas costas. Hoje eu posso fazer ainda melhor.

Pouco tempo depois, Preach e eu trancamos o centro de treinamento e faço um shake de proteína para nós. Preciso repor as calorias; Preach está tentando me enrolar.

— Ponha um pouco de manteiga de amendoim extra no meu.

Dou um tapa no estômago de Preach.

— Você não precisa de manteiga de amendoim extra, velho.

— É melhor torcer para que você pareça tão bem quanto eu quando tiver a minha idade. — Ele encolhe a barriga e joga os ombros para trás enquanto fala.

— Vou me preocupar com isso daqui a setenta ou oitenta anos, quando eu estiver quase com a sua idade — respondo com sarcasmo. É assim que nós somos. Nós brigamos, discutimos, e nos aborrecemos um com o outro. Mas ele é como um pai para mim, o velho bastardo.

— Sim, bem, com a quantidade de alimento que você ingere, estou achando que você não conseguirá nem mesmo chegar à minha idade. A sua garota cozinha bem?

Eu ri.

— Ah, com certeza não. Fiz ovos pra ela, no outro dia, e ela achou que eu tinha feito alguma mágica para que eles ficassem tão bons. Tudo o que fiz foi colocar sal e pimenta.

— Bem, então, é bom que ela seja bonita se não sabe cozinhar — Preach implica.

— Se liga, coroa, ou vou enfiar a porrada em você também. — Eu lhe entrego seu shake, com duas colheres de manteiga de amendoim.

VINTE E SETE

Elle

Sexta à noite, Regina e eu saímos para beber depois do trabalho. Vamos ao bar que costumamos ir para um *happy hour*, e, apesar de estar lotado, conseguimos dois lugares no bar. Eu já tomei duas taças de vinho, enquanto Regina já tomou, pelo menos, o dobro disso. Nico ficou de me encontrar no bar às oito e me levar para jantar, então eu não quero estar embriagada. Não vou tomar mais nada por, pelo menos, duas ou três horas.

Olho para o bar lotado e fico surpresa quando ouço uma voz familiar que não esperava ouvir: William. Não é que eu não queira vê-lo, mas o lugar que estamos não faz parte da lista de restaurantes frequentados regularmente por William. Tenho certeza de que o *Zagat* nunca colocou os pés aqui dentro.

— Oi, Elle — William me cumprimenta da mesma forma que ele faria normalmente em um lugar público. Ele me beija no rosto e toca levemente o meu quadril. — Oi, Regina. — Ele lhe dá um sorriso, mas nenhum beijo na bochecha.

William apresenta o homem que está com ele, um dos novos associados em sua empresa. Ele é mais velho, mas agradável, apesar de ser bastante reservado. Estou surpresa com a falta de constrangimento em nossa conversa. Estranhamente, parece que nada mudou. Depois de alguns minutos, nós entramos em um bate-papo sobre um dos casos que discutimos no ano passado e Regina e o outro cara parecem ter encontrado algo em comum.

Eu não faço ideia de por quanto tempo nós ficamos conversando, mas foi bom, e eu começo a achar que talvez William e eu realmente podemos ser amigos. Talvez seja o que sempre fomos. Eu perco a noção do tempo, e me permito aproveitar a familiaridade da nossa conversa.

William está de costas para Nico quando ele se aproxima do bar, mas eu tenho um vislumbre no minuto em que ele entra pela porta. Meu corpo responde a ele instantaneamente, minha pulsação aumenta e minha respiração fica mais curta e mais rápida. Meus olhos seguem seus passos e os nossos olhos se prendem no instante em que ele me vê. O salão lotado some enquanto ele caminha para mim e sinto um formigamento no corpo todo com a intensidade em seu olhar. Deus, esse homem me faz sentir tão viva.

Ele está a poucos passos quando seus olhos finalmente deixam os meus e veem o rosto do homem com quem estou conversando. Algo em seu rosto muda, seus olhos estão mais escuros e mais selvagens, quando voltam para mim apenas um ou dois segundos mais tarde. William percebe minha distração e segue minha linha de visão, girando quando Nico chega até nós.

Sem esforço, William muda de amigo para empresário e cumprimenta Nico do jeito que eu já o vi falar com uma centena de clientes antes. Nico acena com a cabeça bruscamente e eu o ouço dizer:

— William. — Mas ele não faz esforço para conversar e seus olhos nunca liberam os meus. O constrangimento que faltou antes, com William, de repente, aparece com força total. O rosto de Nico não demonstra, mas posso sentir a tensão que emana de seu corpo.

Ele aperta os olhos, estudando-me, à procura de uma resposta para alguma pergunta não formulada. Eu ainda estou olhando-o quando Nico estende o braço na minha direção, sua mão grande enganchando suavemente ao redor do meu pescoço e me puxando levemente em direção a ele, aproximando seus lábios dos meus. Sua boca cobre a minha e ele planta um beijo rápido e seco em meus lábios. Sua cabeça se afasta um pouco e ele balança a cabeça e fala antes de me liberar.

— Anjo.

Vejo algo em seu olhar que eu não estou acostumada, mas não há dúvidas de que está lá. O ciúme, a possessividade. Ele simplesmente marcou seu território com um pequeno movimento. A sugestão de um sorriso que eu vejo ameaçar aparecer no canto da sua boca me diz que ele sabe exatamente o que estava fazendo. A mulher independente dentro de mim acha que eu deveria ficar puta, criticar a sua terrível ação territorial, mas meu corpo se recusa a ouvir. Em vez disso, estou excitada, achando seu gesto possessivo incrivelmente sexy e excitante.

Regina me tira do meu torpor com suas palavras e noto que os três estão olhando para mim. Esqueci-me de que havia mais gente conosco.

— Eu posso ser cumprimentada assim também? — Seu comentário sarcástico parece quebrar o silêncio constrangedor, e Nico responde docemente, dando-lhe um beijo na bochecha e um sorriso sexy.

— Oi, Regina. — Ela ri como uma colegial com seu toque. Minha amiga, definitivamente, tem uma nova paixão.

William aparenta estar confuso, parecendo quase chocado por um minuto. Sua reação me surpreende, não que ele reaja, mas que ele demonstre. Eu o assisto blefar nas negociações e cobrir sua surpresa com uma testemunha numa audiência, sem nunca demonstrar nada do lado de fora. Ele é um mestre em manter sua expressão, mas eu acho que o beijo de Nico deve tê-lo pego desprevenido.

Nico estende a mão para mim.

— Pronta?

Eu sorrio hesitante para William e me despeço de todos antes de dar a mão para Nico e segui-lo.

O restaurante fica na parte de trás do bar e é mais silencioso e mais íntimo. Nico puxa minha cadeira antes de se sentar e a garçonete pega nossos pedidos de bebida assim que sentamos. Nós estamos finalmente sozinhos e Nico está olhando para mim interrogativamente. Ele parece estar esperando que eu diga alguma coisa, mas não falo. Eu espero, quero saber o que ele está pensando.

— Bebidas com William? — Sua voz é baixa e ele parece bravo. Eu posso dizer que ele está fazendo o seu melhor para parecer controlado.

— Não foi algo planejado, se é isso que você está perguntando. — Eu levanto uma sobrancelha. Mas sei exatamente o que ele quer saber.

Nico me estuda por um segundo e, em seguida, balança a cabeça, aceitando a minha resposta.

O jantar é bom, embora eu ache que a comida que Nico faz é melhor. Nós deixamos pra lá qualquer incômodo sobre o nosso encontro com William, e Nico me tem rindo durante a maior parte do jantar, contando-me mais histórias sobre a sua adolescência com seus três irmãos. Suas memórias de infância são lindas, cheias de risadas e lutas e uma montanha-russa de emoções que sempre parecem terminar em amor. É tão diferente das memórias que passei metade da minha vida tentando manter esquecidas...

O gramado que levava à nossa casa era lindo, algo como se tivesse saído de um livro de contos de fadas. No entanto, lá dentro não tinha nada além de raiva e violência. A vida deveria ter sido fácil para nós. Éramos uma família. Dois pais e nenhuma das tensões financeiras que muitos têm que enfrentar diariamente. No entanto, a mãe solteira de Nico, que lutou para criar quatro meninos, parece ter sido capaz de dar a eles muito mais. Eu nunca vou entender por que vivemos daquela forma.

A garçonete chega com nosso pedido e olha para Nico timidamente.

— Humm... Eu posso incomodá-lo por seu autógrafo? Eu sou uma grande fã. — Ela está nervosa, balançando para frente e para trás enquanto fala e parece doce, quase coquete. Eu realmente não tinha notado antes. Ela é uma garota linda, parecendo uma boa menina de família.

Nico sorri e diz a ela que ficará feliz em dar seu autógrafo, e os dois passam alguns minutos falando sobre a sua próxima luta. Sua timidez facilmente desaparece enquanto eles falam e vejo como ela passa de menina tímida à mulher sedutora em pouco menos de três minutos. A transformação nela é notável. Mas é Nico quem consegue tirar aquilo dela. Ele lhe dá toda a sua atenção enquanto ela fala, um flerte sutil e ele nem precisa fazer esforço algum. Tudo o que ele faz emana dele naturalmente. Quando ele acaba, a doçura que eu senti quando a garçonete de olhos de corça pediu-lhe um simples autógrafo se transformou em outra coisa. Tenho certeza de que é algo como ciúme, mas é novo para mim.

Nico se vira para mim:

— Você está pronta? — Ele se levanta e me oferece sua mão.

— Claro, se você tiver acabado. — Minha resposta sai mais sarcástica do que eu pretendia, mas dou-lhe, no entanto, a minha mão.

As sobrancelhas de Nico arqueiam com surpresa pelo meu tom e ele olha para mim, primeiro confuso, e então rapidamente isso se transforma em diversão. Ele me puxa para ele e esmaga minha boca contra a dele. Ele não se importa com o fato de que estamos de pé no meio de um restaurante lotado, e faz com que isso não me importe também.

Nós não convidávamos mais um ao outro para passar a noite, era algo dado como certo. Passei anos saindo com William e nunca cheguei na fase em que eu e Nico estamos, ao final de poucas semanas juntos. Eu não sei quando isso mudou, mas acho que nós deixamos de simplesmente *sair*, para um relacionamento de verdade. Simplesmente aconteceu. Algo me tomou e já era tarde demais, antes que eu notasse. Não que eu fosse parar de qualquer jeito. Mas acho intrigante, quando olho para trás, a forma como eu agia com outros namorados. Este homem desperta coisas diferentes em mim. É como respirar. Eu não penso sobre isso, meu corpo e meu cérebro trabalham juntos por vontade própria, para cuidar da minha necessidade de ar. Nico se tornou uma necessidade.

Nós nos acomodamos em meu apartamento e Nico se senta

na poltrona de frente para o sofá. Parece mais uma grande cadeira com seu grande corpo ocupando tanto espaço. Eu o sigo e caminho em direção ao sofá.

— Vem aqui. — Sua voz é rouca e envia um arrepio pela minha espinha. Ele estende o braço e me puxa para que eu sente de frente para ele, montando suas coxas musculosas. Eu me contorço um pouco, para encontrar um lugar confortável, mas sinto seu pau duro embaixo de mim e não há lugar para me esconder, com minhas pernas tão abertas. Ele parece divertido me olhando, então eu sento numa posição em que ele fica pressionado contra mim, na minha área mais íntima. Eu sinto uma dor quase que imediatamente.

— Você é um pouco ciumenta. — Seus olhos brilham quando ele empurra meu cabelo para trás do meu rosto com seus dedos calejados. Ele se inclina um pouco e me beija suavemente nos lábios antes de falar, seus lábios ainda tão perto dos meus que eu posso sentir a vibração de suas palavras. — Eu gosto disso.

— E você, o que era aquela coisa que você fez com William? — Minhas palavras saem sem fôlego de seu beijo doce, mas seu corpo fica tenso embaixo de mim com a menção de William.

Nico puxa o rosto para trás para olhar para mim e agarra meu quadril com força.

— Eu disse que não vou compartilhar você. — Sua voz é grave e áspera.

Eu não sei como responder a isso, então sou honesta.

— William e eu somos amigos desde a faculdade de Direito. Ele é um bom amigo.

Nico olha para mim, esperando por mais.

— Nós meio que, você sabe, aprofundamos a amizade, há alguns anos. — Eu coro e mordo meu lábio inferior inconscientemente.

O queixo de Nico flexiona e seus olhos verdes ficam escuros, cinza nublado.

— E agora?

— Agora nós somos amigos de novo. Acho. Eu não o vejo desde que eu disse a ele que não queria mais ficar com ele, dessa forma. Hoje foi a primeira vez que o vi desde que você e eu começamos a ficar juntos.

Nico concorda. Seu rosto me diz que ele entende que ele não foi o meu primeiro, mas é difícil para ele ouvir. É difícil aceitar o pensamento de outro homem comigo. Eu quero que ele esqueça William, tire o nosso passado da cabeça e se concentre em mim. Em nós. Agora.

Eu me inclino para frente e pressiono meu corpo contra o dele, o movimento fazendo seu comprimento se esfregar em mim. Eu tento segurar, mas deixo escapar um pequeno gemido quando o sinto endurecer debaixo de mim.

— Você é minha agora. — Ele geme quando eu empurro meu peso em cima dele, o contorno dele empurrando-se contra mim com firmeza através de nossas roupas.

— Isso significa que posso fazer o que quiser com você, então? — eu flerto com um tom sugestivo e levanto uma sobrancelha.

— Só se isso significar que eu estarei enterrado dentro de você, nos próximos minutos.

Suas palavras estimulam ainda mais a minha excitação e não consigo chegar à sua pele nua rápido o suficiente. Começo a desabotoar a camisa, meus dedos frenéticos para desembrulhar o prêmio por baixo. Eu abro dois botões quando Nico passa a mão por trás, agarra sua camisa e puxa-a sobre a cabeça em um único movimento.

Eu pego a visão de seu peito nu, todo definido e saliente. A tinta abundante em seus braços se parece com arte na mais bela tela que eu já vi. Tinta sortuda. Eu traço as linhas em seu peito, as fendas separando um músculo do outro, permitindo que a minha unha raspe levemente contra sua bonita pele bronzeada.

Seu peito se ergue para cima e para baixo enquanto ele me observa tocá-lo. Eu circulo uma trilha ao redor de seu mamilo tenso e depois, lentamente, o acaricio com a minha língua antes de morder delicadamente. Nico geme e aperta meu quadril, deixando sua cabeça cair para trás enquanto respira fundo, lutando para manter o controle.

Com seu pescoço exposto, eu me inclino e beijo suavemente uma vez a base, e depois mordo suavemente. Eu alterno entre beijos suaves e mordidas em seu pescoço. Quando chego à sua orelha, paro e sussurro, permitindo que o ar quente do meu hálito saia flutuando quando falo.

— Estou tomando pílula e estou limpa, se...

Nico não me dá a chance nem mesmo de terminar a frase. Minha camisa é tirada antes mesmo de eu perceber que ele assumiu o controle. Sinto minha excitação aumentar, em reação à intensidade do seu movimento, e meu corpo treme quando ele praticamente empurra para baixo o meu sutiã e toma meu mamilo em sua boca. Eu choramingo quando ele morde e suga com força enquanto suas mãos me levantam para tirar minha saia.

Ele toma a minha boca faminta e eu me esfrego contra ele, meu clitóris inchado desesperado por atrito. Um gemido escapa quando sinto o quanto ele está duro e começo a me esfregar nele, no que resta de nossas roupas. Com um braço forte, Nico levanta minha bunda e a sua outra mão abre a calça, libertando-se.

— Eu quero tanto gozar dentro de você que dói. Sentir sua pequena boceta apertando meu pau nu. Preciso. Agora.

Como prova do nosso desespero, nós nem sequer tiramos a minha calcinha ou abaixamos a calça de Nico. Ele só empurra-os de lado para dar espaço suficiente, levanta-me alto e posiciona a ponta dele na minha abertura. Acho que ele está prestes a me puxar para baixo, colocando-se em mim e eu mal posso esperar. Mas então ele diminui a velocidade... ele está tremendo.

— Merda. Eu não quero te machucar. Quero que você me tome tão lentamente quanto for necessário.

Eu preciso dele. Não me importo se dói ou se meu corpo não está pronto para recebê-lo todo de uma vez. Eu tenho que tê-lo dentro de mim. Enchendo-me. Tomando tudo de mim. Agora.

Eu o surpreendo quando forço o meu peso para baixo e o tomo totalmente em um curso longo, mas dolorosamente feliz. Nico fecha os olhos por um segundo e geme alto. Estou rente à base dele e dou ao meu corpo apenas alguns segundos para se ajustar e acomodar o comprimento dele.

Nico pega o lóbulo da minha orelha com os dentes e morde, enviando uma explosão de dor e prazer até as pontas dos meus dedos.

— Cavalgue em mim. Você está tão apertada e molhada. Eu vou encher essa bocetinha sexy e torná-la minha. Eu quero o meu cheiro em você. Dentro de você. Assim todos neste maldito mundo saberão que você é minha.

Eu suspiro com suas palavras sujas. Elas me excitam. Enlouquecem-me. Eu me sinto à beira do orgasmo e ainda nem sequer me movi. Então começo a cavalgá-lo. Rápido. Com força. Nós dois estamos com um brilho de suor e nossos corpos escorregam, deslizando para cima e para baixo um contra o outro quando levanto e abaixo, repetidas vezes. Nico empurra o quadril para cima para encontrar o meu movimento descendente a cada impulso e nós dois explodimos juntos. Eu sinto seu corpo endurecer quando ele se libera em mim e empurra mais profundamente e com mais força, a cada explosão quente. É como se ele quisesse enfiar tudo dele dentro de mim tão profundamente que nunca pudesse escapar. Eu sei como ele se sente, porque me sinto da mesma maneira.

Minutos depois, o meu corpo mole cede em seu colo, mas ele ainda está dentro de mim. Ainda duro, mesmo depois de um orgasmo poderoso. Ele empurra meu cabelo molhado e docemente beija minha testa, segurando-me contra seu peito por um minuto. Então, ele se levanta, segurando meu corpo inerte em seu braço e me leva para o quarto, gentilmente me colocando em cima da cama. Ele tira as calças e se arrasta na cama, seu corpo nu encaixado atrás do meu, seus braços firmemente em torno de mim. Quando estou quase caindo no sono, eu o ouço dizer uma palavra em voz baixa.

— Obrigado.

Nenhum de nós se moveu quando eu acordo na manhã seguinte.

VINTE E OITO

Nico

— Deve ser bom ter um advogado que faz atendimento domiciliar. — Preach inclina o queixo para a recepção onde Sal está apontando para Elle a minha direção. Ela sorri para mim e eu sorrio de volta. Preciso fazer trinta flexões para terminar o meu treino da manhã, mas ver Elle me dá uma explosão de adrenalina e não me sinto como se eu já tivesse feito setenta.

Estamos juntos há mais de um mês e eu ainda me sinto da mesma forma como no dia em que a conheci. Ela não faz ideia de quão sexy ela é. Seu corpo é quente pra caralho quando ela fica nua embaixo de mim, mas ela encarna o visual de bibliotecária sexy quando está vestida com essas roupas de trabalho.

— Oi, Preach.

— Oi, Elle. O menino vai estar liberado em poucos minutos.

Ela olha para mim quando levanto a barra e eu a vejo focar no meu abdome sem camisa quando eu flexiono para levantar e abaixar o peso. Porra, o jeito que ela me olha como se quisesse me comer, me mata, às vezes.

— Eu gosto de vê-lo em ação, lá em cima. Talvez você consiga que ele faça um treino extra, hoje, pra mim? — ela brinca com Preach e ele ri.

— Você ouviu isso, Nico? A moça não acha que você está trabalhando duro o suficiente.

Eu termino a minha série com a barra. Meu suor ficou evidente em duas camisetas esta manhã e eu estou impregnado de novo. Estou pingando, ainda que eu tenha trocado a segunda camiseta há uma hora.

O DESTRUIDOR DE CORAÇÕES **141**

Ostentando um sorriso travesso, ando devagar, parando um pouco acima do degrau em que Elle está e a levanto, esfregando meu corpo suado em seu terninho.

— É isso mesmo? Você acha que eu estou afrouxando o treino, é? — Ela grita para que eu a coloque no chão, mas ouço o sorriso em sua voz quando ela cheira meu corpo, protestando que meu corpo suado irá arruinar seu terninho.

Eu a coloco suavemente de pé e lhe dou um beijo na boca. Ela finge estar chateada, mas não está e nós dois sabemos disso. Mas vamos jogar de qualquer maneira.

— Eu venho até aqui para pegar esses contratos e este é o agradecimento que recebo. — Ela faz um gesto para as marcas molhadas que deixei em seu terninho. — Da próxima vez, você irá enviar um mensageiro para entregá-los para mim.

Preach vai embora rindo.

— Vamos lá, eu vou tomar um banho rápido no andar de cima e você pode dar uma olhada na parte que não entendo. Eu deixo você me olhar enquanto estou no chuveiro, para fazer as pazes com você. — Pisco para ela e solto sua mão, seguindo em direção ao elevador sem esperar pela sua resposta.

VINTE E NOVE

Elle

Nico sai do chuveiro enrolado em uma toalha e eu já estou sentada à mesa com o contrato que ele quer que eu veja. Ele vem por trás de mim e move o meu cabelo de lado antes de me acariciar. Ele esfrega o nariz pelo lado do meu pescoço e respira fundo.

— Seu cheiro é tão bom.

— Costumava ser.

Ele ri e dá a volta na mesa para sentar do outro lado, oposto a mim.

— Eu não terminei de ler ainda, mas que parte você não gostou? Eu não vejo nada de muito incomum até agora.

— Isso é porque você ainda não leu os meus outros. — Nico apoia os cotovelos na mesa e junta as mãos. É uma postura comum, mas não há nada comum nisso quando é Nico Hunter quem faz. Seus bíceps, normalmente musculosos, ficam enormes, ainda mais definidos do seu treino da manhã. Tudo nele é tão extremamente macho e delicioso. Seu queixo quadrado, seus olhos verdes, que ficam cinza de desejo quando ele chega perto de mim, o jeito que ele olha para mim como se ele fosse um caçador e eu, a sua presa. Ele é incrivelmente perturbador. Ainda mais, sentado usando nada, além de uma toalha. Toalha de sorte.

Eu trago meus olhos de volta para ele e ele está me observando com um meio-sorriso sexy, que me faz derreter, e sei que fui pega olhando para ele.

— Vendo algo que você gosta, querida? — Sua voz é rouca e sexy.

O quê? Não! Esta é uma visita estritamente profissional. Eu

O DESTRUIDOR DE CORAÇÕES **143**

tenho que voltar para o escritório. William chegará às três para um depoimento em um caso em que temos corréus e eu quero ler o processo antes de passá-lo para ele.

O queixo de Nico flexiona e sua jovialidade desaparece. A menção de passar a tarde com William tem o efeito de jogar um balde de água fria sobre ele.

— Ainda bem que meu suor está impregnado em você, agora. Vai manter os outros leões à distância.

Eu reviro os olhos. Ele meio que finge que está brincando, mas sei que ele, provavelmente, está muito feliz consigo mesmo, pelo fato de que vou passar a tarde com William, cheirando a ele.

— De volta aos negócios. — Aponto para baixo, no contrato. — Por que você não me diz o que devo procurar?

— Bem, há três coisas que não parecem boas pra mim. — Ele levanta seus dedos, contando. — Isso é três vezes a quantia de dinheiro que eu recebi da última vez que participei de uma luta pelo título. Eles acrescentaram uma cláusula de desistência para Preach. E eles não têm que anunciar o desafiador até sete dias antes da luta.

— Ok, vamos analisar uma coisa de cada vez. Três vezes a quantia de dinheiro. Não soa como algo ruim pra mim. O que realmente te preocupa?

— Na verdade, nada. Eu gosto dessa parte. Mas não é realmente necessário. Por isso, fico me perguntando por que eles estão oferecendo isso. Eu sei que uma revanche para o meu título é uma máquina de fazer dinheiro, mas o dinheiro das apostas já seria suficiente.

— Ok, e a adição de uma cláusula de desistência para Preach é algo incomum?

— Sim, nunca tivemos antes. Se eu abandonar tudo, depois que a luta for fechada, eu pago uma multa pesada. Faz sentido. É uma cláusula comum para um lutador. Mas por que para Preach? Até onde sei, eles nunca colocam o treinador ou empresário nessas cláusulas. E a multa dele é quase tão alta quanto a minha. O meu é risco versus recompensa. Mas o dele é todo risco.

— Hmm. Que razão eles poderiam ter para querer colocar Preach no contrato?

— No começo, achei que poderiam estar pensando em investir muito dinheiro e resolveram fazer isso para se precaver, dividindo um possível prejuízo entre nós. Mas eu disse a eles que assumiria essa cláusula sobre Preach e eles não aceitaram.

— Então, isso significa que não se trata de dinheiro, eles querem que Preach invista. Que razão eles poderiam ter para querer que seu treinador invista também? Talvez eles queiram muito que você ganhe e acham que ele irá trabalhar mais intensamente com você.

— Eu não sei. Mas simplesmente não parece certo para mim. Preach concorda com a cláusula. Ele sabe que estou decidido e não vou voltar atrás. Mas ainda me incomoda.

— Interessante. Deixe-me pensar um pouco sobre isso... talvez eu possa ver de um ângulo diferente, já que estou de fora. E sobre o lutador sem nome?

— Normalmente, você sabe com quem vai lutar antes da luta. Eu acho que o meu caso é um pouco diferente porque eu nunca, tecnicamente, perdi o título, e o cara que o detém agora se aposentou por causa de uma lesão no olho. Portanto, não há oponente claro, embora todos nós presumimos que será Caputo; ele é o cara com classificação mais elevada depois de mim.

— Você estuda os seus adversários?

— Claro.

— Então, todo mundo que é um possível candidato passa meses te estudando, mas você poderia estar estudando o cara errado e só descobrir sete dias antes?

Nico se recosta na cadeira.

— Sim.

— Qual termo te incomoda mais?

— Preach ter uma cláusula de penalidade.

— Não é a parte sobre não saber com quem você vai lutar?

— Não. — Ele cruza os braços sobre o peito nu. — Eu não preciso mais do que um dia ou dois para aprender os movimentos de um lutador.

— Ok. Quanto tempo nós temos?

— Dois dias.

— Por que a pressa? Achei que você tinha pelo menos dois meses após a luta deste fim de semana antes da sua próxima luta.

— Eu tenho. Mas eles querem isso assinado antes da minha qualificação neste fim de semana. O negócio não tem andamento, a menos que eu ganhe, mas eles querem isso acordado antes do fim de semana, de qualquer maneira.

— Ok. Deixe-me trabalhar nisso. Eu tenho que ir. Preciso dar uma leitura rápida no meu arquivo antes do depoimento.

Nico se levanta e me agarra com força contra seu corpo quando tento sair depois de um bom beijo de despedida.

— Vinte minutos.

— Vou me atrasar.

— Eu vou me comportar.

— Tenho certeza que sim. Mas...

Minha objeção não é ouvida quando a boca de Nico cola na minha. Ele me beija longa e duramente com seus músculos nus pressionados contra mim, até que meu corpo desafia meu cérebro e sucumbe à sua demanda.

Uma hora mais tarde, eu estou voltando para o escritório, com o cheiro de Nico em minhas roupas e dentro de mim. Suspeito que Nico queria que fosse assim, sabendo que eu iria ver William.

TRINTA

Elle

Eu não tenho visto ou ouvido falar de William desde a noite no bar, quando Nico decidiu apresentar-nos como um casal, ao me beijar propositalmente bem na frente dele. Agora vou sentar ao lado dele durante um depoimento, com o cheiro de Nico no meu corpo e a calcinha molhada da nossa brincadeira no meio do dia. Eu realmente deveria ficar chateada com Nico por agir como um Neandertal, mas não posso deixar de sorrir quando penso sobre ele querer me marcar como sua. É arcaico e adolescente e o homem está me transformando em inimiga do movimento de libertação das mulheres, mas, caramba, o homem pode muito bem ser a minha kriptonita.

Nossos coclientes chegam aqui mais cedo, mais cedo do que William, o que é incomum. Ele é normalmente o primeiro a chegar em tudo. Acomodo nossos clientes em uma sala de conferências e o da oposição em outra sala e volto ao meu escritório para rever minhas anotações. Regina liga para o meu ramal, para me avisar que William chegou, e saio para a recepção para cumprimentá-lo, com um pouco de receio.

Ao contrário da última vez, e de todas as outras vezes que vimos um ao outro ao longo dos últimos anos, ele não me beija. Nem mesmo um beijo na bochecha. Ele é profissional, mas distante. Imediatamente posso dizer que ele não quer falar sobre qualquer coisa, além de negócios. Até a minha tentativa de puxar assunto e ser cordial é recebida com resistência.

— Como você está? — pergunto, tentando parecer simpática.

— Tudo bem. Nossos clientes já chegaram? — Ele não retribui a minha pergunta educada.

— Sim, eles estão na sala de conferência. Precisamos montar

um plano de ação antes de começar? — Nós trabalhamos bem juntos e geralmente não é necessário, mas sempre passamos alguns minutos conversando antes de nos encontrarmos com os nossos clientes, revendo a estratégia ou armadilhas que desejamos revisar.

— Não. A menos que você não esteja pronta.

Então é assim que vai ser? Eu endireito minha coluna e permaneço firme. Posso agir muito bem de forma impessoal.

— Estou pronta.

Uma hora depois do depoimento, o gelo entre William e mim descongela. Por duas vezes, ambos fizemos a mesma pergunta, ao mesmo tempo. Em seguida, ambos agarramos a jarra de água no centro da mesa, no mesmo momento. Mesmo adversários num caso, era estranho como podemos terminar as frases um do outro. Nós realmente somos bons juntos. Ou éramos, eu deveria estar pensando em éramos.

Estamos quase prontos para terminar e vejo William fazer a última das suas perguntas. Ele é inteligente, fala bem e é inegavelmente bonito. Financeiramente sólido, estável e confiável. Eu não sei o que estava faltando. William pega meu olhar quando se vira para mim, para perguntar se tenho outras perguntas a fazer, e fico um pouco nervosa por ter sido pega admirando-o.

Nós seguimos até a área da recepção para ver os nossos clientes saírem e Regina me diz que ela vai sair mais cedo, porque tem hora no salão. Eu sorrio e minto quando digo a ela que não vou demorar também. Nós sabemos que eu permanecerei aqui por mais horas. William caminha de volta para a sala de conferência comigo e passa alguns minutos falando sobre o caso. Não foi nenhuma surpresa, mas estou contente de termos a oportunidade de conversar antes que ele vá. Ele está amigável e menos tenso e nós facilmente voltamos a conversar como amigos.

Peço licença e vou ao banheiro feminino. Quando volto para

a sala de conferência, William está quase pronto arrumando os nossos arquivos. Eu teria que abrir tudo e organizar meus arquivos, se fosse qualquer outra pessoa, mas tenho certeza de que William arrumou tudo como eu teria feito. Nós somos muito parecidos, um pouco metódicos em nossos hábitos de trabalho. Eu ainda tenho que conversar com ele sobre o contrato de Nico, mas me sinto constrangida de falar.

— Humm. Tenho um contrato de luta que gostaria que você olhasse.

William para de arrumar os papéis e olha para mim. Ele parece confuso por um segundo e, em seguida, entende ao que estou me referindo e acena.

Vou até meu escritório para pegar o envelope no qual guardei o material com algumas das notas que fiz enquanto estava com Nico. Fico surpresa ao olhar para cima e ver William de pé na porta do meu escritório. Eu ando até ele e lhe entrego o envelope. Ele não se move da porta.

— Ele é o motivo pelo qual paramos de sair juntos? — A voz de William é tranquila quando ele fala.

Eu não tenho certeza de como responder a pergunta. A verdade é que ele é a razão pela qual eu parei de ver William, mas não pelo motivo que ele pensa, mas parece rude, de toda forma.

Eu olho para ele e, sem perceber, mordo o meu lábio.

William olha para mim e balança a cabeça como se entendesse, mas depois levanta a sua mão e puxa meu lábio onde eu estou mordendo. Ele mantém seu dedo sobre o lábio depois de soltá-lo de entre os meus dentes e esfrega no local onde provavelmente deixei uma marca.

— Isso que você faz sempre me deixou louco — ele diz com um pequeno sorriso e a voz baixa, seus olhos ainda focados em meus lábios enquanto fala.

— O quê? — soo confusa, porque eu estou. Não tenho nenhuma ideia do que ele quer dizer.

— Você morde o lábio quando está nervosa. É o seu segredo. — William sorri e olha rapidamente entre minha boca e olhos antes de continuar. — Já que você é uma super mulher, eu não vi isso acontecer muitas vezes, mas sempre achei que era sexy quando você fazia.

William ainda está de pé no batente da porta e agora, entre suas palavras e seu toque persistente em minha boca, o momento parece íntimo. Eu não sei o que dizer, então, permaneço lá parada como uma idiota. Ele me pegou de surpresa, eu sempre o li muito fácil. Seu dedo que traçou o meu lábio cai, mas sua mão se move para o meu pescoço. Tudo acontece em câmera lenta e ainda assim eu não tenho tempo de pará-lo quando ele abaixa o rosto no meu e me beija na boca.

Estou chocada. Não pelo beijo em si, mas porque eu nunca teria esperado isso de William. Levo um ou dois segundos para acordar e perceber que não me afastei. Mas, então, afasto-me. Puxo minha cabeça para trás e olho para William, de uma forma que espero que pareça estar ofendida ou chateada, ou apenas algo... qualquer coisa, que não seja o que eu acho. Ele está sorrindo. Como um gato Cheshire, um grande sorriso no rosto e não tenho ideia do que fazer com ele.

Eu ainda estou de pé perfeitamente imóvel com o envelope de Nico na minha mão, quando William o toma e se inclina para sussurrar no meu ouvido.

— Nós somos bons juntos e eu estarei aqui, se você mudar de ideia.

Após um longo dia, eu costumo tomar uma taça de vinho para ajudar a descontrair e relaxar. Às vezes, eu tomo um banho para ajudar meus músculos tensos a se soltarem. Hoje à noite, já estou na segunda taça e estou morrendo por um banho. Entre Nico na parte da manhã e William à tarde, eu estou precisando do conforto da água quente para relaxar minha cabeça.

Sento-me na água quente e fico quase de molho. Quando estou suficientemente relaxada, eu finalmente permito que o meu cérebro reconstitua o meu dia. Eu reproduzo o beijo de William na minha cabeça. Foi doce. Gentil. Familiar. E estranhamente ousado para William. Mas foi o seu sorriso e as palavras no final que foram mais surpreendentes. Ele acha que Nico não vai durar. Que, eventualmente, vou voltar a mim e as coisas voltarão ao normal. Eu provavelmente deveria ficar irritada com sua suposição. Mas, honestamente, como eu poderia culpá-lo? Até eu achei que Nico era errado para mim. Passei anos me convencendo do que eu queria, o que seria bom para mim. Eu fiz um trabalho tão bom que William acredita que ele me conhece melhor do que eu.

Dispenso os pensamentos sobre William rapidamente e passo o resto da minha celestial imersão na água quente pensando apenas em um homem. Nico Hunter. O jeito que ele me toca. Agarra-me tão apertado, como se ele tivesse que fazer isso, como se não houvesse outra escolha. Eu lembro de suas mãos sobre mim hoje. Ele não somente passou as mãos pelo meu corpo, sentindo minhas curvas, mas também suas pontas dos dedos pressionando dentro de mim, enquanto ele me sentia. Realmente me sentia. De uma forma que eu sei que ele está gostando de me tocar quase tanto quanto estou gostando de ser tocada. Antes de Nico, eu nem sabia que havia uma diferença na maneira como um homem pode passar a mão no meu corpo. Mas há, essa diferença é o que faz a minha mente tremer. Tenho alguns segundos de prazer com a visão de Nico em minha cabeça, quando meu telefone, apoiado na pia, toca e me tira da minha fantasia. Isso me assusta, e acabo jogando água por todo o chão quando salto para atender.

Seco as mãos de qualquer jeito e resolvo voltar para a banheira enquanto atendo a ligação. Falando no diabo...

— Oi. — Sua voz é rouca e baixa e um calafrio percorre meu corpo, embora eu esteja imersa em um banho quente. Me sinto como uma adolescente novamente. Animada ao ouvir a voz de um menino do outro lado do telefone.

— Oi. Como foi o seu dia?

O DESTRUIDOR DE CORAÇÕES **151**

— A parte do meio foi ótima.

Eu sorrio, mesmo que ele não possa me ver. Sim, eu sou uma colegial com uma paixão tão grande que estou sorrindo quando ele diz "oi" no telefone.

— Mmmm... essa foi a minha parte favorita do dia também.

Nico ri.

— Onde você está? Parece que você está em um túnel ou algo assim.

— Na banheira.

Nico solta uma onda forte de ar e sua voz se torna baixa e rouca.

— Você está nua agora?

— Aham. E estava pensando em você quando o telefone tocou.

— Ah, sim, no que você estava pensando?

— Na maneira como você me toca.

Nico geme.

— Você estava se tocando?

A minha resposta é honesta e sai antes que eu possa pensar melhor sobre oferecer a verdade.

— Acho que eu estaria, se você não tivesse me ligado.

— Merda. — Então ele fica em silêncio por um longo minuto e espero que ele diga algo mais, mas ele não diz.

— Qual é o problema?

— Você está me matando, Elle. Sinto como se eu tivesse catorze anos. Passo metade do tempo com tesão só de pensar em você. Eu não vou conseguir dormir depois disso.

Eu sorrio, sentindo-me satisfeita por não ser a única a me sentir como uma adolescente hormonalmente enlouquecida.

— Talvez você devesse tentar tomar um banho.

Nico fica quieto por um minuto. Estou prestes a perguntar se ele ainda está na linha, quando ele finalmente fala. Sua voz é baixa.

— Toque-se para mim, Anjo. — As palavras são tensas e a voz grossa paira no ar.

— Eu... eu nunca... — Quero dizer a ele que nunca fiz sexo por telefone ou me masturbei para um homem antes, mas as palavras estão presas na minha garganta.

— Você pode. — Nico sente a minha hesitação e não vai permitir.

— Não é...

— Seus mamilos estão duros? — Deus, eu amo a sua voz.

Olho para os meus mamilos, que mal estão cobertos pela água. Eles estão inchados e salientes e eu acho que eles ficaram ainda mais inchados nos últimos minutos.

— Sim. — Minha resposta sai num sussurro.

— Toque em um. Esfregue o dedo sobre a parte superior dele para mim.

Eu deixo de lado a minha hesitação e faço o que ele pede. Lentamente, passo meu dedo sobre o mamilo duro, fazendo um pequeno círculo. Meus mamilos, já inchados, respondem, e incham ainda mais, o suficiente para que eles não consigam ficar abaixo da superfície da água. Agora, eles estão saindo da água do banho. Não mais protegidos pela quentura, o ar frio encontra-os e é como se cada nervo do meu corpo estivesse ligado às pequenas protuberâncias salientes que espreitam para fora. Um choque de eletricidade percorre todo o meu corpo. Se tivesse fechado os olhos, eu poderia jurar que Nico estava soprando sobre eles. A sensação me surpreende e eu nem sequer tento mascarar o nó na garganta.

Nico geme.

— Aperte. Com força.

Eu aperto. Agarro meu mamilo inchado entre meus dedos e

aperto firmemente. Outra onda de eletricidade percorre minhas terminações nervosas. Só que, desta vez, todos os diferentes caminhos percorridos chegam ao mesmo lugar, no mesmo momento exato... meu clitóris. Um gemido baixo escapa dos meus lábios.

— É bom, não é, Anjo?

— Sim — admito, minha hesitação lentamente derretendo.

— Você precisa colocar o telefone no viva-voz. Coloque-o perto de você.

Eu faço o que ele pede.

— Feche os olhos.

A voz de Nico no alto-falante do telefone faz com que o que estamos fazendo pareça ainda mais íntimo, como se ele realmente pudesse estar de pé, perto de mim, dizendo-me o que fazer. Eu fecho os olhos, pronta para imaginar que ele está no banheiro comigo.

— Pegue a outra mão e toque o seu clitóris. Eu sei que já está inchado pra mim. Finja que eu estou aí com você, te observando. Estou sentado atrás de você, olhando você se tocar. Eu adoro ver você. Você é tão sexy.

Eu deslizo a mão pelo meu corpo e deixo a voz profunda e familiar de Nico preencher meus sentidos. Eu quase esqueço que é a minha própria mão que está esfregando meu clitóris excitado em pequenos círculos, quando ouço a necessidade em sua voz. É tão carnal. Outro pequeno gemido escapa e Nico responde com um grunhido, um som ecoando de puro prazer masculino. Isso me deixa ousada.

— Você está duro? — Eu finalmente encontro coragem para fazer mais do que ouvir.

— Duro como pedra. Eu quero estar dentro de você. Profundamente dentro de você. Eu preciso tomar a sua bocetinha apertada, amor.

Oh, Deus. Meu corpo aperta com suas palavras e eu consigo, literalmente, sentir suas palavras rolarem pelo meu corpo.

— É isso que você quer? Você quer o meu pau duro dentro de você, não é?

— Sim. — Minha voz é rouca e necessitada. Eu me empurro com mais força contra a parede da banheira, minha bunda esfregando contra o ferro fundido. Eu finjo que é Nico atrás de mim. Sua dureza atrás de mim enquanto eu me sento entre suas pernas e ele me observa enquanto eu me toco.

— Deslize dois dedos em sua boceta molhada. Eu preciso estar dentro de você.

Hesito por apenas um segundo antes de fazer o que ele manda, mergulhando dois dedos dentro de mim profundamente. Um som escapa da minha garganta, um cruzamento entre um gemido e uma palavra, e eu nem tenho certeza de qual era.

— É isso aí, Anjo. Dentro e fora. Eu estou dentro de você. Mais rápido. — A voz tensa de Nico soa tão desesperada quanto eu me sinto. Eu o imagino. Seus ombros largos e os braços musculosos. Seus belos olhos verdes em mim. Observando-me. Seu quadril empurrando para baixo em direção a mim. Seu pau longo e grosso. Deus, seu pau.

— Oh, Deus — eu gemo quando sinto o tremor inconfundível correr por mim quando o orgasmo começa a tomar posse.

— Goza pra mim — Nico fala e o tom de comando detona meu clímax e se espalha por meu corpo. Sinto os espasmos comprimirem meus dedos enquanto meu corpo pulsa descontroladamente.

Eu ouço o nome de Nico sendo chamado mais e mais, mas não registro que o som vem de mim. Já completamente rendida ao meu orgasmo, bombeio meus dedos dentro e fora do meu corpo, enquanto sinto a minha libertação, até que estou perseguindo a última onda com pequenos tremores.

Poucos minutos depois, nossas vozes soam diferentes. Elas estão nebulosas e roucas e me pergunto se nós dois conseguiremos dormir bem esta noite.

— Você também... — Minha voz falha. Eu quero saber se ele gozou. Não estou completamente certa do que eu faria se ele não tivesse, mas, agora que encontrei a minha felicidade, percebo que não faço ideia se ele estava se tocando também.

Nico ri da minha quase pergunta.

— Sim, meu anjo. Nós dois vamos dormir bem esta noite.

TRINTA E UM

Elle

Acho nossos assentos no ginásio onde vai acontecer a luta e meu meio-irmão Max está animado com o quão perto estamos sentados. Perto do ringue. Ou seria perto da gaiola, já que, tecnicamente, não há um ringue, mas sim uma gaiola? Nós não sentamos tão perto na primeira e única luta que eu tinha ido, mas ainda assim me encolhia a cada golpe. Violência é algo que tenho firmemente evitado desde que eu era grande o suficiente para controlar o meu próprio caminho. No entanto, aqui estou eu, prestes a ver alguém que eu gosto agredir outra pessoa. Ou pior, ser agredido. Eu mal dei um cochilo ontem à noite, preocupada com o que aconteceria aqui. No entanto, sinto que meu corpo está bem desperto, estranhamente em alerta máximo.

Lily, a cunhada de Nico, chega com sua comitiva e não há dúvida de que o homem de pé ao lado dela é o irmão mais velho de Nico, Joe. Eles são a cara um do outro, só que seu irmão é um pouco mais baixo e tem um pouco de barriga, enquanto Nico não tem um grama de gordura em seu corpo. Lily me apresenta a seu marido e ele sorri. É o sorriso de Nico, sem as covinhas. Vê-lo no rosto de outro homem é quase estranho, mas de alguma forma isso me faz sentir próxima do homem rapidamente. Há uma sensação de familiaridade que me deixa à vontade por causa da semelhança.

Lily também me apresenta a um adolescente chamado Vinny. Já ouvi Nico falar sobre ele antes. A família de Nico parece tê-lo adotado extraoficialmente, dando um bom suporte ao menino com uma vida familiar ruim. Eles dão suporte a ele, como uma família, cada um dando apoio da forma que pode.

Vinny está vestindo uma camisa com uma foto de Nico e ele percebe que o estou olhando.

— Eu tirei a foto. — Ele levanta uma câmera, com orgulho, quando fala.

— Bem, é uma camisa muito legal.

— Você realmente gosta?

— Gosto sim. — Eu sorrio para ele. Posso ver que Vinny tem a mesma luta interna adolescente que muitas vezes eu vejo em Max. Ele quer ser descontraído e legal, mas às vezes ele tem dificuldade em esconder sua excitação. É adorável.

Eu acho que ele avalia a minha sinceridade. Em seguida, acena com a cabeça uma vez e continua.

— Eu vou fazer uma pra você. Nico vai ficar se sentindo ao ver a garota dele usar uma camiseta com a foto dele.

Nós todos rimos com o comentário de Vinny, mas eu não posso evitar de achar que o menino está certo. Nico vai adorar me ver usar uma camisa com sua foto estampada no peito, para afastar os outros leões, quando ele não estiver por perto. Vinny é um garoto inteligente, conhece Nico bem.

Vinny e meu meio-irmão se tornam amigos instantaneamente e eu fico contente porque isso me permite espaço para conhecer Lily um pouco melhor, antes do início da luta. Além disso, os meninos vão se divertir mais, sem que eu esteja sentada entre eles, encolhendo-me a cada golpe.

Eu nem percebo que estou me mexendo na cadeira, mas Lily nota.

— Está nervosa? — Ela sorri para mim. É um sorriso genuíno e tenho a sensação de que ela acha divertida a minha incapacidade de ficar parada, por algum motivo.

— É tão óbvio?

— Bem, eu imaginei que era isso ou que você está muito apertada para ir ao banheiro pelo jeito que você está balançando essa perna. — Ela faz um gesto com a cabeça apontando para minha perna, que está balançando freneticamente para cima e para baixo. Eu nem tinha percebido que estava fazendo isso. Eu sorrio para ela e faço minha perna parar de balançar.

— Luta nunca foi a minha praia. — É o eufemismo do ano.

— Bem, não se preocupe, então. — Ela faz uma pausa e se senta mais reta na cadeira, uma declaração silenciosa de confiança em suas próximas palavras. — Isso não vai durar mais do que trinta segundos. Nico pode derrubar este palhaço com um braço amarrado nas costas.

Quase uma hora mais tarde, os adversários são chamados para dentro da gaiola. Estou sentada ao lado de meninas com biquínis minúsculos segurando cartazes publicitários, comentaristas dando suas previsões sobre a luta, e Max e Vinny tendo devorado três cachorros-quentes. Lily e Joe tentam me fazer tomar uma cerveja com eles. Sei que eles estão tentando ajudar, deixar-me leve para relaxar um pouco. Mas estou ciente do efeito que o álcool tem sobre o meu estado emocional e fico com muito medo de perder o controle. Estou prestes a ver o homem pelo qual sou louca fazer coisas que me deixam nervosa e que irão desenterrar memórias ruins. Memórias que não posso me permitir associar a Nico Hunter.

— Senhoras e Senhores, no canto vermelho, com um metro e oitenta e seis de altura, pesando cento e um quilos, ele é o ex-campeão dos pesos pesados, ele não precisa de apresentação para as mulheres... Esse é Nico Hunter, O Destruuuuuiiiiddooorrrr de Coraçõeeeesss. — O público vai a loucura, mas ninguém fica como Vinny, que está pulando e gritando tão alto que eu posso ver as veias aparecendo nos lados do seu pescoço. Lily olha para mim, depois para Vinny, e depois de volta para mim, e nós duas rimos, mas ninguém pode nos ouvir ao lado do fã número um de Nico.

O adversário de Nico é apresentado e recebe apenas uma fração dos elogios, além de algumas vaias. Principalmente de Vinny e do meu meio-irmão. O locutor fala um monte de regras e recita algumas informações sobre disciplina, nenhuma que signifique muito para mim. Faço uma nota mental para aprender mais sobre o esporte na minha próxima tarde em companhia do Google.

Os dois homens se voltam a caminho de seus respectivos cantos e Nico está olhando a multidão pela primeira vez desde que entrou na arena. Ele é, inegavelmente, uma festa para os olhos, a fantasia de toda mulher. É alto e lindo com um queixo quadrado e olhos cor de jade. E seu corpo, oh, seu corpo. Eu poderia ficar perdida nos vales que definem seus músculos. Mas eu não sou a única a notar. As mulheres gritam e o cantam como trabalhadores da construção civil quando uma minissaia passa no calor do verão. Nico, ou não se importa, ou está tão concentrado que não permite que a interferência externa o distraia. Eu acho que ele deve ser perito em abafar a multidão. Mas então ele vira a cabeça e seus olhos encontram os meus instantaneamente através da multidão. E ele me encara. Há, provavelmente, dez mil pessoas gritando aqui, mas, por alguns poucos segundos, há apenas eu e Nico. Ele não sorri ou esboça reação, mas quer saber que estou aqui. Vendo-o. Apoiando-o. E eu finalmente percebo que, mesmo com o meu passado, não há nenhum outro lugar que eu preferiria estar.

O primeiro round dura apenas cinco minutos, mas parece como se fossem cinco horas. Eu aprendo rapidamente que é muito mais difícil assistir a uma luta quando alguém que você gosta está dentro da gaiola. A porta da gaiola fecha e eu respiro fundo, esperando que Lily esteja certa e que eu possa respirar em trinta segundos quando acabar.

Nico está se segurando, mas definitivamente não é a luta desigual que todo mundo parece ter esperado. O intervalo entre as rodadas é curto, mas Preach parece passar o tempo todo gritando com Nico. Alguma coisa está errada. Eu posso ver pela maneira como Preach grita e Nico o ouve. Isso aparece no rosto do irmão de Nico também.

Os dois homens estão de volta depois de um descanso que é muito curto para eu recuperar o meu fôlego, muito menos para um lutador. Há menos pulos ao redor de um para o outro neste momento. Os golpes começaram agora e eu vejo como o adversário de Nico atinge com força o lado esquerdo do seu queixo. Uma verdadeira onda de náusea me atinge e, por um segundo, acho que eu poderia estar fisicamente doente. Nico parece chateado, mas leva o golpe no tronco, sem abalar seu equilíbrio. Ele bate de volta e seu oponente dá dois passos para trás com a força, balançando, mas permanece em pé. Caia, droga, caia.

Eventualmente, Nico derruba seu oponente no chão e vai para cima dele. Seu adversário está completamente exposto e parece que Nico tem a oportunidade perfeita para atacar. Eu me preparo para o golpe que parece estar prestes a atingir o lado do pobre homem deitado de costas em uma posição tão vulnerável. Mas o golpe não vem. Poucos segundos depois, o seu adversário se solta e os dois homens levam a luta ao chão.

Quando finalmente a rodada termina, afasto meus olhos da gaiola para olhar para Lily. Eu me sinto desesperada.

— Está tudo bem? Não parece com a luta fácil que você pensou que seria.

Lily olha para mim e eu vejo um flash de dor em seus olhos. Ela está chateada com a luta, mas algo em sua expressão me diz que a dor não tem nada a ver com a capacidade do adversário de Nico. Lily abre a boca para responder, mas depois para e a fecha. Mas Joe entra na conversa.

— Ele está com medo de machucá-lo. Não é assim que Nico luta. Eu já o vi bater com mais força num treino, durante o aquecimento na academia.

Mais rápido do que eu posso entender a enormidade das palavras que me atingem, o intervalo acaba e os dois homens se encontram de volta no meio, prontos para a rodada final. Passaram-se apenas alguns segundos no relógio quando seu oponente bate forte, atingindo Nico com um chute nas costelas que me deixa com a sensação de que poderia tê-lo machucado. Mais uma vez, Nico não tropeça, ele mantém-se firme. Mas outra coisa acontece, eu vejo isso na cara dele. Ele está chateado. Realmente chateado.

Sua resposta é direta em seu adversário, levando-o ao chão em uma queda poderosa. Nico se move rápido, e, em poucos segundos, ele o tem preso num golpe complicado, que me dá a sensação de que, se o cara se mexer alguns centímetros, o braço dele se partirá em dois. Nico torce seu corpo uma vez para adicionar pressão e o cara bate a mão contra a lona, admitindo a derrota.

A multidão ruge, algumas das mulheres estão de pé em seus lugares, agitando bandeiras e dizendo a Nico que o amam. Estou exultante que acabou, mas, de alguma forma, não consigo me animar para comemorar. Eu sei que deveria comemorar, ele ganhou, mas não parece uma vitória. Depois de observar a multidão, viro para ver Lily e Joe, que não estão comemorando também.

O locutor segura a mão de Nico, declarando-o vencedor, e eu pego meu primeiro vislumbre dele. Ele não está sorrindo também. Seu rosto está em branco, desprovido de qualquer emoção, e isso me envia um arrepio na espinha. Percebo que ele não olha na minha direção, nem mesmo no caminho, quando passa pela nossa fila. É a primeira vez que o arrepio que recebo de Nico Hunter não é bem-vindo.

TRINTA E DOIS

Elle

Max está animado para encontrar Nico após a luta. Ele convidou Vinny e os dois estão reencenando a luta, dando socos no ar um no outro enquanto nós vamos para o salão da arena. Há mais lutas em curso depois da luta de Nico, mas não quero ficar para assistir e os meninos estão ansiosos para ver seu ídolo.

Mostramos nossos passes para os bastidores ao segurança, que deveria estar na gaiola em vez de fazer a verificação das identificações. Os meninos estão orgulhosos porque temos acesso aos bastidores e eles usam suas credenciais ao redor do pescoço com orgulho. Seguimos as indicações que o segurança nos deu por um lance de escadas e uma série de longos corredores. Estamos nos fundos do edifício e há um bando de lutadores, treinadores e pessoas de publicidade por aqui. Há também muitas mulheres aproveitadoras, em roupas minúsculas, oferecendo-se. Vinny parece reconhecer todos os lutadores e recita suas estatísticas quando eles passam. O garoto é uma enciclopédia ambulante sobre o quem é quem no MMA.

Eventualmente, a sala 153 aparece, onde fomos informados de que Nico estaria. A porta está entreaberta e há vozes vindas de lá. Conforme nos aproximamos, reconheço a voz de Preach e ele não está só falando em voz alta, ele está gritando como um louco.

— Eu pensei que nós tínhamos superado essa merda! Você me disse que estava pronto. Você não está pronto, porra. Seu corpo está pronto, mas só você sabe o que tem naquela cabeça dura do seu...

Estou parada do lado de fora da porta, basicamente escutando tudo, quando me lembro que os meninos estão ouvindo também.

— Vocês dois. — Eu vasculho na minha bolsa e puxo uma nota

de vinte dólares. — Voltem lá pra fora e comprem alguns pretzels e assistam à próxima luta. Voltem quando acabar. — Max começa a reagir e reclamar e dou a ele o meu grande olhar mortal de irmã mais velha e aponto o dedo na direção que viemos. — Agora.

Vinny cutuca meu meio-irmão.

— Vamos, cara. — E os dois, a contragosto, viram para ir embora. Um garoto inteligente como Vinny sabe quais batalhas deve lutar e quais ele nunca vai ganhar. Ele vai se dar bem na vida.

Agora que já mandei os meninos para longe, não tenho certeza do que fazer. Preach ainda está gritando e não ouço Nico dizer uma palavra. Parte de mim sente como se eu não devesse interromper, mas outra parte deseja entrar e proteger Nico. Eu sabia que algo estava errado, mas ele ganhou, porra, não merece ser tratado assim. A leoa em mim vence e bato na porta uma vez e, em seguida, entro na sala sem esperar por uma resposta.

Nico está sentado em um banco com a cabeça entre as mãos, olhando para baixo. Sua postura me faz lembrar de uma criança que está sendo repreendida. Ele está derrotado e desapontado. Ele não olha para cima quando eu entro, mas Preach se acalma momentaneamente e se vira para mim.

— Talvez você possa colocar um pouco de juízo na cabeça dura dele. — Preach joga a toalha que segurava no chão e sai da sala, batendo a porta.

Espero alguns segundos, longos segundos nos quais eu realmente ouço o relógio na parede marcando atrás de mim, mas Nico ainda não me reconhece. Ele não se move. Então, respiro fundo e caminho até ele, parando em frente ao banco onde ele está sentado. Eu lentamente me aproximo mais e coloco minhas mãos em seus ombros. Estou sem saber o que dizer, mas quero consolá-lo de alguma forma.

Gentilmente, deslizo meus dedos para trás e para frente sobre sua pele quente, no que espero que seja um movimento suave. Seus ombros ficam um pouco menos tensos com o meu toque.

— Você está bem? — Minhas palavras são quase um sussurro.

164 *Vi* KEELAND

Nico balança a cabeça. Não.

— Você se machucou fisicamente? Posso fazer alguma coisa?

Mais uma vez, apenas um aceno negativo como resposta.

— Você quer falar sobre isso?

Outro aceno de cabeça.

Fico ali por mais alguns minutos, em silêncio, com as mãos em seus ombros e ele com a cabeça ainda baixa. É o mais longo tempo que eu estive perto dele sem ele me tocar. Ele está bem na minha frente, mas está a anos-luz de distância. Eu quero tanto ajudá-lo, eu preciso fazê-lo se sentir melhor. Mas ele ainda não olhou para mim ou falou. Eu me ajoelho na frente dele e coloco minhas mãos em seu rosto e olho para ele. Estou tão perto, que ele não pode mais me evitar. Ele inclina a cabeça ligeiramente para cima e levanta os olhos para os meus. O que encontro olhando para mim quebra meu coração em milhões de pedacinhos. Os olhos, normalmente fortes e confiantes do *meu* homem, estão cheios de lágrimas não derramadas e ele parece... quebrado. Assustado. Triste. Seu rosto está cheio de angústia quando ele olha para mim. Ele ainda não fala, mas seus olhos dizem tudo.

Ouço vozes na porta e, em seguida, há uma batida antes de Vinny e Max entrarem. Eu me afasto por uma fração de segundo para olhar para os meninos e, quando volto para Nico, a emoção em seu rosto desapareceu, substituída por uma fachada de pedra que eu nunca vi antes.

— Tire os meninos daqui — a voz severa que eu não esperava ouvir ordena, deixando-me surpresa. É fria e distante e me assusta ouvir esse tom na voz em Nico. Olho para o rosto dele com a minha testa franzida, confusa, como se as palavras que ele falou fossem em outro idioma. Mas, se suas intenções não foram claras da primeira vez que ele falou, não há dúvidas sobre elas na segunda.
— Vá para casa, Elle.

Eu demoro horas para adormecer e, quando finalmente consigo, rolo a noite inteira, sem descanso. Não consigo deixar de me lembrar do rosto de Nico quando me ajoelhei diante dele. É uma imagem muito familiar para mim. Tristeza. Vergonha. Autoaversão. Esse momento volta para te assombrar quando você menos espera. Justamente quando você pensa que finalmente encontrou uma maneira de enterrá-lo em algum lugar dentro de si mesmo, ele eleva sua cabeça feia e então você está de volta à estaca zero. Volta a viver com a dor. O pesar. O sentimento de culpa. E o processo de cura tem que começar todo de novo.

TRINTA E TRÊS

Nico

Eu nem percebo meus dedos sangrando até a voz alta de Preach tirar minha atenção do saco. São cinco horas da manhã e estou aqui há horas. Não importa o quão duro eu tente, não consigo ser forte o suficiente para fechar os olhos e não ver seu rosto; o cara que vai me assombrar pelo resto dos meus dias.

— Você ficou aí a noite toda? — É a primeira vez que Preach fala comigo desde a luta. Ele gritou e xingou, mas nada que ele disse exigiu uma resposta até agora.

— Quase.

— Você está deixando sangue por todo o saco. Vá colocar gelo nisso. — Ele não dá a mínima para o saco, é uma maneira de Preach me mandar parar.

Eu olho para as minhas mãos e vejo a bagunça que fiz, pela primeira vez, mesmo que elas estivessem sempre na minha linha de visão. Há cortes e sangue cobrindo meus dedos. Alguns estão inchados, com o dobro do tamanho, e tenho certeza de que estão quebrados. Mas não sinto nenhuma dor. Eu quero, mas estou entorpecido.

Vou até a pequena cozinha do centro de treinamento e envolvo meus dedos no gelo. Eu não me incomodo em limpar o sangue das minhas mãos manchadas. Preach me segue e me oferece uma garrafa de água e três comprimidos.

— Tome.

Eu sei o que é. Um pesado comprimido para dormir e dois analgésicos. Meu coquetel preferido por quase três meses depois da minha última luta. Preach jogou tudo fora uma noite, pelo menos achei que ele tinha, quando cheguei a um ponto de autopiedade que eu já não podia funcionar sem eles. Eu estava devorando-os como uma criança com um saco cheio de M&Ms. Quando ele levou os comprimidos embora, custou-me quase dez mil. Dez mil dólares em reparos, quando quebrei o meu próprio centro de treinamento, porque o filho da puta do médico não quis me dar uma nova receita para substituir o medicamento que Preach levou. Estou surpreso que ele está oferecendo-os para mim agora.

Preach empurra sua mão, colocando os comprimidos ainda mais na minha direção.

— Puta que pariu, Nico, tome logo essas merdas. Você precisa dormir, seu corpo precisa descansar e a sua cabeça de burro e idiota não vai permitir relaxar o suficiente para isso. Você vai tomar isso como deve ser tomado, por um ou dois dias, para se recuperar, não como se fosse a porra de um doce.

Com hostilidade, eu pego os comprimidos e engulo-os em um gole e deixo Preach ali com a garrafa de água na mão.

Alguns dos frequentadores estão começando a chegar agora e eles gritam parabéns em minha direção. Eu não quero ouvi-los, não mereço ser parabenizado por ninguém.

Trinta e Quatro

Elle

Depois de não ter notícias de Nico ontem à noite após a luta, nem durante todo o dia de hoje, vou para a academia depois do trabalho. Ele não respondeu aos meus sms e minhas ligações vão direto para a caixa postal. Ou ele está me ignorando ou o telefone está desligado. Tudo o que preciso é ter certeza de que ele está bem. A preocupação era grande dentro de mim durante todo o dia e eu quase corro do carro até a entrada do centro de treinamento.

O cara que habitualmente fica no balcão me reconhece e pergunto se Nico está por lá. Minha preocupação aumenta quando ele me diz que não viu o dia todo. Agora estou começando a me perguntar se ele está deitado em algum lugar, inconsciente, com um ferimento na cabeça não diagnosticado depois da luta.

Preach me vê e me chama em sua direção com um apito alto e um aceno de cabeça. Ele está segurando o saco pesado, enquanto um cara sem pescoço dá socos e chutes tão rápidos que parece que ele está tendo uma convulsão.

Eu vou até Preach e o cara sem pescoço para de bater o saco e me dá um olhar e um sorriso malicioso. É um sorriso e um olhar que me dão vontade de tomar banho. Imediatamente.

— Essa é a namorada do Nico, seu grande idiota. Se ele te pega olhando pra ela desse jeito, você vai ter que procurar um novo centro de treinamento. Depois de passar dez minutos catando seus dentes do chão. — O tom de Preach não é brincalhão quando ele fala.

Eu abro um sorriso hesitante para Preach.

— Você viu Nico? Ele não respondeu os meus telefonemas durante todo o dia.

— Eu o coloquei na cama esta manhã. — Preach olha para mim e depois de volta para o sem pescoço. — Suma por dez minutos.

Sem reclamar, sem pescoço desaparece. Se eu não estivesse de mau humor, provavelmente acharia estranhamente divertido o poder que Preach tem sobre os homens com o dobro do seu tamanho.

— Você teve que colocá-lo na cama? Ele está bem?

Preach puxa uma toalha do bolso de trás e limpa as mãos enquanto fala.

— Ele tem alguns problemas, Elle, você já sabe disso, certo?

— Você está falando do que o impediu de finalizar a luta rápido?

— Sim, isso. Bem, eu o encontrei tentando esgotar o corpo. É como ele lida com as coisas. Ele treina. Muito. Muito intensamente, às vezes. Acho que ele fez isso a noite toda. Machucou suas mãos, que vão curar. Mas, acho que o pior de tudo está em sua cabeça. Eu posso consertar o corpo. Mas não posso consertar o que está aqui dentro. — O dedo indicador de Preach bate no lado de sua cabeça.

— Então como é que você conseguiu colocá-lo pra dormir?

— Remédios — Preach fala com naturalidade e sem remorso.

— Você deu drogas a ele?

— Não olhe para mim como se eu fosse o diabo. Foram prescritas para ele, após a última luta. Ele começou a usar muito, por isso eu as levei embora. Mas ele precisava ser medicado esta manhã, então eu dei a ele o suficiente para tirá-lo um pouco do ar. O rapaz tem mais energia do que qualquer um que eu já conheci, quando está aborrecido. Mas quanto mais aborrecido, mais difícil é a recuperação.

— Será que ele dormiu o dia todo?

— Ainda não o vi, então suponho que sim. Não fui verificar.

— Vou dar uma olhada nele.

Preach acena com a cabeça.

— Tenho certeza de que ele vai gostar mais disso do que de acordar comigo.

Nico está deitado na diagonal da sua cama, de bruços. Ele ainda está usando os shorts da luta da tarde anterior. Eu vejo suas costas subirem e descerem. Alívio me toma porque ele está respirando.

Silenciosamente, saio do quarto e fecho a porta novamente. Eu não quero acordá-lo depois do que Preach me disse. Acho uma caneta e um papel na gaveta da cozinha e deixo um bilhete sobre a mesa.

Parei para ver você, não quis te acordar.
Bons sonhos.
Elle

São quase dez horas da noite quando o meu telefone finalmente toca. Eu o atendo com ansiedade.

— Oi.

— Oi. — A voz de Nico está grogue e parece que ele acabou de acordar.

— Você acabou de acordar? — Em caso positivo, esses medicamentos devem ser poderosos, porque ele está fora do ar há quase dezesseis horas direto.

— Sim.

— Como você está se sentindo?

— Estou bem. — O tom de Nico me diz que ele não quer falar sobre isso. Parece que vou voltar a receber respostas monossilábicas.

— Existe alguma coisa que eu possa fazer?

— Eu disse que estou bem, Elle. — Não me passa despercebido que ele fala o meu nome. Eu era Anjo para ele, desde a primeira semana em que o conheci. Não deveria ser significativo, mas, por alguma razão, a simples mudança me faz sentir como se tivéssemos dado um passo para trás. E quanto ao seu tom, eu tento não ficar ofendida. Lembro-me de pessoas tentando me ajudar, quando eu não estava pronta para aceitar ajuda. Isso me irritava. Mas, ainda assim, não posso evitar me sentir desapontada por ele me afastar como o fez com todos os outros.

— Ok.

Há um silêncio desconfortável entre nós, algo que eu nunca tinha experimentado com Nico. Meu estômago torce, mas espero que ele fale primeiro.

— Eu preciso fazer alguma coisa para comer. Ligo pra você amanhã.

Eu ajo como se não tivesse nada errado nisso, mesmo que sinta meu coração apertar com as suas palavras. Ele está me afastando.

— Ok. Falo com você amanhã. — Eu faço o meu melhor para soar otimista, mesmo não estando.

Pela primeira vez, percebo que realmente estou apaixonada por Nico Hunter.

TRINTA E CINCO

Nico

Está me matando ficar longe de Elle. Ela é tudo o que eu consigo pensar, mas não quero que ela me veja assim. Fraco. Assustado. Não consigo nem lutar. Pensei que eu tinha passado por tudo isso, voltado à minha vida normal depois de mais de um ano do acontecido. Mas os pesadelos estão de volta. Eu não consigo dormir e o maldito Preach não vai me dar mais pílulas.

Ela sabe que eu a tenho evitado. Estou arruinando a única coisa boa que conquistei, porque tenho medo de fechar os olhos e ver o rosto dele. Ele me assombra. Assombra-me pelo que fiz a ele, mas eu mereço.

Estou do outro lado do centro de treinamento, ouvindo um esporro de Preach, pela centésima vez, quando ela entra. Eu não a estou esperando, eu não ouço a porta abrir ou o som de sua voz, mas, de alguma forma, sinto a sua presença. Viro e olho para ela. Nossos olhos se encontram como ímãs. Porra, ela é linda. Eu a amo naqueles malditos terninhos que ela usa. Seu rosto está apreensivo no começo, como se ela não tivesse certeza de que, se aparecesse sem avisar, seria bem-vinda. Jesus, eu fiz isso com ela. Eu a fiz sentir que ela pode não ser bem-vinda. Que total idiota eu sou.

Ela sorri para mim do outro lado do centro e eu não posso deixar de sentir o primeiro vislumbre de luz do dia. Eu vejo quando ela se aproxima mais e vejo o rosto dela vacilar quando ela dá uma boa olhada em mim. Eu pareço uma merda. Não me barbeio desde antes da luta e meus olhos estão escuros das noites sem dormir. Eu tenho certeza que estive usando a mesma camisa por, pelo menos, trinta e seis horas.

— Oi. — Vejo a preocupação em seus olhos quando ela se aproxima e fala.

— Oi.

— Pensei que, se eu avisasse, você poderia me dizer para não vir. — Ela sorri para mim, apreensiva, e isso me faz querer estender a mão e beijá-la com tanta força que ela nunca mais vai duvidar de que eu a quero perto de mim. Mas não o faço. Em vez disso, fico como um idiota e não digo nada e apenas aceno com a cabeça, como se pudesse compreender o que realmente está acontecendo naquela linda cabeça dela.

— Preach, você se importa se eu roubá-lo um pouco? — Ela se vira para o filho da puta que estava me atacando um minuto atrás, que agora é só sorrisos para ela.

— Claro que você pode levá-lo. Você pode mantê-lo pelo tempo que for, em minha opinião. — A segunda parte é murmurada baixinho enquanto Preach vai embora, mas nós dois ouvimos.

— Podemos ir lá em cima e conversar? — Sua voz é baixa, doce.

Concordo com a cabeça e mostro o caminho. Eu puxo para baixo o portão do elevador para o meu loft, e de repente, somos apenas nós dois e o elevador parece pequeno. Ela cheira tão bem. Tudo nela é bom, ao contrário de mim. Eu me odeio por querê-la tanto, mesmo que ela mereça algo melhor.

Elle coloca a bolsa no balcão da cozinha e leva apenas alguns minutos antes de se virar para me encarar. Mas, quando isso acontece, ela parece nervosa.

— Eu quero que você fale comigo. Você não me deixa entrar. — Sua voz é instável, mas, quando eu olho, consigo ver o esforço que seu corpo está fazendo para se manter firme.

— Eu não quero falar, Elle. — O que ela quer que eu diga? Que preciso de tempo para resolver os demônios em minha cabeça? Os demônios que eu mereço que me assombrem cada hora de cada dia para o resto da minha vida?

Ela dá dois passos em minha direção, parando na minha frente.

— Eu posso ajudar... e há terapia de luto... e grupos para ajudar as pessoas a passarem por coisas como esta.

Minha resposta é um riso sarcástico e eu posso ver imediatamente que é a reação errada. O rosto de Elle muda rapidamente de preocupado para chateado. Ela cruza os braços na frente do peito e parece que está pronta para uma briga.

— Você acha que é engraçado eu querer te ajudar?

— Não, eu acho que é engraçado você achar que pode me ajudar.

— Eu posso ajudar. Mas você tem que me deixar.

— Elle, corra enquanto você tem chance. Você não pode me consertar. Eu não sou algum projeto que você pode assumir como caridade. Você vai ficar melhor com alguém que seja mais parecido com você.

Ela arregala os olhos.

— Mais como eu? O que isso significa? William? É isso que você está me dizendo, que eu deveria voltar para alguém como William? — Sua voz está cada vez mais alta a cada resposta.

A menção do nome de William pelos lábios de Elle me parece mais dura do que qualquer golpe físico. O pensamento daquele carinha bonito em qualquer lugar perto da *minha* Elle me deixa espumando. Eu estou com raiva. Irritado em apenas ouvi-la dizer as palavras. Mas talvez seja realmente onde ela pertence.

— Você quer William, Elle? — Só de falar as palavras me sinto doente.

— Eu quero você. Eu quero ajudá-lo, porra!

— Você não pode me ajudar, Elle. Eu estou quebrado. Eu matei um homem. Com minhas próprias mãos, eu tirei a vida de outra pessoa. Só um monstro faz isso. Um monstro que vai apodrecer no inferno. É onde eu pertenço, porra!

— Foi um acidente! — Nós estamos gritando um com o outro agora, com toda a força de nossos pulmões, cada um tentando fazer com que o nosso ponto de vista seja aceito, gritando cada vez mais alto.

— Foi a minha mão que o matou. Isso não é um acidente, é assassinato. E os assassinos são irrecuperáveis.

Elle olha para mim e está pálida como um fantasma. Por um segundo, acho que ela poderia desmaiar.

— Você realmente acha que não há perdão para o que aconteceu? — Ela já não está gritando, sua voz é baixa e quebra no meio da frase.

— O perdão de quem, Elle? A única pessoa que poderia me conceder a absolvição está morta.

Lágrimas escorrem pelo seu rosto enquanto ela corre para fora do meu loft e puxa a porta do elevador para baixo. Eu vejo quando ela freneticamente pressiona o botão para fugir. Ela está desesperada para ficar longe de mim, e eu não a culpo nem um pouco.

TRINTA E SEIS

Elle

Eu não faço ideia de como cheguei em casa. As lágrimas turvam tanto a minha visão que mal posso enxergar. O pânico me agarra quando penso sobre o quão pior poderia ter sido. A única coisa boa disso tudo é que eu nunca consegui colocar em prática o meu plano de contar a Nico do porquê de eu poder ajudá-lo, o que me faz tão singularmente qualificada para entender o que ele está passando. Eu choro quando me lembro de suas palavras mais e mais altas na minha cabeça. "Foi minha mão que o matou. Isso não foi um acidente, foi um assassinato. E assassinos são irrecuperáveis."

Eu não sei por que achei que éramos parecidos. Nós não somos. Eu sou muito pior. No entanto, ele acha que é um monstro pelo que fez... e o que aconteceu com ele foi realmente um acidente. Ao contrário de mim. Eu sou aquela que é irredimível. Se ele se odeia tanto pelo que fez quando não teve a intenção de que aquilo acontecesse, o que ele pensaria quando descobrisse sobre mim? O meu não foi um acidente.

Eu mantive as emoções reprimidas por tanto tempo, que é como uma represa quebrando quando as lágrimas começam a vir. Elas me inundam, como águas turbulentas. Descontroladamente, eu choro e choro até que finalmente sinto que estou me afogando e o sono me toma. Quando me rendo, minha mente tenta repousar com a esperança de encontrar a paz em repouso.

— *Sua prostituta estúpida. Eu lhe disse para não correr para a casa de sua irmã.* — *Meu pai pega um punhado de cabelo da minha mãe e puxa com toda a sua força, arrastando a minha mãe, já frágil, pela cozinha. A panela no fogo faz um som metálico alto quanto ela bate no fogão. O rosto da minha mãe já está preto e azul da última* surra e seu nariz está provavelmente quebrado. Embora ela não possa ter certeza, já que parou de ir ao médico há alguns anos. Os médicos faziam muitas perguntas.

— Você achou que eu não iria encontrá-la, sua boceta sem valor? Eu sempre vou te encontrar. Quando é que você vai aprender a porra da sua lição? — Meu pai dá dois passos largos em direção à minha mãe e ela dobra o corpo em uma bola para se proteger, preparando-se para o que ela sabe que é inevitável. Eu vejo quando ele levanta a perna para trás e a chuta no lado com toda a força. Seu corpo cai para o lado, mas ela ainda está encolhida em uma bola, seus pequenos braços esforçando-se para cobrir a cabeça.

Não é difícil para o meu pai levantar a minha mãe; ele tem um metro e oitenta de altura e mais de cem quilos e ela é pequena. O ano passado foi tão ruim que ela foi ficando cada vez mais magra. Ela acha que eu não percebo, mas eu noto. Suas roupas são muito grandes e ela mal come. Ela ultimamente está sempre triste.

Ele se abaixa e agarra-a do chão pelo pescoço, levantando-a fora de seus pés em um movimento rápido. Mesmo quando ele está bêbado, ele não parece diminuir sua força. Às vezes, eu acho que a bebida lhe dá mais. Mais potência. Mais ódio. O mal que está sempre à espreita nas profundezas encontra o seu caminho para a superfície e, em seguida, é ainda pior. Quase como se o mal ficasse engarrafado tanto tempo que explode quando finalmente sai.

Nem sempre foi assim. Meu pai não era o monstro que ele é hoje. Lembro dele chegando em casa depois do trabalho e sentado no sofá. Ele brincava de puxar a minha mãe para o seu colo quando ela vinha trazer-lhe uma bebida. Ela ria e eles se beijavam. Eu achava que era impossível, mas daria tudo para voltar a esses dias. Éramos felizes. E ele não estava bêbado e com raiva o tempo todo.

Mas, então, as coisas mudaram. Ele perdeu seu negócio e tivemos que nos mudar. Sair da nossa grande casa com um gramado muito verde e ir para um pequeno apartamento com um pátio de concreto. Meu pai odiava se mudar, isso o fez ficar com muita raiva. No começo, ele só gritava muito. E bebia. Ele começou a beber muito.

Às vezes, eu me levantava para ir à escola e ele tinha bebida em sua caneca em vez de café.

Então, uma noite, minha mãe queimou o jantar, enquanto ela estava tentando me dar banho, ao mesmo tempo. E quando meu pai viu a confusão, deu um tapa no rosto dela. Forte. Eu me lembro dele dizendo que ela estava desperdiçando seu dinheiro. Ela chorou e pediu desculpas. Na manhã seguinte, ele ainda estava desmaiado. Mamãe me disse que meu pai estava sob um forte estresse e não queria machucá-la. Foi apenas um acidente.

Mas, então, aconteceu de novo. E mais uma vez. E mais uma vez. E a batida ficou pior. Os tapas se transformaram em socos e socos se transformaram em chutes. Até que chegou a um ponto em que ele estava batendo nela quase todos os dias. Ela quase sempre tinha contusões e não saía mais. Nós tentamos fugir algumas vezes. Mas ele sempre nos encontrava e nos trazia de volta. Ele pedia desculpas e dizia que isso nunca aconteceria novamente. Então, quando íamos para casa, geralmente piorava.

Como agora.

Os pés da mamãe estão pendurados e seu rosto está ficando vermelho brilhante. Estou com medo e não sei o que fazer. Ele realmente pode matá-la neste momento.

— Pare! Pare! Você vai matá-la — desesperadamente, eu imploro ao meu pai. Lágrimas escorrem pelo meu rosto enquanto eu agarro seu braço, freneticamente, para conseguir ar para minha mãe. Ele me joga longe e vou voando pelo ar, mas pelo menos eu consegui fazê-lo largar a aperto de morte em sua garganta.

Minha mãe cai no chão, com as mãos segurando seu pescoço enquanto engasga por ar. Ela está fazendo um chiado alto a cada respiração enquanto tenta freneticamente levar o ar a seus pulmões. Meu pai se vira e olha para mim, sentada onde caí. Seus olhos estão escuros e loucos e eu começo a tremer. Eu nunca estive tão assustada. Ele vai nos matar. Eu posso ver isso em seus olhos. Seja qual for a aparência remanescente do homem que costumava ser meu pai, ela se foi. Um monstro o substituiu.

Eu acho que ele virá atrás de mim, mas então ele se vira. Seu foco volta para a minha mãe, ainda desesperadamente com falta de ar no chão. Com um braço, ele agarra os cabelos dela na mão e ergue-a de volta, batendo-a contra a geladeira. Tudo o que estava no topo cai, algumas coisas em cima da minha mãe. Mas isso não o distrai. Segurando sua cabeça com um punhado de cabelo contra a geladeira, ele inclina a cabeça, com o rosto, uma vez bonito, contorcendo-se até o ponto que ele já nem sequer se assemelha a si mesmo.

— O que foi que eu disse que faria se você tentasse fugir novamente, sua boceta estúpida? Isso é tudo culpa sua. Você faz isso consigo mesma, sua puta sem valor. Você é um lixo.

Em seguida, ele puxa o rosto para trás e bate com o punho cerrado em sua bochecha. Eu ouço um estalo alto e não tenho certeza se é o rosto da minha mãe ou a mão do meu pai, mas o som me deixa doente. Fisicamente. Eu vomito em cima de mim.

Meu pai a soca de novo e desta vez não há nenhuma rachadura. Tudo o que ouço é um barulho que soa como um gemido. É a minha mãe, ela está gritando de dor, mas sua voz ainda está sumida desde quando ele a sufocou. É um som horrível. Um som doentio horrível, horrível. Ela não consegue respirar e o som está ficando mais desesperado, mas baixo, ao mesmo tempo. Como se ela estivesse correndo contra o tempo. Ela suspira de novo e eu ouço aquele som novamente. É o ruído mais horrível que eu já ouvi na minha vida. Também é a última coisa que me lembro até que a explosão da arma me abala.

Eu tentei, durante meses, lembrar do que aconteceu. Lembro-me do som da minha mãe tentando respirar. Então me lembro do tiro. Foi tão alto que doeu nos meus ouvidos. O som não para. Eu me lembro de assistir meu pai cair e ver o sangue derramar de sua cabeça. Havia muito sangue. Mais do que eu vi minha mãe limpar seu próprio sangue após os espancamentos. Ele estava envolto em uma piscina circular que só continuava ficando maior e maior. Em seguida, a piscina chega a mim e começa a infiltrar-se em meus pés descalços. Mas eu não me movo. Eu não tenho nenhuma ideia de onde o tiro veio. Até eu olhar para baixo e perceber que estou segurando a arma em minhas próprias mãos.

Eu acordei segurando meus ouvidos. Por um longo momento, posso realmente ouvir o barulho. É exatamente o mesmo daquele dia. Só quando eu sento, o som desaparece e o quarto fica silencioso. Estranhamente silencioso. Bato minhas mãos apenas para ouvir o som. Eu preciso ter certeza de que estou acordada e que o monstro realmente se foi.

TRINTA E SETE

Nico

Já se passaram três dias, e Elle ainda não atende às minhas chamadas. Eu sei que estraguei tudo, e vou entender se ela nunca mais quiser me ver novamente, mas eu preciso vê-la. Preciso me desculpar por como a tratei. Ela só queria me ajudar, e eu estava muito ocupado me afundando na minha autopiedade para aceitar. Eu sou um idiota total.

Liguei e mandei mensagens. As flores que tentei enviar foram devolvidas à loja duas vezes, porque ninguém atendeu. Bati na porta, pedindo desculpas, e implorando para ela me dar apenas dois minutos. Ou ela não estava em casa ou me odiava tanto que nem mesmo ia perder o fôlego me colocando para fora.

Engoli o meu orgulho, e finalmente fui ao seu escritório. Eu só preciso vê-la. Prometi a mim mesmo que não vou fazer uma cena.

— Oi, Regina. — Tento parecer casual, em vez do perdedor desesperado que realmente sou.

— Oi, Nico.

Eu posso dizer pelo seu rosto que ela sabe que algo aconteceu. Ela tenta sorrir, mas parece triste.

— Elle está por aí? — Eu olho por cima do ombro de Regina, na esperança de avistá-la.

— Não, eu sinto muito, ela não está.

Foda-se o casual. Estou desesperado.

— Por favor, Regina. Se ela lhe disse para me dizer que ela não está aqui, vá dizer a que eu preciso vê-la.

Há algo que eu acho que parece ser pena no rosto de Regina

quando ela responde.

— Ela realmente não está aqui. Ela se deu alguns dias de folga.

— Ela está bem?

— Acho que sim. Só precisa de um tempo. Há muita coisa que você não entende.

— Eu estou apaixonado por ela, Regina. Preciso vê-la. Diga a ela que eu sinto muito. — Até que as palavras saiam da minha boca, eu ainda não tinha admitido isso nem para mim mesmo. Mas dane-se, isso nem sequer me assusta. Preciso consertar isso. Minha própria merda não é mais importante. Eu só preciso chegar a Elle.

Regina olha nos meus olhos, avaliando minha sinceridade. Ela parece em conflito, mas então eu a vejo sorrir e balançar a cabeça.

— Ela vai me matar por isso. Mas, aqui. — Ela rabisca algo no papel e o oferece a mim. — Seu padrasto tem uma cabana em Spring Grove. Eu tenho que ir lá depois do trabalho. — Vou pegar o papel da mão dela, mas ela puxa de volta e olha para mim. — Você tem até meia-noite. Se ela não me mandar uma mensagem antes disso, para que eu não vá, eu estarei chegando e você saindo. Entendido?

— Entendido. — Eu teria feito um trato com o diabo para conseguir tirar o papel da mão dela.

Percorro as três horas de carro em pouco menos de duas horas e meia. A casa fica no meio do nada, em um lago grande. Incomoda-me que ela esteja aqui sozinha. A casa mais próxima fica a, pelo menos, um quilômetro de distância. A porta interior está aberta, apenas uma porta de tela fechada mantém do lado de fora os indesejáveis.

Eu bato e me sinto mais vivo do que tenho estado em dias, quando ela responde. Só de ouvir a voz dela me traz uma sensação de alívio. Ela grita de algum lugar à distância, achando que eu sou Regina.

— Por que você está batendo? Entre.

Abro a porta e entro, olhando ao redor.

— Leonard ficou chateado porque eu não fui de novo? — Sua voz está vindo da parte de trás da casa em algum lugar, mas está ficando mais perto.

Ela finalmente sai de um cômodo e para quando me vê.

— O que você está fazendo aqui?

— Eu convenci Regina a me dar o endereço.

— Mas... por quê?

Hesitante, dou alguns passos em sua direção. Ela não se move em direção a mim, mas pelo menos não está correndo para o outro lado também. Eu paro quando chego na frente dela. Ela não está usando maquiagem e parece que esteve chorando recentemente. Eu sou um imbecil completo.

— Eu queria dizer que sinto muito.

Elle não diz nada, ela está esperando que eu continue.

— Eu estava fora de mim na outra noite. Você estava tentando ajudar, e eu fui... um completo idiota com você.

Ela, sem entusiasmo, sorri para mim e balança a cabeça.

— Está tudo bem. Eu entendo. Você estava chateado. Eu não deveria ter insistido.

Eu deveria ficar feliz em ouvi-la dizer que me perdoa, mas é o que ela não está dizendo que me dá uma sensação de vazio na boca do estômago.

— Você vai me dar uma chance de fazer as pazes com você? — Estendo a mão para ela. Ela olha para a minha mão e, em seguida, para os meus olhos, mas não retribui a mão que eu estou estendendo para ela, como uma tábua de salvação quando começo a me sentir afundar.

— Eu não estou brava com você, Nico. Mas pensei sobre algumas das coisas que você disse. E você está certo. Nós somos muito diferentes.

Meu batimento cardíaco acelera no meu peito. Eu esqueci que tinha dito que ela ficaria melhor com alguém mais parecido com ela. Com a porra do William. Essa foi a resposta dela. Eu quero quebrar esse imbecil em dois. Não posso nem olhar para ela. Eu preciso sair com, pelo menos, a minha dignidade intacta. Pelo menos ela me permite isso.

— Ok, Elle. — Ela não tenta me parar, viro e sigo até a porta.

Trinta e Oito
Elle

Na manhã seguinte, encontro Regina dormindo no sofá. Traidora. Ela acorda quando estou fazendo o café da manhã. Ok, então talvez ela não tenha acordado, mas, em vez disso, eu a acordei, batendo todos os pratos e panelas que tirei do armário. Alguns deles realmente não precisavam ser tirados do armário, apenas ajudaram a fazer um barulho ainda mais alto.

— Acho que você me odeia esta manhã. — Regina entra na cozinha esfregando os olhos. — Sinto muito. Ele parecia tão triste e eu pensei... pensei que talvez houvesse uma chance de você resolver isso.

— Você não ouviu o que eu te disse? Ele acha que sou um monstro. Um monstro irredimível. E ele está certo.

— Ele disse que ele era um monstro.

— Só porque ele não sabe quem eu sou. E nós vamos mantê-lo assim. — Olho para Regina esperando sua confirmação e ela não parece firme em sua resposta. — Certo, Regina?

Minha melhor amiga dá um grunhido de frustração em resposta antes de dizer as palavras que eu preciso ouvir.

— É claro que você sabe que eu nunca iria contar o seu segredo.

Regina é minha amiga mais confiável, mas estou um pouco aliviada ao ouvir o seu compromisso com o nosso voto de sigilo. Ela tem um fraquinho por Nico Hunter.

A semana seguinte passa em um borrão. Eu trabalho 12

horas por dia, durante sete dias seguidos, para recuperar o atraso de três dias que passei me afogando em autopiedade. Há sempre muito trabalho a fazer na empresa, mas noventa horas em uma semana não é realmente necessário, e eu sei disso. Mas preciso me manter ocupada. Eu odeio ir para casa. Não há nada a fazer além de pensar. Pensar em um homem que transformou a minha vida estável em uma montanha-russa. A montanha-russa de emoções que eu tinha esquecido que era capaz de experimentar.

Minha vida era simples antes de Nico Hunter aparecer. Um bom emprego, um cara legal para sair, e sem pesadelos. Por dez anos, eu consegui manter a minha vida estável. Eu existia. Então, ele entrou e de repente existir não era mais suficiente. E eu queria. Eu queria parar de existir e começar a viver. Finalmente. Mas eu devia saber que não iria funcionar. Mesmo no grupo de apoio semanal, vi os rostos das pessoas mudarem, uma vez que ouviam a minha história.

É quinta-feira à noite e estou atrasada para a reunião com William. Vamos nos encontrar com um cliente que compartilhamos, em um restaurante. É o último lugar onde Nico e eu jantamos e apenas isso já agita as minhas emoções. A menor lembrança é tudo o que preciso.

William vem até a mim, a partir do bar, quando eu entro. Ele não está sentado a uma mesa, como normalmente fica quando espera por mim, porque eu estou atrasada.

— Oi. — Eu olho em volta procurando o nosso cliente. — O Sr. Munley está mais atrasado do que eu?

William se levanta e me beija na bochecha e sorri.

— Ele não vai chegar antes das sete.

— Oh, eu pensei que tínhamos marcado às seis.

William toma sua bebida.

— Isso porque eu disse que era às seis.

Olho para ele confusa, embora eu realmente não tenha o direito de estar. Ele continua.

— Munley não gosta de ficar esperando, por isso eu disse às seis em vez de sete, para que ele não ficasse esperando. — William sorri.

Estou surpresa, mas não deveria estar. Sorrio para William e finjo estar ofendida.

— Você está me acusando de ser perpetuamente atrasada?

— Em todos os anos que nos conhecemos, eu não acho que você já foi alguma vez pontual. Você está esquecendo de como nos conhecemos. Eu era o único que lhe permitia copiar minhas anotações quando você entrava meia hora atrasada na aula todos os dias.

Ele está me provocando, mas está certo. A única vez que eu consigo me lembrar de ter chegado na hora foi quando saí com Nico. Eu mal podia esperar para chegar até ele. O pensamento me deixa triste.

Pelos próximos vinte minutos, William e eu conversamos sobre clientes. Nós realmente não temos passado muito tempo juntos desde a noite em que Nico e eu ficamos juntos e percebo que eu realmente sinto falta da sua familiaridade. Nós deslizamos facilmente em nossos papéis e nossa conversa é leve e constante, quase como se voltássemos exatamente de onde paramos. Meu espírito se ilumina ligeiramente.

Então, algo muda no ar. É um sentimento que acelera meu coração e faz com que as palmas das minhas mãos suem e olho em volta para ver se é só comigo ou se todo mundo parece perceber isso também. E então eu o vejo. Ele está a uns seis metros de distância, olhando furiosamente para mim. Minha respiração acelera quando nossos olhos se encontram e eu vejo aquele olhar em seus olhos. Ele está bravo e selvagem e meu corpo traidor responde a ele, mesmo que eu seja, obviamente, a última coisa que ele queira ver.

Nós nos encaramos por um minuto. Nenhum dos dois tenta fechar a distância entre nós e não dizemos uma palavra. Quando o olhar de Nico finalmente deixa o meu, vejo como ele vai de mim para William e de volta para mim. Então, ele se vira e sai do restaurante, e, por um segundo, eu acho que ele já imaginou a coisa toda.

— Acho que vocês não estão saindo mais. — As palavras de William confirmam que a minha visão era a realidade e não coisa da minha cabeça.

Eu me forço a voltar a atenção para William e balanço a cabeça negativamente. Não consigo nem dizer as palavras em voz alta. Embora eu esteja de frente para ele, estou muito perdida em meus pensamentos quando um pequeno sorriso aparece, por uma fração de segundo, no rosto de William, para registrar o significado no meu cérebro.

Estou sob uma neblina durante todo o jantar. Felizmente, William assume a liderança e acho que o nosso cliente nem percebe. Eu tento participar da conversa, mas meus pensamentos fogem o tempo todo, e todos eles levam de volta a um lugar: Nico Hunter.

Trinta e Nove
Nico

Eu posso realmente ver a cara desse advogado babaca no chão quando eu surrá-lo. Ele é um filho da puta sortudo por eu não arrastar a bunda dele até aqui e acabar com ele.

— Você vai parar de agir como uma criança mimada e ir atrás da sua garota? — Preach tem sorte por ser velho ou eu chutaria sua bunda também.

— Ela não é minha garota. — Eu bato no saco duro com a esquerda e depois a direita, rápido. Minha junta sai do lugar, mas a dor é boa demais para parar.

— Talvez você tenha ficado mole. — Preach está por trás do saco enquanto fala. Jogada inteligente.

Eu paro de bater para responder.

— Ela não quer mais me ver. Como isso me faz mole? — Minhas palavras estão com raiva, na fronteira com a violência, e meus punhos estão apertados com força. Mas Preach não se mexe. O velho tem bolas de aço.

— O Nico que eu conheço é um lutador. Não vale a pena lutar por ela? — Preach me bate com seu último golpe verbal e vai embora.

Minha mente está nadando em pensamentos enquanto tomo banho. Eu sinto como se fosse explodir. Vê-la esta noite fodeu com a minha cabeça. Por um segundo, pensei que havia uma chance. Por que outro motivo Regina me disse para ir ao restaurante? Será que ela quer me ver bater no babaca do William? E eu podia jurar que havia algo nos olhos de Elle quando ela me viu também. Mas ela ficou parada... ao lado dele... e me deixou sair pela porta novamente. Me deixou. Foda-se, Preach está certo, eu estou sendo um maldito viadinho. Estou pronto para assumir as rédeas. Ela vale a pena... vale a pena lutar por ela.

É quase meia-noite quando eu chego à sua porta. Se esse idiota estiver lá dentro, sinto medo do que eu poderia fazer. Mas cansei de me manter à distância. Eu tenho uma grande bagagem que ela não merece, mas posso carregá-la por nós dois. Eu não vou desistir sem lutar. Eu bato e espero. Depois de alguns minutos, a porta se abre e eu fico aliviado ao ver que parece que ela estava dormindo. Ela olha para mim e, por um minuto que ficamos ali, nenhum de nós diz uma palavra. Então eu a pego. É a diferença entre um bom lutador e um grande lutador. Ler os olhos de seus oponentes e encontrar uma abertura. E ir fundo nela. Então, eu vou. Eu vou à luta.

QUARENTA
Elle

Por um segundo, acho que devo estar sonhando. Ele é tão bonito, um perfeito exemplar de macho. Eu só quero cair em seus braços fortes e deixá-lo bloquear todo o resto por um tempo. É egoísmo querê-lo e eu sei disso. Mas, de repente, meu coração está trovejando no peito e todos os pelinhos do meu corpo voltam a se arrepiar em alerta.

Nenhum de nós disse nada por um minuto. Em seguida, ele vem a mim. E eu acho que ele vai me beijar, mas, ao invés disso, ele se abaixa e me levanta em seus braços, embalando-me enquanto entra em meu apartamento e chuta a porta atrás de si.

Ele não para de se mover ou me coloca no chão até chegar ao meu quarto. Ele gentilmente me deita no meio da cama. Nossos olhos se encontraram quando ele está em cima de mim. Eu quero tocar seu queixo. Passo o dedo sobre a quadratura do rosto e sinto o arrepio da barba debaixo do meu dedo. Seus olhos verdes pálidos me assistem. Observam-me tocá-lo. Ávida, deixo meus olhos absorverem cada pedaço seu. Da cabeça aos pés, eu o devoro. Meu corpo dói para que ele me toque. E esteja dentro de mim novamente.

Quando meus olhos encaram os seus, a palidez é substituída por um cinza tempestuoso. Há um enorme nó na garganta. Ele está bloqueando a passagem das lágrimas que eu estou segurando. Tenho medo de falar, por medo de que a barragem vá abrir de novo e dessa vez não serei capaz de nadar até a superfície em busca de ar, eu vou me afogar em minhas próprias lágrimas.

Nico se inclina lentamente, seus olhos nunca deixando os meus, quando ele vem descansar em cima de mim. Uma mão em cada lado da minha cabeça, ele mantém a cabeça levantada, para que possamos nos ver, mas seu corpo está cobrindo totalmente o meu. Eu não conseguiria mais me mover, mesmo que quisesse. Mas eu não quero. Deus, eu sentia falta dele. A sensação de seu corpo muito duro contra as minhas curvas suaves. Estar debaixo do poder absoluto que é esse homem.

— Minha — É a primeira palavra que ele diz, e a última antes que seus lábios me toquem no mais descontroladamente sensual, sedutor e possessivo beijo que eu já tive. Uma de suas mãos segura ao redor do meu pescoço e ele me puxa mais apertado para ele. Eu sinto a necessidade inexplicável de afastar cada molécula que está entre nós, até que não sobre nada, além de nós dois. Estar tão grudada num homem como eu antes nunca estive não é o suficiente. Eu preciso dele dentro de mim. Para fazer parte de mim. Para sermos um corpo indivisível que partilha o fôlego que enche os nossos pulmões.

Nós dois estamos ofegantes tentando respirar, as bocas ainda pressionadas firmemente uma contra a outra. Nenhum de nós está disposto a liberar o outro.

— Minha. — Nico repete a palavra com um grunhido. A palavra vibra em meus lábios e eu a sinto seguir todo o caminho até a carne já inchada entre as minhas pernas.

— Sua — eu respondo sem fôlego.

E então fazemos uma corrida frenética para tirar nossas roupas. Nico levanta o quadril apenas o suficiente para, de alguma maneira, tirar sua calça. A minha é ainda mais fácil de tirar. Eu sinto o comprimento espesso e duro dele contra a minha pele nua e isso me faz tremer de antecipação. Eu sinto minha própria umidade entre minhas pernas, meu corpo pronto para levá-lo, mesmo antes de a minha mente alcançá-lo.

Levanto meu quadril da cama, inclinando para cima o pouco que posso me mover embaixo dele, em silêncio, pedindo-lhe para me levar. Eu preciso dele agora. Agora mesmo.

— Diga de novo.

Eu sei o que ele quer ouvir.

— Sua — sussurro baixinho enquanto seguro rosto com minhas mãos e ele responde, empurrando dentro de mim. Com força. E profundo. Sua boca cobre a minha novamente, quando ele sufoca meu gemido com um beijo suave que contradiz a dureza de seu impulso.

Ele solta a minha boca, ainda dentro de mim.

— Mais uma vez.

— Sua.

Nico puxa seu quadril para trás e empurra para dentro de mim outra vez, ainda mais forte. Ele se instala entre as minhas pernas, e não diz nada quando se acalma, mas não há dúvida do que ele está esperando.

— Sua.

Depois de alguns golpes mais profundos, que são recompensados com a palavra que ele precisa ouvir, Nico toma minhas mãos e as aperta, segurando-as acima da minha cabeça. Ele segura minhas duas mãos com uma só sua e faz quase todo o caminho para fora de dentro de mim, levantando o corpo do meu. Eu vejo quando ele para a fim de me olhar. Ele me posicionou como ele me quer e agora está admirando seu trabalho. Minhas mãos fixadas firmemente sobre a minha cabeça e minhas pernas abertas para ele, eu estou completa e totalmente exposta. Ele não me pediu para dizer a palavra novamente. Ele não precisa. Ele consegue ver isso diante de seus olhos.

Ele fecha os olhos e respira fundo. Por um segundo, ele parece tranquilo. Mas, em seguida, começa a estocar em mim, cada impulso mais profundo e mais rápido do que o anterior. Nossos corpos estão cobertos de suor e cada impulso para baixo faz um barulho do impacto dos nossos corpos em fúria.

Os grunhidos de Nico aumentam e eu grito a cada impulso escorregadio, quando encontramos o nosso ritmo juntos. Instintivamente, tento me soltar, para estender a mão e tocá-lo, mas seu aperto, segurando minhas mãos acima da minha cabeça, aumenta, mantendo-me no lugar. Sinto-me possuída, completa e totalmente possuída por este homem. E é esse sentimento que me leva ao auge.

Eu gemo pelo meu orgasmo, sem vergonha pelo que eu sinto. O que ele me faz sentir. O corpo de Nico aperta em resposta ao meu orgasmo e o calor de seu sêmen entrando em mim se mistura com o meus próprios fluídos. Juntos, furiosamente, nós nos entregamos aos prazeres do nosso corpo; gemendo alto, os sons obscenos vêm de nós dois quando percebemos que estamos chegando ao clímax juntos.

Eu acordo de manhã sentindo uma mão quente traçar a curva da minha espinha lentamente. Eu me mexo um pouco quando ela atinge o topo da minha bunda, os dedos grossos parando apenas por um segundo, antes de continuar seu ataque para baixo, empurrando suavemente seu caminho entre as minhas nádegas, traçando o contorno das minhas áreas mais íntimas. A risadinha sai quando ele continua o seu traçado debaixo de mim, encontrando meu clitóris ainda inchado.

— Shh. — A voz de Nico agora é suave. Tão diferente do homem exigente, que veio a mim no meio da noite para me marcar como sua. Ele se inclina sobre mim e beija suavemente a minha nuca, deixando um rastro de beijos doces e molhados da minha nuca até a minha orelha. — Eu quero você. — Sua voz é baixa e rouca no meu ouvido e soa incrivelmente erótica.

— Então me tome — eu sussurro com um pequeno gemido quando seus dentes afundam na minha orelha.

— Não. Eu quero que você se entregue a mim. Eu quero você, Elle. Por inteiro.

Eu me viro para encará-lo e como se fosse a primeira vez que eu estava vendo-o, mesmo que tenhamos adormecido há apenas algumas horas. Seu cabelo está desgrenhado e ele tem o início de uma sombra de barba no queixo másculo. A visão rouba meu fôlego. Eu me estico e seguro seu queixo nas minhas mãos, o polegar acariciando sua bochecha onde eu sei que uma covinha se esconde sob a superfície.

Nossos olhos se encontram e eu percebo que ele está falando sério. Ele não está sendo brincalhão. Ele quer que eu me entregue a ele, e não apenas na cama agora.

— Eu quero... mas não tenho certeza se consigo — respondo com honestidade.

Nico fecha os olhos e acho que eu o machuquei novamente. Eu não posso machucar este homem nunca mais. Mas então ele abre os olhos e me surpreende.

— Nós vamos trabalhar nisso. Juntos.

Uma lágrima solitária escapa do meu olho e Nico a enxuga antes que eu me entregue a ele, da única maneira que posso, no momento. E ele toma o que eu lhe dou, fazendo amor comigo docemente quando eu mais preciso.

Nós não saímos da cama por todo o dia, recuperando o tempo perdido. Eu senti falta desses momentos de tranquilidade quando nós apenas ficamos deitados na cama, eu com a cabeça enfiada na curva de seu ombro largo, ele acariciando meu cabelo com sua grande mão, com muita delicadeza. Eu passo o dedo para cima e para baixo do seu esterno, sem pensar, sentindo os solavancos e as curvas de seus músculos fortes ao longo do caminho. Estou feliz, mas há um sentimento à espreita logo abaixo da minha satisfação. Eu sei que há coisas que temos que falar, coisas que vão estragar tudo. Mas eu só quero ficar no aqui e agora, por um pouco mais de tempo. Eu amo o jeito que ele olha para mim, e de um jeito egoísta eu não quero que isso mude. Mas sei que vai mudar quando ele descobrir.

Percebendo minha distância, Nico levanta meu queixo para olhar para ele nos olhos.

— Eu sinto muito, Anjo. Sei que nós ainda precisamos conversar.

Entro em pânico, desesperada para ficar assim apenas um pouco mais.

— Você precisa me alimentar primeiro. — Dou-lhe um sorriso irônico. Com a minha sugestão, o estômago de Nico ronca, e foi assim que eu consegui um indulto. Pelo menos por um tempo.

Como de costume, Nico me levanta e me coloca sentada em cima do balcão enquanto ele cozinha. Estou vestindo uma camisa e observando o homem pecaminosamente sexy caminhando ao redor da minha cozinha, vestindo apenas uma calça jeans com o botão de cima aberto. É um paradoxo vê-lo andar com os músculos rasgados, seu peito exposto enquanto se move pela cozinha com os pés descalços, quase graciosamente, jogando ovos em uma tigela com algumas outras coisas que eu nem sabia que tinha na geladeira. Ele passa por mim, no caminho para o fogão, e planta um beijo casto em meus lábios. Delicioso.

Nós dois devoramos tudo. Eu realmente não tinha percebido como estava com fome até que a comida estava bem na minha frente. Tudo que Nico cozinha é muito melhor do que um restaurante serviria. Eu não tenho certeza se a minha opinião é tendenciosa sobre qualquer coisa relacionada a Nico Hunter, ou se ele é realmente um ótimo cozinheiro. Mas não me importo. Eu adoraria vê-lo cozinhar sem camisa na minha cozinha todos os dias, mesmo que a comida tivesse um sabor horrível.

Digo a Nico para relaxar e começo a limpar os pratos e colocar na máquina, mas ele me ajuda mesmo assim.

— Você cozinhou, não tem que me ajudar a limpar. — Eu sorrio para ele. — Além disso, é a única coisa em que sou boa na cozinha.

Nico vem por atrás de mim enquanto coloco nossos pratos na máquina de lavar e se inclina para beijar a minha nuca suavemente.

— Mas quanto mais rápido se limpa. — Suas palavras param enquanto ele deposita beijos no meu pescoço e no meu ombro esquerdo. Eu deixo meus olhos vagarem fechados e aproveito o momento. Quando ele finalmente continua o pensamento, a sua voz é baixa e aveludada. — Mais rápido conseguimos conversar e voltar para a cama.

Meus olhos se arregalam e um flash de realidade bate em meu estômago. Houve dias, até meses, cheios de pesar sobre os pecados do meu passado, mas eu nunca odiei o homem que arruinou a minha vida mais do que neste exato momento. Eu não culpo mais a mim mesma. Eu o culpo. Culpo-o por tudo que aconteceu antes e os anos que ele tirou de mim, enquanto eu lutava para recuperar a minha vida. Mas eu nunca o odiei mais do que eu o odeio agora, porque ele está prestes a tomar mais uma parte da minha vida. A maneira que Nico vai me ver.

Eu não posso protelar por mais tempo. Penso no que a minha terapeuta me diria para fazer se ela estivesse sentada ao meu lado, olhando-me agir como uma covarde. Ela diria para arrancar o Band-Aid. Deixar a ferida respirar... curar. A pior parte é a antecipação da lágrima, e não a própria lágrima.

Então, eu respiro fundo e, calmamente, levo Nico para o sofá. Ele se senta e me puxa para cima dele, uma perna de cada lado de suas coxas, montando-o no colo. Eu não posso ter essa conversa, enquanto estou tão próxima dele. Preciso de distância. Eu começo a levantar uma perna, tentando me reposicionar longe dele, mas Nico mantém o controle sobre meu quadril.

Eu olho para ele confusa.

— Eu... eu só estou me mexendo...

— Eu sei o que você está fazendo.

Meu rosto deve mostrar a minha confusão, porque Nico não espera que eu responda.

— Eu quero falar assim mesmo.

— Por quê? — Na verdade, estou confusa por sua ação... recusando-se a me permitir colocar espaço entre nós.

— Porque é mais difícil você me evitar quando estou bem diante de você.

E eu pensei que estava fazendo um bom trabalho em esconder isso dele.

Fecho os olhos e respiro fundo. Quando os abro, Nico está me observando atentamente e isso torna tudo muito mais difícil. Mas eu preciso fazer isso. Eu arranco o curativo e mostro-lhe as minhas feridas. As feridas horríveis que eu tenho carregado por aí, sozinha, por mais da metade da minha vida.

— Meu pai era abusivo. — Minhas palavras são baixas, mas estou firme. Eu posso fazer isso. Olho para o peito nu de Nico quando falo e encontro o ponto minúsculo de uma sarda, à direita do seu umbigo. É tão pequeno que eu não tinha notado antes. Mas agora é tudo em que posso focar. Meus olhos estão colados a ele. As mãos de Nico em meu quadril apertam com mais força. Eu não tenho certeza se ele acha que eu vou sair correndo ou se inconscientemente responde ao início da minha história, mas, de qualquer forma, de alguma forma, isso me ajuda. Só de saber que ele está me segurando firmemente me dá a força para continuar.

— Não comigo. Só com a minha mãe. Ele continuou por anos. Às vezes, a gente fugia, mas ele nos encontrava e tudo ficava bem por um tempo. Mas, então, começava de novo. — Eu esfrego meu dedo indicador sobre a pequena sarda, o movimento lento me acalmando. Quando eu era criança e meu pai batia na minha mãe, eu me sentava na cama e me balançava. Balançava para trás e para frente. De alguma forma, isso me acalmava.

Nico não diz nada, ele apenas mantém a sua forte influência sobre mim e permanece sentado calmamente. Esperando e ouvindo.

— Ficou pior. Uma noite, ele bateu tanto nela que ela não saiu da cama por mais de três semanas. Seu nariz estava quebrado e ambos os olhos estavam fechados de tão inchados, e ela vacilava quando eu entrava em seu quarto, porque ela não podia ter certeza se era eu ou ele. — Minha voz falha, mas não choro. Eu só gostaria de poder contar a história sem reviver a imagem na minha cabeça. Nas poucas vezes que contei a história em voz alta, era sempre o mesmo. Estou de volta lá e narrando o que eu na minha cabeça, descrevendo a cena, como se a menina não fosse eu.

— No vigésimo terceiro dia, ela saiu da cama. Os hematomas estavam começando a cicatrizar e seu rosto estava quase cinza e amarelo. O inchaço tinha diminuído também. Ela estava na cozinha e abriu uma lata de sopa. Era Campbell. De frango com arroz. Ela colocou-a na tigela listrada de marrom e branco que eu gostava de comer. Lembro-me de pensar que foi a melhor coisa que eu já comi.

Fiquei em silêncio por um minuto enquanto esperava minha mãe sentar para tomarmos a sopa juntas. A cena passa pela minha mente como se estivesse realmente bem na minha frente.

— Ela sorriu para mim e eu sorri de volta. Não tornava as coisas melhores, mas me lembro de pensar que íamos ficar bem. Eu tive uma estranha sensação de alívio quando nos sentamos lá e comemos em silêncio. Durante três semanas, devo ter andado por aí com meus ombros tensos, mas não percebia isso até que eu os senti relaxar, enquanto nós terminávamos nossa sopa.

Meus ombros relaxam um pouco. Então eu respiro fundo, sabendo o que viria a seguir.

— Em seguida, ele voltou para casa. Nós ainda estávamos sentadas à mesa, a nossa sopa ainda nas tigelas à nossa frente quando ele entrou. Bêbado. Ele estava sempre bêbado. E com raiva.

Fecho meus olhos e seguro as lágrimas. Eu sei o que vem a seguir, já vi isso na minha cabeça umas mil vezes, mas, a cada vez, é tão difícil de ver como da primeira. Isso nunca fica mais fácil. Não sei quanto tempo fiquei em silêncio, segurando minhas lágrimas. Eu nem percebi que parei de falar e fui para outro lugar até que ouço a voz de Nico.

— Você não tem que continuar, Elle. Apenas deixe-me te abraçar e te ajudar a esquecer o passado. — Sua voz é suave, gentil e carinhosa e leva toda a força do meu corpo para não ceder e deixá-lo me abraçar. Tomar conta de mim e fazer tudo ir embora. Mas eu não posso. Eu preciso arrancar o curativo.

Minha mente volta ao presente, acho a sarda e recupero-a como meu foco, continuando com o que tenho a dizer. O que eu preciso dizer.

— Ele quase a matou naquela noite. Levantou-a pelo pescoço e esmagou sua traqueia. Ela não conseguia respirar. Mas isso não era o suficiente. Ele não parava. — As lágrimas começam a fluir dos meus olhos, mas não vou deixá-las me impedir de fazer o que preciso. — Ele não parava. Ele bateu nela uma e outra vez. E ela fez aquele barulho. Aquele ruído horrível porque ela não conseguia respirar. Ela estava com falta de ar, lutando com o pouco que lhe restava. — As lágrimas se transformam em soluços e eu sinto meu corpo tremer.

— Venha aqui, Anjo. — Nico tenta me puxar para ele, mas não permito. Eu preciso me livrar de tudo.

Pela primeira vez desde que comecei a falar, eu olho para Nico. Seus olhos estão repletos de dor e se encheram de lágrimas não derramadas quando ele me vê chorar e ouve a minha história. Eu respiro fundo e olho em seus olhos quando falo, minhas palavras saindo tranquilas, mas o seu significado inequivocamente claro.

— Eu o matei. Eu sabia onde a arma estava escondida e atirei nele. — Os olhos de Nico se abrem assustados, ele não esperava que eu lhe dissesse isso. — É por isso que eu sei. — Minha voz é apenas um sussurro. — Eu sei o que você sente.

Eu choro até que não restam mais lágrimas. Não sei quanto tempo passa, mas Nico me mantém apertada contra ele até que meu corpo é arrancado de cada soluço e desgaste. E eu deixo. Pela primeira vez na minha vida, eu deixo alguém segurar minha tristeza, mesmo que seja por pouco tempo. Ele segura a dor, a culpa e a carga, tudo isso. E com o peso tirado de mim, eu caio no sono. Dormindo.

QUARENTA E UM

Nico

Elle se mexe durante o sono e eu mantenho meu aperto. Ela não se mexeu por horas, não desde que adormeceu nos meus braços. Eu nos deitei no sofá, colocando-a em cima de mim, enquanto eu a segurava. Meus braços estão dormentes de segurarem-na tão apertado, mas não há nada que me faça soltá-la. Nunca mais.

Eu achava que entendia o que significava sentir dor, mas não tinha ideia, até que vi o rosto dela. Vê-la sofrer com tudo aquilo tornou qualquer coisa que eu passei pálida em comparação. Pior do que um golpe no peito, a dor é física e emocional. A vontade de bater em alguma coisa é quase insuportável. Como pode qualquer ser humano fazer isso com uma mulher, ainda mais na frente de uma menina? Forçando-a, aos doze anos de idade, a defender a própria mãe ao custo de tirar a vida de seu próprio pai. Não, não a vida de seu pai. Ela tirou a vida de um monstro que merecia. Eu só queria que fosse eu. Gostaria de poder tirar todo o sofrimento dela e fosse eu que tivesse passado por isso, não Elle.

Ela parece tão calma enquanto dorme. Estou com raiva de mim mesmo por não estar lá para ela quando isso aconteceu. No fundo, sei que é irracional me odiar por não protegê-la quando eu não sequer a conhecia ainda... mas isso não faz o sentimento ir embora só porque o bom senso me diz que é impossível.

Quando eu congelei na gaiola e senti pena de mim mesmo, este anjinho estendeu a mão para me ajudar, mesmo sabendo que isso só iria trazer a merda toda para a superfície novamente, para ela. E o que eu faço quando ela se coloca lá, para mim? Basicamente, viro as costas para ela. Eu sou tão egoísta... tão preocupado comigo mesmo que eu a fiz recuar. Deve ter sido um esforço sobre-humano ir até mim e tentar me ajudar, com o que ela carrega dentro de si. Eu sou um grande idiota.

O DESTRUIDOR DE CORAÇÕES **203**

204 VI KEELAND

Quarenta e Dois

Elle

Estou confusa quando acordo. Eu nem me lembro de adormecer. Mas estou deitada em cima de Nico e ele está me segurando tão apertado que, por um minuto, esqueço o que aconteceu ontem à noite. Eu contei a ele. E agora ele nunca mais vai olhar para mim de novo. Até a minha terapeuta e os amigos que fiz no grupo de apoio mudaram quando ouviram a minha história. Todos, exceto Regina. Ela me entende porque ela tem sua própria cruz para carregar. Alguns me olham com pena, outros pensam que sou um monstro... que não há justificativa para tirar uma vida. Eu sei o que eles pensam.

Não faço ideia das horas, mas o sol não aparece na janela ainda, por isso não deve ser de manhã. Tento fechar meus olhos e me forçar a dormir de novo, mas minha bexiga tem outros planos para nós. Tento deslizar suavemente para fora dos braços de Nico, enquanto ele dorme, mas seus braços me apertam e me puxam de volta no lugar.

— Onde você pensa que vai? — Sua voz me pega de surpresa, eu achei que ele estava dormindo.

— Eu tenho que ir ao banheiro — respondo em seu peito: não estou pronta para ver seus belos olhos verdes. Os que costumavam olhar para mim como se eu fosse especial, como se quisessem me devorar.

O aperto de Nico solta e eu levanto calmamente, sem outra palavra, e sigo para o banheiro. Fico horrorizada quando me olho no espelho. Meu rosto está todo inchado, manchado e vermelho e há faixas pretas de maquiagem secas nas duas bochechas. Meu cabelo está emaranhado de um lado e, do outro, parece que foi colado na minha cara. Maravilhoso.

Eu me lavo e faço o meu melhor para parecer apresentável, mas não há muito para melhorar um rosto inchado, exceto o tempo... e talvez um pouco de gelo. Eu sigo de volta para o sofá no escuro, onde espero encontrar Nico, mas ele não está lá. Por um segundo, eu entro em pânico e acho que ele já me deixou, mas então o ouço andando atrás de mim.

— Banheira ou cama? Sinto que vou quebrar esse pequeno sofá feminino cada vez que mexo um centímetro. — Ele envolve seus braços em volta da minha cintura por trás enquanto levo um minuto para perceber o que ele está perguntando.

— Cama.

Eu fico grata por conseguirmos ir para o quarto sem acender as luzes: não estou pronta para ver seus olhos. Eu não tenho certeza de que um dia vou estar pronta, mas estou sendo egoísta e só quero fingir que nada mudou, mais um pouco. Nico espera até que eu esteja em cima da cama, em seguida, deita ao meu lado. Deitado de lado, ele envolve seu braço ao redor da minha cintura enquanto deito de costas e ele me puxa para que eu fique deitada ao seu lado. Sua grande mão se estende para cima e solta o cabelo que já está saindo do laço que eu tinha usado para melhorar a minha aparência. Ele esfrega o polegar no meu rosto e meus olhos se fecham, relaxando ao seu toque, tão gentil e suave.

— Você está bem?

Eu penso antes de falar.

— Não muito.

Eu realmente não posso ver seu rosto, mas o sinto assentir uma vez, aceitando a minha resposta.

Um longo momento de silêncio passa antes que Nico fale novamente.

— Do que você mais tem medo nesse momento?

Eu sei a resposta de imediato, mas penso sobre como responder a pergunta. Não tento segurar as poucas lágrimas que rolam pelo meu rosto, esperando que ele não vá notar no escuro.

Mas o polegar de Nico pega as minhas lágrimas.

Eu ainda não tenho coragem de responder a sua pergunta, quando ele fala novamente.

— Eu tenho medo de não ser bom o suficiente para você. Que eu vá arrastá-la para o inferno que vive dentro de mim.

As poucas lágrimas que tinham escapado se tornam o olho da tempestade e, de repente, caem como uma chuva torrencial e não consigo segurar. Mas me obrigo a responder.

— Eu tenho medo de ver o jeito que você vai olhar para mim... agora que já sabe quem eu realmente sou.

Nico me puxa para ele e me envolve firmemente em seus braços. Eu choro... realmente choro, sentindo anos de lágrimas reprimidas fluírem do meu corpo. É cansativo e estranhamente libertador ao mesmo tempo. Ele não afrouxa seu aperto em mim até que eu acabe.

Eventualmente, minha respiração acalma e as lágrimas cessam. Eu começo a cair no sono, mas de repente fica claro e tenho que forçar os olhos fechados para evitar o brilho. Nico acendeu a luz.

— O que você está fazendo? — Minhas pálpebras ainda estão firmemente fechadas quando eu falo.

— Abra os olhos. — A voz de Nico é suave, mas suas palavras são uma ordem, não uma pergunta.

Eu não respondo, e também não abro os olhos.

— Elle, meu anjo, abra seus olhos.

Seu tom de voz é tão doce que eu acho difícil negar qualquer coisa quando ele fala assim comigo. Então, eu faço o que ele me pede. Abro os olhos um pouco e olho para ele. Seus belos olhos verdes estão ali, tão perto de mim. E eles estão esperando. Esperando que eu o olhe. Eu permito que os meus olhos se abram totalmente e olhem para Nico. No começo, eu só estou olhando para os olhos em si. A cor bonita, a pupila escura, o mar de verde suave, os cílios escuros e grossos que emolduram a beleza que Deus deu ao homem. Mas então eu me vejo olhando para além da superfície e eu estou procurando. Procurando o que eu esperava encontrar lá. Então percebo. Não está lá. Sem piedade, sem vergonha, sem dúvida. E os meus olhos se arregalam quando eu compreendo.

— Agora sim. — O canto da boca de Nico levanta e eu não posso deixar de sorrir de volta para ele. Meu corpo solta um profundo suspiro de alívio e sinto como se eu estivesse em paz pela primeira vez em muito tempo. Talvez seja a primeira vez que eu me sinto assim.

Passamos as próximas horas conversando e fazendo amor e eu quero que isso nunca acabe. Mas eu tenho um depoimento amanhã cedo, que não estou preparada e tenho que me arrastar para o escritório.

— Eu tenho que ir trabalhar. Estou muito atrasada, até mesmo para os meus padrões.

— Você costuma se atrasar para o trabalho? — Nico parece surpreso.

Eu rio com o seu comentário, ele deve ser a única pessoa no planeta que não sabe sobre o meu problema com horários.

— Estou sempre atrasada para tudo.

Nico dá de ombros.

— Acho que não percebi.

Eu sorrio para ele e, sim, acho que eu até corei um pouco. Coro para o homem que tocou cada parte do meu corpo com a boca e agora conhece o meu mais íntimo e mais escuro segredo.

— Você parece ser a única coisa que eu consigo não me atrasar.

As sobrancelhas de Nico arqueiam com surpresa, mas, em seguida, um sorriso presunçoso e lento se espalha em seu lindo rosto e sou recompensada com suas covinhas.

Brincando, eu bato em seu peito.

— Não fique muito cheio de si, eu tenho certeza que foi sorte de principiante e você vai ficar esperando por mim a maior parte do tempo, assim como todos os outros. — Tento sair da cama. Preciso tomar banho e ir trabalhar, mas Nico me puxa de volta e estou rapidamente posicionada embaixo dele.

Acho que ele ainda está sendo brincalhão, mas, quando o olho, seu rosto está sério.

— Eu preciso saber de uma coisa, Elle.

— O quê? — Fico confusa com a forma como fomos do lúdico para sério e o que o está incomodando.

— Jantou com o jumento imbecil na noite passada?

— Jumento imbecil? — Minhas sobrancelhas sulcam quando falo... por um segundo, eu realmente estou confusa quanto ao que ele está se referindo, mas então percebo que se trata de William.

Nico não fala mais nada, esperando pela minha resposta.

— Nós tivemos um jantar de negócios com um cliente.

— Eu não vi nenhum cliente e aquilo não parecia negócios, para mim.

— Isso porque ele me disse que o jantar era às seis e não sete, para que eu não chegasse atrasada. Então, quando cheguei lá às seis e meia, ficamos esperando meia hora para o nosso cliente em comum chegar.

Minha resposta parece satisfazê-lo, mas a tensão em seu rosto só desaparece por alguns segundos. Então, ela está de volta.

— Eu não gosto de ver vocês dois parecendo tão íntimos.

— Nós somos amigos... somos amigos desde a faculdade de Direito.

— Um homem que dorme com uma mulher não é amigo, Anjo.

— Bem, William é.

— Eu vejo a maneira como ele olha para você. Ele não quer

ser seu amigo.

— Tanto faz. — Eu rolo meus olhos, essa conversa está indo a lugar nenhum. — Não é como se eu tivesse uma escolha, temos casos em conjunto.

— Ok, então vocês trabalham em conjunto. Mas você não precisa sentar em um bar e beber.

— Você não entende. — Tenho certeza de que ele simplesmente não consegue entender o que William e eu temos. William está bem com o fato de sermos amigos e não entendo por que ele está agindo com ciúmes.

Nico me libera e acho que a nossa conversa acabou, então começo a caminhar até a porta, com a intenção de tomar um banho e, finalmente, arrastar minha bunda para o trabalho.

— Então, você não vai se importar se eu tomar um drink com a Amy, hoje à noite?

Eu paro e volto a olhar para Nico. Ele está sentado na minha cama, com as mãos cruzadas atrás da cabeça em uma posição casual.

— Quem é Amy?

— Nós somos apenas amigos. Nós costumávamos dormir juntos, mas somos apenas amigos agora. Ela é uma representante de vendas e nós temos falado sobre uma linha de vitaminas para a minha academia, mas costumo manter nossas conversas de negócios na academia. Mas talvez fosse melhor se nós discutíssemos nossos negócios bebendo alguma coisa na casa dela.

Ótimo. Eu me sinto com vontade de arrancar a cabeça de Amy. Quem diabos é Amy? Mas eu entendo. Ponto para ele.

— Tudo bem, eu vou fazer o meu melhor para manter o meu negócio com William no escritório.

Nico acha que eu vou voltar para dar-lhe um beijo. Ele tem aquele sorriso orgulhoso no rosto. Eu pego o travesseiro e bato nele com força, antes de ir para o chuveiro. Eu ouço-o rindo atrás de mim quando eu sigo para o banheiro.

QUARENTA E TRÊS

Nico

Eu nunca trouxe uma mulher para o nosso jantar mensal. Não é que a minha mãe e meus irmãos fossem se importar, é que eu nunca encontrei alguém que eu achasse que fosse estar por perto quando o jantar seguinte acontecesse, então por que apresentá-los? Elle fez cookies para trazer, o que é doce de sua parte, mas vou ter que esconder das crianças para salvá-las de uma possível intoxicação alimentar. Ela queimou três tabuleiros antes que finalmente acertasse, ou pelo menos ela acha que acertou.

Minha sobrinha Sarah leva Elle quase no minuto em que entramos e a apresenta como se fosse um brinquedo novo brilhante. Minha mãe parece curiosa e eu a pego olhando para Elle algumas vezes. Ela deve gostar do que vê, porque sorri para si mesma enquanto olha. Eu verifico Elle, de vez em quando, mas ela não parece desconfortável, por isso a deixo com as mulheres. Ela me pega olhando a cada vez, e sorri como uma criança. É difícil tirar os olhos dela.

— Você caiu feio nessa, mano. — Sam sorri para mim antes de tomar um gole de sua garrafa de cerveja.

— Cale a boca.

Sam ri.

— O quê? Já estava na hora. Você nos preocupou, já estávamos achando que você ia pegar alguma DST pelo jeito que você fodia as mulheres.

— Eu não fodia as mulheres.

— Sim, você fodia.

— Você só está com inveja, idiota.

— Inveja do quê? — A voz de Elle me surpreende, eu não tinha percebido que ela estava perto de mim.

— Nada. — Eu passo meu braço em volta de sua cintura, puxando-a para perto de mim. — Venha aqui. — Eu beijo sua testa. Ela olha para mim e sorri. Jesus Cristo, eu vou tão longe por essa mulher que eu faço coisas como beijar sua testa e sorrir só porque ela sorri. Sim, eu estou apaixonado. E amo cada minuto que passamos juntos. E nem sequer me incomodo quando olho para cima e encontro a metade da minha família nos observando, sorrindo como idiotas completos.

Sarah insiste em sentar-se entre Elle e mim durante o jantar. Ela é a única menina entre os sete meninos que meus irmãos geraram. Ela está usando uma coroa prateada de princesa, um collant rosa, e sua faixa de bandeirante atravessada como se ela fosse a Miss América. Ela também está usando galochas amarelas e não está chovendo. Mas ainda assim, ela é adorável e parece ter gostado de Elle.

— Posso pintar suas unhas depois do jantar? — Olho para as mãos bem cuidadas de Elle e tento salvá-la, jogando uma tábua de salvação.

— Eu acho que as unhas de Elle já estão pintadas, Sarah. — Sim, o raciocínio com ela deve funcionar.

— Eu não ia pintá-las, tio Nico — ela me responde revirando os olhos, como se eu fosse louco por pensar que ela queria pintar as unhas, mesmo que essa tenha sido a pergunta exata que ela fez. — Eu só vou fazer bolinhas nelas!

Elle sorri para Sarah.

— Eu adoraria... as minhas unhas estão mesmo muito simples.

Sarah sorri para Elle e olha para trás para mim sem rodeios, o rosto dela com as palavras "eu te avisei".

As duas conversam durante o jantar, abrangendo questões

prementes, tais como biscoitos favoritos, cor favorita, desenhos animados favoritos, e lutador favorito. Elle finge dúvida com a última pergunta e, por um segundo, acho que as coisas podem azedar com Sarah, mas em vez disso ela simplesmente salta para cima e para baixo, divertida.

— Elle, você deveria dizer que o tio Nico é o seu lutador favorito! Eu tenho um pôster dele no meu quarto e tudo mais. Tio Nico me deu para espantar os monstros nos meus sonhos, porque ele parece mau. — Sarah faz uma cara que deveria ser de malvada, mas ela fica ainda mais linda. — E funciona! Você tem monstros em seus sonhos? Tio Nico, Elle precisa de um pôster também!

Todo mundo está rindo da empolgação de Sarah, de modo que não ouvem quando Elle se inclina para perto de mim e sussurra:

— Vou levar um pôster para a banheira. Para a próxima vez.

Essa mulher vai ser a minha morte. Deixando-me com tesão enquanto está sentada em uma mesa cercada por minha família e ao lado de uma criança de seis anos de idade.

— Viaja comigo neste fim de semana? — Estou dirigindo de volta para casa de Elle, então não posso ver a reação dela à minha pergunta, mas ela não me deixa esperando muito tempo.

— Está bem.

— Você não quer nem mesmo saber para onde vamos? — A convicção da resposta dela é incrível, mas estou curioso.

— Não. Eu não me importo para onde vamos, desde que eu esteja com você.

Sim, puta merda, eu amo essa garota.

Quarenta e Quatro

Elle

— E seu treino? Tem uma academia lá? — Estamos indo para o norte por um longo tempo, e lamento ter dito a Nico que eu não quero saber para onde estamos indo, porque agora a curiosidade está me matando. Eu continuo a fazer perguntas, tentando conseguir uma dica de nosso destino, mas ele não cede nem um pouco.

— Não há nenhuma academia, mas estou planejando muitos exercícios de cardio neste fim de semana.

Nico sorri, mas mantém os olhos na estrada, enquanto dirige no escuro. Não tem luzes na rua e a estrada estreitou-se a uma faixa em cada sentido. Eu olho seu perfil bonito, as belas linhas do seu rosto que levam ao seu queixo quadrado. O queixo que não vê uma navalha há vinte e quatro horas e os pelos fazem com que ele pareça ainda mais robusto e bonito, se é que isso é mesmo possível.

— Você está me encarando.

— Eu gosto do que estou vendo.

Nico tira os olhos da estrada por um segundo e olha para mim rapidamente e, em seguida, eles voltam para a estrada. Mas, naquela fração de segundo, eu vi o verde em seus olhos e isso me faz querê-lo. Seus olhos brilhantes iluminam seu sexy rosto bronzeado. Quando se vira para a estrada, ele sorri, revelando a covinha que me deixa com os joelhos fracos. Eu não sei exatamente o que é, mas há algo que me deixa louca com o contraste entre o Nico forte e masculino que se mistura com o seu sorriso de menino, com covinhas. Eu realmente preciso apertar minhas pernas para acalmar o turbilhão entre elas. Eu tenho o desejo de estender a mão e senti-lo. Começando pela sua coxa sólida e seguindo lentamente o calor que, sem dúvida, me levará a um lugar que vai nos deixar ofegantes com a necessidade.

— Nós só vamos continuar na estrada por uns cinco minutos, ou eu estaria parando no acostamento pelo jeito que você está olhando para mim.

Eu rio com o seu comentário, agradecida de que ele não pode ver meu rosto ficar vermelho. Eu nunca fui atirada e dei o primeiro passo em busca de contato físico com um parceiro. Eu costumo aproveitar e participar ativamente, mas nunca tomei a iniciativa. No entanto, com este homem, eu me vejo incapaz de parar a reação natural do meu corpo para estar perto dele. Ele tem vontade própria quando se trata de Nico Hunter.

Nós finalmente saímos da estrada e seguimos por um caminho longo, ou talvez seja uma rua particular, eu não posso dizer na escuridão. Mas nós dirigimos por um tempo e não há mais nenhuma casa. Há uma luz ao longe que parece ser na direção de onde estamos indo.

— Onde estamos?

— Na casa do lago, de Preach.

— Eu não poderia nem mesmo dizer que há um lago de tão escuro que é aqui.

— É atrás da casa. Amanhã, durante o dia, você vai ficar chocada por não ter visto, a maldita coisa é enorme.

Nós finalmente estacionamos em frente à casa e posso ver que a luz que estava piscando à distância era na varanda. É uma daquelas luzes solares que dá um tom azul e a luminosidade mal dava para ver mais de três metros à frente. Mas a varanda parece enorme, rodeando toda a casa. Há cadeiras de madeira e pequenas mesas dispostas em vários lugares que eu mal consigo ver no escuro. Nico abre minha porta para me ajudar a descer do SUV.

Nós seguimos até as poucas escadas da varanda e Nico abre a porta da frente com uma chave de seu chaveiro. Com os faróis apagados, é escuro como breu, exceto pela única luz fraca vinda da varanda.

— Fique aqui. — Nico solta minha mão e eu mal posso ver o que ele está fazendo, apenas uma ligeira mudança no nível de escuridão me mostra que ele está se movendo pela casa. Ele não bate em nada, ou a sala está vazia ou ele conhece bem o lugar. Poucos segundos depois, ouço o som familiar de fósforo, em seguida, uma vela é acesa em uma pequena mesa contra uma janela.

— Você não vai acender as luzes e me deixar ver o lugar? Depois de manter segredo sobre onde estávamos indo por horas?

Nico ri e vejo quando ele vem em minha direção, a vela fornecendo luz suficiente para eu vê-lo mais claramente.

— Não há eletricidade aqui.

— O que quer dizer com não há eletricidade aqui? — Minha voz sai quase chocada, porque por um segundo eu realmente fiquei.

— Preach chama de seu santuário. Sem telefone, sem eletricidade, sem sinal de celular. Nem vizinhos. — Nico envolve seus braços ao redor da minha cintura enquanto fala e me puxa para perto, contra o seu corpo, tornando mais fácil digerir o que ele está me dizendo. Tudo parece fácil quando estou pressionada contra esse homem. Ele me faz perder meu juízo, meu limite, meu bom senso.

— Você me trouxe a um lugar sem eletricidade e sem sinal de celular? — Eu tenho que tentar agora soar perturbada, porque eu não estou mais. Não com seu hálito quente acariciando o caminho para o meu pescoço enquanto ele enterra a cabeça no meu cabelo.

— Sim. — Sua boca pecaminosa encosta em meu ouvido, onde suas palavras são ditas em voz baixa, mas elas viajam através de mim e acordam cada molécula do meu corpo. Os pelos em minha nuca respondem, enviando um frio que irrompe por todo o meu corpo em arrepios.

— Vamos lá, é legal aqui o suficiente até para fazer uma fogueira. — Nico me libera e meu corpo fica decepcionado por perder o contato tão cedo. Ele segura minha mão e me orienta pela casa escura em direção a uma sala na parte de trás. Depois que ele acende o fogo, eu posso ver a enormidade da lareira. Ela é feita de pedra e me sinto anã com o tamanho dela.

— Uau, é... incrível. — As palavras não são o suficiente para descrevê-la. A luz da lareira lança um brilho suave pela sala e posso ver que as paredes da sala são todas de vidro. Está muito escuro para ver qualquer coisa do lado de fora, mas eu imagino que estaria olhando para um lago, se o sol estivesse brilhando.

Nico ainda está de pé, ao lado da lareira, mas agora está me observando enquanto aprecio a beleza da sala.

— Jesus, você parece um anjo parada aí.

Eu sorrio para o seu elogio, eu nunca fui boa em aceitar elogios, mas, com Nico, o jeito que ele fala comigo, acredito em cada palavra que ele diz. Sei que não pareço um anjo, mas, para Nico, eu pareço neste momento. Nenhum de nós se move. Então, seus olhos encontram os meus e tudo mais desaparece... a escuridão, a lareira, a sala, tudo. Nada disso existe mais. É só a gente e tudo parece tão simples. É um daqueles momentos na vida em que você sente a mudança. Como se tudo o que você fez antes de chegar a esse ponto e tudo o que acontece a partir deste ponto em diante vai ser diferente. Eu não sei como ou por que, mas estou tão certa disso como eu nunca estive em toda a minha vida. Eu estou apaixonada por esse homem, e nem esse pensamento me assusta. Nem um pouco.

Nico caminha para mim, lentamente, seus olhos nunca liberando os meus. Ele para quando me alcança, não chegando a ter contato entre nossos corpos, mas apenas brevemente. Estamos tão perto que eu tenho que inclinar o pescoço para trás e olhar para cima para manter os nossos olhos presos, mas não me atrevo a me mexer por medo de que um de nós vá piscar e o momento terá passado. Ele levanta uma de suas mãos grandes e suavemente coloca meu cabelo para trás do meu rosto, seu toque é tão suave e gentil. Lentamente, ele abaixa a cabeça e eu acho que ele vai me beijar; seu rosto está tão perto do meu que eu posso sentir sua respiração em meus lábios, mas ele não beija. Ele para, de modo que não perdemos o contato de nossos olhos. E então tudo o que senti sobre a mudança é confirmado e meu mundo muda.

— Eu te amo, Elle.

Eu não tenho que pensar sobre a minha resposta. Porque nunca houve nada na minha vida que eu tivesse mais certeza.

— Eu também te amo.

Então ele me beija. Docemente. Suavemente. Apaixonadamente. Realmente me beija... de uma forma que eu nunca fui beijada antes. Não é um prelúdio para o sexo ou preliminares. É amor. Puro e simples. É o amor que derrama de nós dois se conectando em um beijo. E, nesse momento, percebo que eu realmente nunca fui beijada antes. Eu achei que tinha sido, mas não fui. Não havia absolutamente nada antes desse beijo, e eu mal posso esperar para ver o que vem depois.

No momento em que nos separamos para tomar ar, eu estou me segurando em seus ombros, a fim de me manter em pé. Sem seus braços me segurando com tanta força, eu seria uma poça no chão. Meus joelhos estão fracos e, meus braços estão, tremendo e as lágrimas caem. As lágrimas rolam dos meus olhos e não posso impedir que elas caiam quando ele olha para mim desse jeito. Eu tinha ouvido as pessoas dizerem que choraram lágrimas de felicidade, mas eu nunca tinha achado isso possível. Mas é isso o que acontece quando elas começam a cair. Fluindo dos meus olhos enquanto eu sorrio para o homem por quem sou loucamente apaixonada. E ele por mim.

Ele sorri de volta e enxuga as lágrimas dos meus olhos.

— Você está sorrindo e chorando.

— Eu sei... Acho que ficar quinze anos escondendo minhas emoções fez isso comigo... e agora você está em apuros. — Eu rio enquanto falo, percebendo o quão ridículo isso deve parecer, mas é verdade. Eu não senti nada por quinze anos, e agora eu estou sobrecarregada com emoções que eu nem tinha percebido que era capaz de sentir.

Nico sorri antes de se abaixar e me levantar em seus braços, segurando-me firmemente contra o seu peito. Eu envolvo meus braços em volta do seu pescoço.

— O que você está fazendo?

— Estou levando a mulher que eu amo para a cama para fazer amor com ela.

— Oh. — Suas palavras são como música para os meus ouvidos.

Na manhã seguinte, eu acordo com uma familiar mão quente nas minhas costas expostas, esfregando suavemente para cima e para baixo a minha espinha. Viro a cabeça para enfrentar o homem que eu amo e ele sorri para mim.

— Bom dia.

— Bom dia. — Eu sorrio de volta e não posso deixar de achar que é um sorriso bobo, mas me sinto satisfeita, feliz, completa e totalmente apaixonada. Não me lembro da última vez que me senti tão relaxada. Contar a Nico sobre o meu passado tirou um peso do meu peito que eu nem percebi que estava carregando.

Nico ri do meu sorriso.

— Eu quero levá-la para o lago antes que fique muito quente. — Ele empurra meu cabelo que está cobrindo parte do meu rosto e beija minha bochecha.

— Tudo bem.

— Eu poderia me acostumar com essa nova mulher submissa que você se tornou. — Nico levanta e beija minhas costas nuas, logo acima do lençol que está me cobrindo da cintura para baixo.

— E eu poderia me acostumar a acordar sempre assim. — Ele trilha doces beijos suavemente pelas minhas costas por todo o caminho até a minha nuca.

— Vamos lá, antes que a gente não saia da cama tão cedo. — Ele abruptamente para de me beijar e eu sinto a falta do calor do seu corpo cobrindo o meu imediatamente.

Eu gemo alto.

— Ou podemos ficar na cama o dia todo. — tento persuadi-lo com um convite.

— Sem chance. Há uma dúzia de lugares que eu quero ter você.

— Ter? — Ele está dizendo o que eu acho que ele está dizendo?

Nico puxa o lençol, expondo minha bunda, quando ainda estou deitada de bruços sobre a cama. Eu ainda não fiz qualquer tentativa de me mexer. Ele geme e bate na minha bunda de brincadeira.

— Eu vou *ter* você na pequena ilha que fica no centro do lago. Mal posso esperar para ver você espalhar água no meio daquele pedaço de grama debaixo da árvore. — Eu começo a sentar e vejo quando os olhos verdes de Nico ficam tempestuosos. Não há esconderijo quando ele me quer e eu adoro isso. É cru e real e ele não tenta escondê-lo com algo que não é. Nico me cheira e depois respira fundo antes de voltar seus olhos para os meus. — E talvez até mesmo sobre a cadeira de madeira do lado de fora, se você não me apressar.

Eu esperava que o lago fosse bonito, mas nada que eu pudesse ter imaginado chega perto do que eu vejo quando meus olhos recaem sobre o incrivelmente pitoresco cenário diante de mim. Nico me traz uma xícara de café enquanto eu olho para fora da parede de vidro, onde a escuridão dificultou minha visão na noite anterior, e envolve seus braços em volta do meu corpo, por atrás de mim.

— Lindo, né?

— É impressionante. Nem sequer parece real. É tudo muito perfeito. — Eu realmente estou em êxtase. Não é que eu não costume apreciar a natureza, mas as coisas foram muito corridas nos últimos anos e eu me joguei no trabalho e na cidade.

— Estou feliz que tenha gostado. — Nico me aperta um pouco mais enquanto fala.

— Como alguém poderia não gostar? — As árvores estão floridas e todo o perímetro do lago cristalino espumante é forrado com flores silvestres roxas e laranjas. Pergunto-me por um momento se elas foram plantadas, mas então eu penso bem e percebo que nada feito pelo homem poderia ser tão bonito.

Nico suspira, é um som de contentamento. Felicidade. Eu sei porque me sinto da mesma forma.

— Você vem aqui com frequência?

— Eu costumava.

— Por que parou? — Nico não responde de imediato e me faz pensar que há uma história, algo difícil, que o fez parar.

— Eu comecei a vir aqui quando eu tinha quinze anos. Preach costumava me trazer para o lago. Às vezes, meus irmãos vinham, de vez em quando até a minha mãe quando ela conseguia ficar um dia inteiro de folga, o que era raro.

Eu me entrego aos braços de Nico... sentindo que a parte da história que o fez parar de vir estava próxima. Eu olho para ele e ele continua com toda a minha atenção.

— Tivemos bons momentos aqui, depois que eu ganhava algumas lutas. — Seu rosto está sorrindo enquanto ele relembra de alguns dos bons tempos. — Preach não permitia eletricidade, então eu e meus irmãos costumávamos encher a parte traseira de uma caminhonete com coolers. — Ele ri com o pensamento.

Eu sorrio ao observá-lo, ele tem lembranças tão boas com sua família. Famílias que se juntam para celebrar seu sucesso ao redor de um lago cheio de amor e riso. Algo que eu almejei durante a minha juventude.

— Então por que você parou de vir?

O rosto de Nico fica sério e eu quase desejo não ter perguntado, mas eu quero saber tudo sobre este homem. O que o faz feliz ou triste, sorrir ou franzir a testa... tudo, o bom e o ruim. É tudo parte do homem diante de mim.

— Preach me trouxe pra cá depois que eu quebrei a minha academia no ano passado. Após a luta. — Ele não precisa explicar qual luta é. — Foi feio. Eu não conseguia dormir sem ter pesadelos, sem os remédios e passei dias tentando superar as memórias. Foi duro. Mas Preach não me deixou, não importava quantas vezes eu o ameaçava ou tentava me afastar.

Eu espero que ele continue, mas nada mais vem.

— E você não vem desde então?

Nico balança a cabeça.

— Então, o que te fez me trazer aqui?

Ele olha para mim e sorri.

— Eu amo este lugar. Algumas das minhas melhores lembranças estão aqui. — Ele me beija castamente nos lábios antes de continuar. — Eu queria voltar, substituir as memórias assombradas pelas novas. As que vão me fazer esquecer as ruins.

Deus, o homem é lindo. E não apenas por fora... por dentro também... e ele nem sequer tem que tentar. É apenas quem ele é. Debaixo de seus cem quilos de puro músculo duro tatuado que gritam problema, tem a alma mais sensível e bonita que eu já conheci. Pela primeira vez, eu me sinto como a garota mais sortuda do planeta.

A ilha no centro do grande lago é pequena, talvez do tamanho de uma casa. Mas é bonita, com areia clara, um pequeno pedaço de grama e algumas árvores que parecem ter sido arrancadas de um cartão que diz "Olá ao Paraíso". Situar-se no centro do lago enfatiza a enormidade do seu tamanho... são mais de cem acres de terra. Nico me diz que Preach economizou por quase vinte anos para comprar o imóvel e o lago. Seu pai era dono de um pequeno pedaço de terra e ele adorava a área desde criança. As razões são óbvias.

— Vamos dar um mergulho — Nico sugere.

— Eu não trouxe maiô. — Por um segundo, respondo como se ele não pudesse perceber que eu não estou usando um. Mas então vejo seu sorriso. O safado, que mostra suas covinhas profundas, e eu tenho certeza de que ele fez muitas mulheres deixarem suas calcinhas caírem sem muito esforço.

— Não precisamos de um.

— Mas e se alguém vir?

— Você acha que eu deixaria qualquer um ter um vislumbre da bunda fantástica que me pertence, Anjo?

Ele é possessivo e protetor e não há nenhuma chance de que alguém possa me ver nua, se ele está sugerindo nadarmos sem trajes de banho. Eu passei quinze anos sendo conservadora, é hora de viver um pouco. Eu não respondo com palavras. Em vez disso, eu levanto do cobertor que estamos sentados e dou um passo para trás, dando a Nico uma visão melhor. Ele se inclina para trás, esticando seu longo corpo, com os cotovelos apoiando-o quando ele se posiciona para o meu show, com um sorriso preguiçoso no rosto. Lentamente, eu puxo a minha camiseta sobre a cabeça, revelando um sutiã de renda cor-de-rosa. Nico não se move, mas seus olhos não saem de cima de mim, com uma satisfação que posso realmente sentir em meu corpo. É como um cobertor de calor e isso é o combustível que alimenta a minha coragem para seguir em frente.

Eu desabotoo meu short, puxando lentamente o zíper para baixo, permitindo que meu polegar alcance e toque a pele que ainda está escondida debaixo do zíper. Eu não estou me tocando em qualquer lugar íntimo, mas me parece sexy e íntimo do mesmo jeito. Com uma curva exagerada, eu inclino-me e aperto meu quadril sugestivamente, permitindo que meu short roce pelas minhas pernas e caiam no chão.

Estou vestida apenas com um sutiã e uma calcinha rosa rendada e vejo os olhos de Nico escurecerem. Ele começa a se levantar, mas faço sinal de não com o dedo. Eu quero dar-lhe um show.

— Você está tentando me matar? — A voz de Nico é rouca, mas ele permanece parado, conforme solicitado, mesmo que eu possa ver que ele está se esforçando para manter-se sentado.

Eu abro meu sutiã, deslizando-o lentamente antes de falar.

— Não, eu estou tentando te dar novas memórias que vão fazer você esquecer as ruins.

Nico solta um profundo suspiro alto e resolve se acomodar novamente. Ele me ouve e me deixa fazer isso por ele. Estou diante dele usando apenas a calcinha rendada e não estou pronta para tirá-la. Eu quero dar-lhe algo para lembrar, algo que realmente queimará em seu cérebro e o fará se esquecer da última vez que ele esteve aqui.

Estendendo a mão, eu traço lentamente meu peito, permitindo que minha unha preguiçosamente arranhe levemente a minha pele. Estou nervosa, mas quero fazer isso, então eu fecho os olhos e tento render-me ao momento.

Com os olhos ainda fechados, arrasto a minha unha sobre o mamilo inchado e ele incha ainda mais sob o meu toque. Lentamente, levanto o dedo na minha boca e o sugo, molhando-o antes de voltar para o meu mamilo e o revisto com os meus próprios fluidos. É uma sensação boa, mas eu preciso de mais. Com firmeza, agarro meu próprio mamilo entre o polegar e o indicador e o aperto. Eu sinto isso me atingir até os dedos dos pés e a pele sensível entre as minhas pernas formiga com antecipação. Outro apertão, desta vez com mais pressão, e sinto a umidade entre as minhas pernas e me engasgo com a sensação enviada através de meu corpo em um solavanco.

Eu havia me tocado antes, mas nunca teve tal efeito em mim. Eu preciso de mais, mais atrito, e eu preciso disso rápido. Minha mão percorre minha barriga lisa e desliza para frente da minha calcinha.

— Porra. — A voz grave de Nico vibra através de mim, levando minha excitação para um novo nível. Acho meu clitóris e o esfrego suavemente, fazendo pequenos círculos lentos. Minha cabeça cai para trás e um gemido baixo escapa de meus lábios enquanto eu sinto o acúmulo da sensação familiar construir dentro de mim. E então ele está em mim. Tocando e sentindo e agarrando e mordendo, juntos, como animais selvagens. Eu nem tenho certeza de quando ele se despiu, mas estou incrivelmente grata que não há nenhuma roupa entre nós. Eu sinto cada grama de seu corpo muito duro, e é tão bom que eu acho que posso encontrar a minha libertação, antes mesmo de começar.

Nico rosna quando toma meu mamilo duro em sua boca e morde com força. Uma leve dor atravessa o meu corpo e começa a pulsar por conta própria. Ele libera o meu mamilo dolorido, mas apenas o suficiente para sugá-lo de volta em sua boca e me provocar. Ele roda a língua ao redor, suavemente saboreando-o com atenção, implorando para perdoá-lo pela dor infligida há poucos instantes.

Ele suga do meu seio até o pescoço e finalmente encontra a minha boca. Sua língua leva a minha em uma dança que me deixa ofegante quando ele volta sua atenção para o meu ouvido.

— Eu preciso estar dentro dessa boceta que você deixou tão molhada pra mim.

Suas palavras detonam um gemido que vem de dentro de mim e sinto o meu corpo começar a se contrair. Eu preciso dele dentro de mim também. Agora. Muito.

— Por favor. — Não me importo que pareço estar implorando. Eu não tenho vergonha quando se trata dos prazeres deste homem.

Ele me levanta em seus braços antes de cair de joelhos, gentilmente me posicionando sobre a grama. Dois segundos atrás, estávamos nos mordendo e agarrando e agora ele é tão gentil comigo. Ele cuida de mim, certificando-se de que eu estou bem, colocando seu próprio desejo em segundo plano para cuidar de mim. É uma das coisas que eu amo nele, algo que é difícil de colocar em palavras e explicar para seu ex-namorado, quando você precisa explicar a ele por que você se apaixonou por outro homem. Ele simplesmente me coloca em primeiro lugar. Sempre.

Espero sentir seu corpo quente em cima do meu, mas não sinto, então abro meus olhos para ver o que está demorando tanto e o encontro olhando para mim. O que eu vejo me tira o fôlego. Eu tento falar, mas não tenho palavras. Ele está gravando mentalmente o momento em seu cérebro, capturando-o para sempre como um artista com um pincel. Eu posso sentir isso. É adoração e luxúria, amor e todas as outras emoções sinceras enroladas em um homem perfeito que me ama e não pode esconder isso, mesmo que ele tente.

Incapaz de falar, estou tão cheia de emoções que só posso oferecer-lhe a minha mão. Ele a segura sem dizer uma palavra e gentilmente estabiliza-se em cima de mim, apoiando-se em seus braços, seus antebraços musculosos em ambos os lados do meu rosto.

— Eu te amo. — Eu finalmente encontro as palavras para o momento perfeito que ele me deu.

Sua cabeça desce e ele me beija quando eu sinto o impulso da cabeça grossa em mim. Eu aprofundo o beijo, pois abafa meus gemidos quando seu pau grosso me preenche. Sei que deveríamos ir mais devagar, mas não posso esperar mais. É um encaixe apertado normalmente, mas sem a forma lenta como Nico normalmente me toma, é mais áspero do que o habitual. Mas isso é tão bom, tão certo. Vou deixar para me preocupar em estar dolorida amanhã.

Quando a base de seu comprimento duro empurra contra mim, Nico estabiliza-se. Ele quer me dar tempo para me adaptar, mas eu não quero esperar mais. Mexo o pouco que posso debaixo de seu peso, inclinando minha pélvis ainda que levemente, mas permitindo-lhe afundar ainda mais profundamente. Um suspiro escapa de dentro de mim.

— Porra, Anjo. Você está bem?

— Eu ficarei se você parar de me tratar como vidro e me foder com força como você quer. — Eu enfio minhas unhas em sua bunda para acentuar a minha necessidade.

As sobrancelhas de Nico levantam com surpresa, mas vou fazer do meu jeito ou de outro. Eu recupero sua boca e mordo com força o lábio inferior, tanto que fico surpresa de não sentir gosto de sangue. Mas tenho a sua atenção e é a atenção que eu quero. Ele puxa quase todo o caminho para fora e, em seguida, enfia de volta em mim... com força. Eu gemo. É exatamente o que eu preciso.

E então ele faz isso de novo, desta vez, movendo o quadril forte para baixo e bate naquele lugar sensível no interior. Eu tremo enquanto meu corpo começa a convulsionar em torno dele. Mas ele mantém o movimento, bombeando dentro e fora, dentro e fora, cada vez esfregando e me levando mais próximo do meu orgasmo até que ambos estamos atingindo o clímax. Nico chega entre nós e acaricia meu clitóris pulsante com o polegar e é o suficiente para me empurrar para o auge. Eu grito seu nome quando o meu corpo estremece, pulsando freneticamente enquanto onda após onda de felicidade cai em cima de mim. Sinto o calor da libertação de Nico despejar em mim e acho que estou prestes a voltar a mim, mas continuo gozando, sua libertação prolongando a minha própria.

No momento em que deixamos a casa, na noite seguinte, não há dúvida em minha mente de que substituímos as memórias de Nico por novas que ele não vai esquecer tão cedo.

QUARENTA E CINCO

Elle

As últimas semanas têm sido, sem dúvida, as mais felizes da minha vida. Eu encontrei o equilíbrio entre o meu trabalho e o meu tempo com Nico, e Leonard parece realmente feliz porque estou trabalhando menos horas por dia. Seus próprios problemas de saúde têm sido um lembrete suave das prioridades da vida e parecem ter refletido na forma como ele está gerenciando o escritório. O momento não poderia ser mais perfeito.

Ainda penso em meu passado, mas não tive mais pesadelos desde que contei a Nico. É estranho, às vezes, parece que aliviei o peso que carrego comigo, mas só porque Nico está compartilhando o peso. Falamos sobre isso abertamente e parece ajudar. Cada dia fica um pouco mais fácil.

Não me lembro da última vez que vi o cara do delivery trazer o jantar. Nico está em treinamento para a sua grande luta e ele parece gostar de me alimentar. Nós alternamos entre nossos apartamentos, mas dormimos na mesma cama quase todas as noites, desde que voltamos da casa do lago de Preach. Pensei que tinha chegado ao auge da nossa relação, e as coisas não teriam mais para onde ir a partir daí, mas estou achando que gosto do dia a dia com Nico quase tanto quanto os momentos especiais. Estou num tipo de felicidade doméstica, algo que eu nunca pensei que iria encontrar. Um lugar que não parecia estar no meu destino. Mas aqui estou eu... e não poderia estar mais feliz.

Saio do trabalho um pouco mais cedo; é um dia importante para Nico. Ele finalmente descobrirá com quem vai lutar na disputa pelo campeonato. Não que o nome vá significar algo para mim, mas quero estar lá para ele.

Eu pego pouco trânsito no caminho para a academia e consigo

chegar lá antes do anúncio que será feito ao vivo, pela TV. O centro de treinamento está cheio, mas não está agitado como de costume, com um bando de homens batendo em coisas ou levantando pesos que são mais pesados do que eu. Em vez disso, eles estão todos reunidos em frente à TV, que fica no canto da área cardio. O som é alto e a cena é alegre e jovial. Como sempre, Nico me vê no minuto em que eu entro. Ele está falando com um jovem lutador, mas observa cada passo que dou. Gostaria de saber se o pobre rapaz percebe que ele perdeu a atenção de Nico.

— Amei o terno. — Nico envolve seu braço em volta da minha cintura possessivamente no segundo em que me aproximo. Estava usando o seu terno vermelho favorito, sabendo que sairia do escritório mais cedo para ir direto vê-lo. A bainha é um pouco menor do que na maioria dos meus outros, mas eu quase não consegui sair dele da última vez que o usei, então achei que ele poderia ter gostado dele. Eu estava certa. Adoro que Nico me ache sexy em um terno. Alguns homens se deixariam intimidar por uma mulher vestida para trabalhar, mas não Nico. Em vez de se intimidar, ele acha excitante.

Os apresentadores começam a falar e nos juntamos aos outros em frente à TV. O locutor fala um pouco sobre a carreira de Nico, mostrando algumas gravações *daquela luta*. O aperto de Nico na minha cintura aumenta enquanto discutem a morte de seu ex-adversário, e eu fico grata por eles não repetirem o golpe que acabou com a luta.

Por fim, o presidente da Associação de MMA aparece na tela e lembra a todos que, daqui a uma semana, a luta pelo campeonato será realizada. Ele, então, faz uma grande cena na abertura de um envelope que contém o nome do adversário, como se já não soubesse, e o nome é anunciado. Trevor Crispino. A sala fica em silêncio. Aparentemente, sou a única que não tem ideia do que esse nome significa. Eu olho ao redor da sala, procurando por alguma indicação do motivo pelo qual o nome do Sr. Crispino é recebido com tal empatia, mas todo mundo parece em estado de choque. Especialmente Preach. Lembro-me vagamente de Nico me dizendo que ele achou que seria um lutador chamado Caputo.

Nico desaparece antes que eu possa perguntar a ele o que está acontecendo e, de repente, a sala silenciosa irrompe num falatório. Há muitos comentários do tipo "de jeito nenhum, merda" e "isso é besteira, ele nem mesmo é um candidato ao título", mas ainda estou perdida. Caminho até Preach, que ainda está olhando para o chão. Sua reação me deixa ainda mais em pânico.

— Preach, o que há de errado com Trevor Crispino? — pergunto hesitante, não tendo certeza se quero ouvir a resposta, porque eu sei que é ruim. Muito ruim.

Preach olha para mim, seus olhos estão vidrados e ele parece triste. Meu coração cambaleia.

— Ele é irmão de Frankie. O rapaz que morreu *na luta*. Eles estão tentando transformar isso em uma luta de vingança, uma revanche. Mas o garoto não deveria sequer estar no ringue com um lutador como Nico. Ele não está à altura. Nico vai matá-lo.

Tenho certeza de que ele não falou as últimas palavras literalmente, mas, às vezes, as coisas que não são destinadas a sair de uma forma saem do jeito que deveriam ser faladas, no final.

Encontro Nico em seu loft, sentado no escuro. Os cotovelos sobre os joelhos, a cabeça baixa, apoiada em suas mãos. Eu espero um momento antes de me aproximar, questionando-me se ele percebeu que entrei na sala. O barulho da porta do elevador é alto, não há como ele não me ouvir entrar. Mas ele apenas permanece ali, quieto, quando sigo até ele e descanso minha mão em seus ombros, mas ele não se move.

— Você está bem? — Minha voz é baixa, mas a sala está tão silenciosa, não há nenhuma dúvida de que ele pode me ouvir. No entanto, ele não responde.

Eu me curvo ao nível dos seus olhos na escuridão. Não importa que ele não possa me ver, será mais difícil me ignorar quando estou tão perto.

— O que podemos fazer?

Nico solta um suspiro pesado antes de envolver sua grande mão no meu pescoço, encostando a testa contra a minha.

— Deixe-me te abraçar.

Isso eu posso fazer. Eu só desejo ter mais a oferecer para confortá-lo. Sua voz soa crua e triste. Eu só posso imaginar o que ele deve estar sentindo. Se o meu coração está esmagado e o nó no estômago são alguma indicação, então sua própria dor deve ser insuportável. Como podem fazer isso com ele? Colocá-lo na gaiola com o irmão do homem que ele matou? Um homem que não é páreo para a sua força. Não existem regras ou algo assim?

Meu choque inicial e tristeza estão começando a se desgastar e fico aborrecida. Louca, irritada, pronta para começar uma luta eu mesma.

— Nós vamos te tirar disso. Você não tem que lutar. Isso não é esportividade, isto é para vender ingressos. — Eles não têm consciência? E a questão da segurança? Preach disse que o irmão do rapaz não é páreo, que Nico vai matá-lo. Eles não deveriam igualar-se em capacidade? Ouço a velocidade da minha respiração, minha raiva tirando o melhor de mim.

Nico ri baixinho. É tão baixo que eu nem tenho certeza se o que ouvi foi o som da sua risada. Mas então ele fala e sei que eu não estou enganada.

— Acho que vou te deixar em casa no dia da luta... com medo de que você vá pular na gaiola e dar uma porrada no cara por mim. — Eu posso ouvir o sorriso na voz dele enquanto fala.

— Eu poderia mesmo. — Devolvo o sorriso, mesmo que ele não possa vê-lo.

Passei os três dias seguintes pesquisando, analisando e à procura de qualquer brecha possível para tirá-lo da luta. Cobrei todos os favores que eu tinha e busquei opinião de todos e de cada advogado que pudesse remotamente ser capaz de nos ajudar. Até William. Mas todos tiraram a mesma conclusão: o contrato é incontestável. Claro, Nico pode recusar a luta e pagar a cláusula penal. Mas ele não vai fazer isso. As finanças de Preach estão em jogo também. Eu não sei por que eu não desconfiei do motivo por trás de fazerem Preach investir na luta. Quem elaborou os termos do novo contrato sabia exatamente o que estava fazendo. Eles conheciam Preach e Nico, não só como lutador e treinador.

Eles exploraram a relação entre estes dois homens em um nível pessoal, sabendo que Preach nunca deixaria Nico pagar sua multa e Nico nunca deixaria Preach ter um prejuízo financeiro. Dois homens teimosos que iriam proteger um ao outro até o fim, não importando o que custasse.

E ficou ainda pior. Preach decidiu que a luta ia ser boa para Nico, que ele precisa seguir em frente e enfrentar esse desastre de luta vai ajudá-lo a acabar com os restos dos laços emocionais que ainda persistem. Ele até começou a fazer Nico acreditar um pouco nessa besteira. Que um jogo de rancor é uma espécie doentia de redenção... uma chance de salvação.

Eu pulo quando ouço a porta da frente abrir. São mais de dez horas e prometi a Regina que iria trancar quando ela saiu, horas atrás, mas estava tão absorta no que estava procurando que esqueci completamente. Mas, então, eu sinto a presença inconfundível do homem que faz o meu ritmo cardíaco acelerar. Tenho absoluta certeza de que, se eu estivesse ligada a uma máquina de eletrocardiograma, seria capaz de registrar cada passo que Nico Hunter dá em minha direção.

— A porta não está trancada. — A voz de Nico é tensa. Ele é protetor, e minha falta de preocupação com a segurança é algo que eu sei que ele não gosta.

— Eu devo ter esquecido. — Olho para cima, oferecendo a desculpa esfarrapada. Eu vejo quando Nico nota a bagunça que está o meu escritório. Tenho pilhas de papéis e jornais espalhados por todo o escritório e a minha lixeira transborda com papel ofício amarelo amassado, nos quais eu comecei a traçar um ângulo para quebrar o contrato, mas não deu certo no final.

— Caso grande? — Seus olhos indicam a minha mesa para

acentuar ao que ele está se referindo.

— Mais ou menos. — Não estou mentindo... no momento, esse é o caso mais importante que eu tenho. E a realidade é que é o único caso em que trabalhei nos últimos três dias. Todos os meus outros trabalhos podem esperar.

Nico desencosta do batente da porta, onde ele descansa, e caminha para a minha mesa, pegando um pedaço de papel de cima dela, e lê algumas linhas antes de colocá-lo de volta no lugar. Ele pega uma pilha de documentos grampeados do outro lado da mesa e faz a mesma coisa, lê um pouco para ter uma ideia de em que eu venho trabalhando. Ele sabe o que estou fazendo, esse ato é para meu benefício.

— Venha, vamos para casa. — Ele está em pé do outro lado da minha mesa. Por mais que eu adore ouvir Nico me dizer que estamos indo para casa, ainda não estou pronta. Eu preciso de um pouco mais de tempo para trabalhar a minha mais recente estratégia. Tem que haver uma maneira de quebrar o maldito contrato.

— Ainda não terminei.

Vejo o queixo de Nico apertar, é ridiculamente sexy. A linha de suas formas faciais esculpidas se aprofunda e seus olhos ficam de um profundo cinza-esverdeado. Ele parece forte e ameaçador e aposto que a maioria das pessoas daria um passo para trás com a vibração assustadora que ele transmite. Mas eu não, mantenho-me firme e fico parada, embora um pouco mais excitada do que eu estava há um minuto. Nós olhamos um para o outro, cada um esperando o outro desistir, e me pergunto se vamos ficar assim por muito tempo. Mas, então, Nico quebra o impasse.

Ele não libera meus olhos enquanto passa em volta da minha mesa e puxa a cadeira para trás, inclinando a sua grande estrutura para baixo até chegar ao nível dos meus olhos.

— Você precisa fazer alguma coisa antes de eu te levar daqui?

— Eu... eu... — Eu ia dizer que estou quase pronta e que só preciso de alguns minutos, mas não tenho a chance de terminar o meu pensamento. Sou levantada da cadeira e jogada sobre o ombro de Nico em um movimento fluido. O movimento bárbaro deveria me irritar, mas me faz sorrir. Estou feliz que minha cabeça está sobre as costas dele, para que ele não possa ver que eu estou realmente me divertindo. Desafiar esse homem tem, de alguma forma, se tornado preliminares para mim.

Ele não me liberta até que eu esteja no banco do passageiro de seu carro. Ele coloca o meu cinto, enquanto eu sento com os braços cruzados sobre o peito, fingindo raiva. Depois que ele puxa o cinto e verifica que estou segura, me beija castamente nos lábios antes de correr para o seu lado do carro.

— E o meu carro? — eu implico um pouco mais.

— Vou levá-la para o trabalho pela manhã.

Deixo escapar um suspiro exagerado.

— Você é mandão.

— Você é teimosa. — Minha boca se abre com o seu comentário, embora eu saiba que é verdade. Mas Nico só acha a minha resposta divertida e dá uma risada.

236   *V*I KEELAND

QUARENTA E SEIS

Nico

Normalmente, na noite antes de uma luta, eu janto com Preach e conversamos amenidades. Mas descarto a tradição e Elle vem para a minha casa. Eu finalmente consegui convencer a mulher teimosa, impedindo-a de passar quinze horas por dia buscando uma forma de quebrar meu contrato. Pelo menos eu gostaria de pensar que a convenci, mas também pode ser porque nós estamos no limite do tempo, considerando que a luta é amanhã. A mulher é, no mínimo, um desafio quando coloca alguma coisa naquela bendita cabeça inteligente.

Elle não concorda, mas Preach acha que a luta vai ser boa para mim. Estudamos as últimas lutas de Trevor. O garoto melhorou. Muito. Ele não é o mesmo estúpido lutador arrogante que era há um ano. Ele amadureceu, encontrou paciência. A luta não será tão desigual como todos nós pensávamos inicialmente, embora estaria enganando a mim mesmo se eu fingisse que o que aconteceu com o irmão dele não foi o fator decisivo para a Liga escolhê-lo para a luta pelo campeonato. Minhas lutas são sempre rentáveis para a Liga. Mas não me lembro da última vez que o MMA foi tão divulgado pela imprensa, como foi esta semana. Meu rosto estava estampado em todos os canais de notícias, não apenas os dedicados ao esporte.

Eu levanto-a sobre o balcão da ilha enquanto faço o jantar. Ela ainda está usando suas roupas de trabalho e eu definitivamente não vou deixá-la se trocar. Gosto dela naquela roupa de mulher inteligente. É um gatilho,\ um fetiche, quase como foder a bibliotecária sexy, só que melhor, porque é Elle.

Alguns caras não fazem sexo antes de uma luta porque acham que a frustração reprimida lhes dá uma vantagem. Eu prefiro não lutar com as bolas azuis. Nunca fui de olhar por esse ângulo. Eu estudo o meu concorrente. Eu trabalho pra caramba no meu treinamento. Eu luto muito. Eu sou bom. É simples assim. Além disso, olhar para Elle balançando as benditas pernas longas, apoiadas no meu balcão da cozinha, faz com que eu não possa deixar de encaminhar as coisas dessa forma, mais tarde. Eu a olho e ela sorri. É aquele sorriso bobo. Isso pode acontecer mais cedo em vez de mais tarde.

Depois que terminamos o jantar, posso ver que algo está na mente de Elle. Eu já disse isso antes, mas, para uma advogada, ela é muito fácil de ler. E uma péssima mentirosa.

— O que está acontecendo, Anjo?

Suas sobrancelhas se erguem, seu rosto mostrando que ela não está ciente de que esteja deixando transparecer a sua preocupação.

— Nada... o que você quer dizer?

— Alguma coisa está te incomodando.

Seu rosto relaxa um pouco, mas ainda há tensão debaixo de seu sorriso forçado.

— Não... eu estou bem.

— Você é uma péssima mentirosa, Anjo. Já te disse isso.

Ela sorri.

— Talvez eu esteja um pouco nervosa. — Ela sustenta seus dois dedos, medindo um pequeno espaço entre eles, indicando que está apenas um pouquinho nervosa. Seus dedos podem dizer que é só um pouco, mas seu rosto grita muito mais.

Elle senta-se ao meu lado no sofá, mas eu agarro seu braço e a puxo para o meu colo.

— Com o que você está nervosa?

Ela envolve as mãos juntas, olhando para baixo, evitando meus olhos. Eu levanto o queixo dela, forçando-a a olhar para mim e repito.

— Com o que você está nervosa?

— Com a luta.

— Tudo bem. — Tiro seu cabelo do rosto, ela parece preocupada, quase vulnerável. — Eu não vou me machucar; pode mudar esse cara, Anjo.

Nervosa, ela morde o lábio inferior. Não é só isso. Há muito mais na preocupação dela.

— Eu sei. Quer dizer, eu sempre vou me preocupar com você se machucar. Eu não posso fazer nada. Mas... — ela hesita, considerando suas palavras.

— E então?

— Eu sei que você e Preach acham que ganhar essa luta vai ajudá-lo a superar as coisas, mas estou preocupada que vá trazer tudo de volta. Eu já o vi. Ele se parece com o irmão.

Ela está certa, ele parece. Ele realmente se parece com Frankie. É como uma espécie de destino torcido me fodendo. E estou preocupado com a mesma coisa. Mas não posso permitir que isso me controle. Eu empurro isso para o fundo da minha mente e o mantenho lá cada vez que eu penso nisso. É tudo sobre controle. As artes marciais são muito mais sobre a mente do que o corpo. Ambos devem suportar, submeter-se ao completo controle. Trabalhar em conjunto.

— Preach acha que vencer a luta vai me ajudar a superar as coisas do passado. Mas eu já sei o que é preciso. E você me ajudou muito mais ao longo dos últimos dois meses do que no um ano e meio que eu tentei resolver por conta própria. Antes de conhecer você, eu estava batendo a cabeça contra uma parede de concreto, indo a lugar nenhum. Só que eu não sabia. Nem sequer percebi que eu estava preso, até que conheci você e demos o primeiro passo. — Elle me dá um sorriso hesitante. Um pouco da preocupação desaparece do rosto... mas não toda.

— Quando nos conhecemos, éramos duas almas feridas. Ambos mantendo os fantasmas de nossas vidas escondidos, por medo do que poderíamos encontrar. Mas nada poderia ter nos mantido à parte. Eu nunca acreditei em destino. Pensei que era um monte de porcaria que as pessoas leem nos livros. Até que conheci você. Você é isso para mim, Anjo. Eu nem sabia que estava faltando alguma coisa até que eu encontrei você, mas agora não sei como consegui passar um dia sem o que você me dá. Você é minha alma gêmea. Pode parecer piegas, mas é a porra da verdade. Nada jamais foi tão verdadeiro na minha vida. Então, não, eu não estou preocupado se essa luta vai ajudar a me curar do passado, porque é você quem faz isso por mim. Você preencheu todas as rachaduras no meu coração e me fez melhor. Eu nunca pensei que diria isso depois do que eu passei, mas eu sou o filho da puta mais sortudo desse mundo.

Ela chora. É assim que ela responde à minha dolorosa declaração de mulherzinha de que somos almas gêmeas. Lágrimas escorrem pelo seu rosto e, mesmo que ela esteja sorrindo através das lágrimas, eu quero fazer essas lágrimas irem embora.

Quarenta e Sete

Elle

Nunca pensei que seria feliz. Eu me contentava com o jeito monótono da minha vida. Era bom o suficiente. Manter os altos e baixos era meu passatempo favorito. Nenhuma emoção significava nunca perder o controle, e manter o controle estava no topo da minha lista de prioridades, assim como respirar. Até que eu o conheci. Ele me faz perder o fôlego e meu coração acelerar, apenas estando no mesmo ambiente. Nem me faça falar sobre o que aquele rosto faz comigo. Ou aquelas mãos... especialmente quando estão se movimentando por todo o meu corpo como se ele não se cansasse de mim. Eu posso sentir sua necessidade por mim no seu toque. Mas são as suas palavras que me completam. Elas são cruas e honestas e cheias de emoções, e, na verdade, sinto meu coração inchar quando elas são ditas.

Ele seca as minhas lágrimas parecendo preocupado. Tenho certeza de que ele acha que perdi o juízo enquanto rio e choro ao mesmo tempo, depois de ouvir a coisa mais linda que alguém já me disse. Eu sempre tive todas as respostas na ponta da língua. Mas, neste momento, encontro-me sem palavras para dizer algo bonito em troca. Então, digo o que sinto e espero que seja suficiente.

— Eu te amo.

Ele sorri, a preocupação deixando o seu rosto.

— Também te amo, Anjo.

E, então, eu o beijo, as lágrimas ainda caindo, e ainda sorrindo, e um soluço me escapa enquanto nossas línguas se encontram. Eu estou uma bagunça, mas é bonito e real e não me canso dele. Nem agora nem nunca. Ele está certo. Somos duas almas perdidas que se encontraram e se tornaram uma. E eu sou a garota mais sortuda do planeta.

Ainda faltam horas para a luta, mas já estou pronta. Os ingressos da luta pelo campeonato esgotaram, mas Nico me deu quatro ingressos. Meu meio-irmão, é claro, mandou-me seis SMS para se certificar de que estava tudo certo para hoje. É uma disputa acirrada de quem é o mais animado, Max ou Vinny. Ambos provavelmente não dormiram na noite passada com a antecipação pulsando em suas veias.

Estou animada por também ter convidado Regina e Leonard. Regina porque, bem, ela é a melhor amiga que eu já tive... e acho que ela, às vezes, é mais animada com o meu relacionamento com Nico do que eu, se é que isso é possível. Depois de todos esses anos, ela mal podia esperar para me atirar de volta ao mundo dos vivos. E Leonard, ele é mais do que o meu chefe, ele tem sido um pai para mim nos últimos anos. Além disso, é a primeira agitação que a esposa dele permite, desde a sua cirurgia cardíaca. Ela tem muito medo de que ele possa ter um ataque cardíaco.

Num primeiro momento, esqueço o que eu estou vestindo, quando Nico tem um vislumbre meu; ele não viu a camiseta que Vinny fez para mim. Eu não tenho certeza se o garoto fez de propósito, mas é apertada, muito apertada, abraçando todas as minhas curvas. A minha camiseta é diferente da que Vinny usou da última vez. É uma foto de corpo inteiro de Nico de frente. Ele se parece mais com um modelo do que um lutador.

Nico congela no lugar por um momento, agraciando-me com um sorriso diabólico.

— Gostei da sua camiseta.

Eu sinto meu rosto esquentar e sei que eu estou virando um belo tom de rosa.

— É a minha nova camiseta favorita. Posso manter você pressionado contra mim o dia todo, mesmo em público — eu respondo timidamente.

Nico me espreita.

— Vou pressionar a coisa real contra você durante todo o dia em público, Anjo. Você não tem que pedir duas vezes. — Ele está sorrindo como se estivesse brincando, mas sei que é sério. Ele envolve seus braços em volta da minha cintura e me puxa com força contra seu corpo quente e duro. Ele está usando apenas um short de corrida e meu corpo responde ao seu toque áspero, mesmo que só tenha passado algumas horas desde ele esteve dentro de mim.

Fico aturdida.

— Você não tem uma luta para se preparar? — Minha voz sai mais gutural do que eu pretendia, mas simplesmente não consigo evitar quando ele está por perto.

Nico pressiona seu corpo no meu, eu posso sentir sua ereção pulsante empurrando contra o meu estômago.

— Eles não podem iniciar a luta sem mim. — Ele agarra minha bunda em uma de suas mãos enormes e aperta com força. Ele abaixa a cabeça com a intenção de tomar a minha boca, mas a campainha toca, lá embaixo.

— Ignore. — Sinto suas palavras nos meus lábios... enquanto ele devora a minha boca. Meu corpo responde quase que imediatamente e um gemido baixo escapa dos meus lábios quando ele me levanta por debaixo dos joelhos e embala-me nos braços e começa a caminhar em direção à cama.

A campainha toca novamente e nenhum de nós interrompe o beijo, mesmo tendo a certeza de que ele a ouviu também. Mas então ela toca novamente, desta vez mais insistentemente. Quem está lá embaixo esperando para subir não vai desistir. Nico resmunga alto, quando me abaixa e me coloca de pé.

— Não se mexa, vou me livrar de quem quer que seja. — Falando um monte de palavrões, ele caminha até o pobre coitado que está prestes a sentir sua ira.

Deito na cama por um momento, minha respiração lentamente voltando quase ao normal enquanto espero Nico voltar. Mas então ouço vozes e percebo que seja lá quem for não tem medo do homem irracional que estava em um frenesi para se livrar dele.

O DESTRUIDOR DE CORAÇÕES **243**

Eu me arrumo o melhor que posso e vou até a sala para ver quem chegou. Arrumo meu cabelo com os dedos e ajeito minha camisa, mas não há nada que eu possa fazer com o rubor no meu rosto.

— Mãe, você não precisava trazer o Vinny aqui. Eu não teria esquecido de buscá-lo. E eu te disse isso umas vinte vezes, nas últimas vinte e quatro horas. — Nico me pega na porta e me dá um olhar como se ele pudesse machucar alguém antes da luta, mas, por algum motivo, eu só acho engraçado. Ele é bonito até quando está frustrado.

— Olá, Sra Hunter. Oi, Vinny. — Eu sorrio e me aproximo de Nico, que estava bloqueando a passagem para a entrada. Nico olha para mim como se eu tivesse dado boas vindas ao diabo em sua casa, em vez de dois de seus maiores fãs.

— Você está usando a camiseta! — Vinny está animado e sorridente.

— Claro que eu estou. É a camiseta mais legal que eu tenho. — Eu pisco para ele e o rapaz todo confiante transforma-se em tímido por meio segundo antes de se virar para enfrentar Nico.

— Você gostou, Nico? — É doce como o menino quer a aprovação de Nico, e eu espero que Nico não achate seu entusiasmo, porque ele interrompeu um momento privado.

Nico olha para mim e para a minha camisa de novo, como se estivesse vendo pela primeira vez. Seus olhos ficam escuros e a resposta não é necessária. O garoto sorri quando vê sua reação, sabendo que Nico não poderia estar mais feliz.

Todos os irmãos de Nico e suas esposas já estão sentados quando Vinny, Max, e eu finalmente encontramos nossos lugares. Entre os meus amigos e sua família, nós enchemos quase duas filas. Meu padrasto conseguiu pegar o trabalho de segurança para a luta, e isso me faz sentir mal porque não pude convidar mamãe também. Eu disse a ela sobre Nico, mas eu sabia que ela ficaria nervosa. Ela jamais seria capaz de lidar com uma luta ao vivo. Muitas lembranças ruins.

Meu padrasto passa alguns minutos em nossa fila e eu começo a apresentá-lo à família de Nico. É uma sensação estranha ver nossas famílias juntas, mas, quando olho ao redor, percebo que todos estão se sentindo em casa. Meu padrasto está conversando e rindo com a mãe de Nico e o irmão mais velho dele, e Vinny e Max estão em seu próprio mundinho. Sinto uma sensação de calor ao absorver tudo... Eu não sentia como se tivesse uma família há muito tempo. Não é culpa da minha mãe, eu só não deixaria ninguém se aproximar. Eu nem sequer percebi até que Nico sorrateiramente entrou no meu coração e abriu espaço para os outros.

O locutor entra na gaiola e meu corpo fica tenso. Isso realmente vai acontecer agora. Eu fingi que não iria, que eu tinha tempo antes que tivesse que assistir Nico passar por isso. Mas não há mais tempo. E se ele congelar novamente, só que desta vez ele se machucar? Ou se ele machucar o rapaz? Será que ele vai ser capaz de viver consigo mesmo depois do que aconteceu da última vez? De repente, eu me sinto mal.

— Elle? — Eu ouço Regina me chamar, mas não consigo responder. Estou congelada no lugar, olhando para o locutor como se eu estivesse esperando alguma coisa acontecer a qualquer segundo. — Elle! — Regina agarra meus braços e me tira do transe. — Você está bem? Você está branca como um fantasma.

Eu aceno com a cabeça, mas ela não acredita. Ela me conhece muito bem.

— Vamos, vamos sair daqui. Isso é demais. — Ela segura meu braço e já está começando a me puxar em sua direção.

— Não! — Minha voz sai mais alta do que eu esperava e eu fico grata pelo locutor que acabou de enviar minha mente em uma pirueta. Ele está me afogando com suas palavras fortes disparadas em uma rápida sucessão, mas o seu significado não é registrado por mim. Eu me forço a olhar para Regina, para que ela saiba que estou bem. — Eu não posso ir. Eu preciso estar aqui.

Regina me olha nos olhos como se estivesse procurando algo. Ela ainda parece nervosa, mas para de puxar meu braço.

— Ok, ok. Vamos nos sentar. Beba um pouco de água. Por favor.

Tomo a água para fazer Regina feliz e tento me concentrar no que o locutor está repetindo.

— *Senhoras e senhores, o momento que todos aguardavam. A luta que vai encerrar todas as disputas, aguardada há mais de um ano e meio. O homem, o mito, a lenda, as mulheres não precisam ser apresentadas a ele, o único, o único Nico "Destruuuuuiiiiddooorrrr de Coraçõeeeesss" Hunter.*

A multidão vai à loucura. Vinny e Max estão de pé em cima de suas cadeiras, pulando com tanta força que eu acho que eles podem quebrá-las. A mãe de Nico, que normalmente é quieta, está gritando com as mãos em cada lado da boca. E seus irmãos estão assoviando, batendo palmas, e pulando para esmagar uns aos outros com seus próprios peitorais. O momento de loucura faz maravilhas para os meus nervos, e eu não posso deixar de sorrir para a nossa turma maluca.

Estou esperando impacientemente Nico entrar no salão, mas não preciso virar para saber o momento em que ele entra na arena. Os pelos em minha nuca se levantam e o barulho, que eu já achava alto, aumenta em alguns decibéis. O som é quase ensurdecedor. Eu o vejo seguir até a gaiola, mas é difícil vê-lo cercado por um bando de mulheres loiras de biquíni e salto alto que estão marchando pelo corredor em frente a ele. Cada uma carrega um cartaz sobre a sua cabeça com declarações de amor para "*O Destruidor de Corações*".

Eu tento, em vão, ver seu rosto quando ele passa, mas sou muito baixa para ver por cima de seu séquito considerável. Só quando ele pisa na gaiola consigo obter uma imagem clara de seu rosto. Uma das descaradas meninas de biquíni seminuas faz uma grande comoção se debruçando de forma exagerada, para beijá-lo na bochecha. Ela beija a lateral do seu perfil, mas eu vejo seu queixo se apertando e sorrio para mim mesma, notando que o beijo foi uma armação e claramente indesejável. E então ele se vira, e

246 *Vi* KEELAND

seus olhos pousam diretamente em mim. Não há procura no meio da multidão, os nossos olhos apenas se encontram, como o metal a um ímã, inexplicavelmente puxado para o outro sem esforço. Ele só precisa ver que eu estou aqui, mas é apenas um reforço, ele sabia que eu estava aqui desde o momento em que ele entrou na arena.

Depois de alguns minutos, a multidão finalmente se acalma o suficiente para o locutor falar, mas não muito.

"Senhoras e senhores, esta noite, no canto azul, temos um homem com sede de vingança. Ele está esperando há dezoito meses para ter a chance de recuperar a honra de sua família... Com vocês, Trevor "O Vingaaaaddooorrr" Crispino.

Ao contrário da última vez, a multidão não vaia. Até a família de Nico fica em silêncio. Há alguns aplausos de seus fãs, mas a maioria não faz nada e eu não sei se é por respeito a Nico, ao seu oponente, ou por seu falecido irmão. De qualquer forma, isso causa um arrepio na minha espinha, com a simples menção do horror que foi a última luta de seu irmão.

Depois de mais alguns anúncios, os dois homens são enviados para seus respectivos cantos. É engraçado como a minha razão vira preocupação. A última vez que me sentei neste lugar, eu estava preocupada com o fato de que ver esses homens lutarem poderia ser um gatilho para mim. Algo que iria desenterrar as lembranças do passado que eu tinha trabalhado tão duro para enterrar. Mas, sentada aqui hoje, eu ainda estou preocupada com a luta de Nico, mas não tem mais nada a ver com a minha própria autopreservação. Toda a minha preocupação é com o homem no octógono, sobre como ele vai conseguir lidar com o fato de estar golpeando um rosto que lhe é muito familiar. As semelhanças são assombrosas e o pesadelo nem sequer é meu. Preocupa-me que ele possa congelar e se machucar, ou que ele não consiga e os danos emocionais cobrem seu preço mais tarde. De qualquer maneira, é difícil ver uma vitória para Nico no final desta luta, não importa quem saia vitorioso.

Prendo a respiração quando a luta começa e os dois homens

se encontram no meio. Eu quero olhar para longe, salvar-me da dor de ver tudo ali, diante dos meus olhos, mas eu não consigo me permitir piscar por medo de perder um segundo sequer. Nico atinge primeiro, não dando ao seu adversário tempo nem mesmo para se aclimatar antes de batê-lo de volta três vezes com um estrondoso golpe no lado esquerdo de sua mandíbula.

Por mais que eu me esforce para ver os dois homens lutando para ganhar algo em troca, algo que foi tomado de forma errada de ambos, há uma sensação de alívio que Nico parece estar de volta a lutar com a boa forma que fez dele um campeão. Mas meu alívio tem curta duração. Nem dez segundos depois que eu finalmente expiro, deixando escapar a respiração que estava segurando, Trevor consegue dar um chute no peito de Nico e ele tropeça, suas costas batendo duramente contra a gaiola inflexível. Ele arqueia com o contato, e eu vejo a dor transparecer em seu rosto, mas ele se recupera rapidamente. Sentada tão perto, eu posso ver cada golpe em seus rostos.

Até o final do primeiro round, os dois homens deram e levaram duros golpes, lidando com a resistência da força bruta. Não tenho a pretensão de ter qualquer experiência em julgar uma luta, mas, para mim, Nico é o líder claro quando eles tomam seus lugares em seus respectivos cantos. Seus golpes são mais fortes, mais precisos. E ele tem a capacidade de se recuperar mais rapidamente dos golpes que recebe. Mas, apesar de tudo, não parece ser uma luta injusta.

Novamente, no segundo round, é Nico quem sai atacando. Ele bate rápido e furioso e dá uma série de chutes que quase jogam Trevor no chão, mas seu oponente permanece de pé. Trevor recupera o equilíbrio e tem como objetivo atingir Nico, com uma sequência de socos que Nico consegue evitar, deixando Trevor saltando para a frente com a enorme força do golpe, que não o atinge. Nico vê a oportunidade e a aproveita, batendo brutalmente nas costas do homem antes que ele tenha tempo para se recuperar de seu soco perdido. É muita coisa e muito rápido, e Trevor cai para frente, primeiro de joelhos, antes de ambos os braços perderem a firmeza e ele cair de cara no chão. Por não mais do que uma fração de segundo, ele deita imóvel no chão. Mas isso é tudo o que precisa. Eu vejo quando algo passa pelo rosto de Nico e tudo muda.

Nico só fica lá, olhando fixamente seu oponente, mesmo que Trevor se recupere, tomando seu tempo para levantar-se, cambaleando sobre seus pés antes de recuperar o equilíbrio. É como se ele fosse desistir da luta, exceto que ainda há mais de dois minutos no relógio até o fim do round. Mas, mesmo que Nico possa ter jogado a toalha, seu oponente vê isso como uma oportunidade. Ele bate em Nico com a esquerda, depois uma direita rápida. O segundo soco pousa com tanta força que eu vejo em câmera lenta quando a cabeça de Nico balança para o lado e sangue respinga de seu nariz por toda a lona cinza brilhante.

Eu assisto com horror à forma como Nico é atacado, cada série de golpes que tiram o meu fôlego. Ele nem está se protegendo, ele só está lá e recebe os golpes, como se fosse o seu castigo e ele precisa ser homem o suficiente para aceitá-lo. Preach está gritando como um louco, tentando tirar Nico daquele estado, mas é como se ele nem sequer estivesse ouvindo-o. Estremeço em cada golpe, silenciosamente implorando para o juiz interromper a luta. Eu não sei as regras, mas isso não pode ser legal. Claramente, o árbitro vê que Nico não reage e estar na gaiola é perigoso para um homem que nem sequer se protege. Mas a luta continua e continua, e são os mais longos dois minutos de toda a minha vida.

No momento em que a campainha toca no final do round, Nico está uma confusão sangrenta e eu quero morrer. Sinto-me impotente e quero correr para dentro da gaiola, agarrá-lo e abraçá-lo apertado contra mim e dizer que tudo vai ficar bem. Só que eu não posso.

O público não sabe o que fazer também. O canto uma vez frenético de *Nico! Nico!* morreu, e até Vinny e Max estão estranhamente silenciosos em seus assentos. É como se todos eles aceitassem o caminho que Nico escolheu... mas eu não posso. Eu não vou. Eu me recuso.

O round final começa quase do mesmo jeito que o último terminou, com o rosto de Nico sendo atacado e ele fazendo pouco para mudar as coisas. Eu não entendo por que todo mundo está tão tranquilo. Seus irmãos estão todos sentados e sua mãe fica em silêncio na beira da cadeira, pálida, com o rosto virado para longe da luta. Ela não pode sequer suportar ver.

Eu simplesmente não posso sentar-me calmamente e vê-lo cair sem lutar. E não vou. Levanto-me na minha cadeira e começo a gritar. Como uma louca. As pessoas ao meu redor estão olhando, mas eu não me importo. Danem-se eles, estavam todos gritando seu nome quando ele estava ganhando, mas onde eles estão agora? Depois de mais alguns socos que poucos homens seriam capazes de suportar, Trevor corre e joga Nico no chão. Os dois homens lutam por alguns segundos e, em seguida, Trevor fica por cima, o braço de Nico preso atrás das costas, sua cabeça no chão.

— Levanta, Nico! Puta que pariu, levanta! — Meus gritos são arrancados dos meus pulmões, cada palavra ardendo como se estivesse sangrando em mim. Eu não sei se ele me ouve gritar, mas eu duvido, já que Preach está mais perto e parece não conseguir chamar sua atenção. Mas então algo acontece. Nico levanta a cabeça do chão, com o braço ainda preso às suas costas, e eu posso jurar que, por apenas uma fração de segundo, ele olha diretamente para mim.

Falta menos de um minuto para terminar a luta, mas nós dois sabemos que muito pode mudar em um único minuto. O curso de toda uma vida pode ser redirecionado, um homem pode escolher viver, um homem pode morrer inesperadamente. Nada é definitivo até que se dê o último suspiro.

Eu não faço ideia de como Nico conseguiu se manter firme, com Trevor quase quebrando seu braço, mas, menos de dois segundos depois, Nico está de volta em pé e há um fogo em seus olhos. Trevor volta e se prepara, com a expectativa de continuar a luta, mas essa não é mais uma continuação, é uma luta totalmente nova. Nico dá um golpe nas costelas e seu oponente cambaleia para trás três vezes. Não há tempo para Trevor se recuperar, para recuperar o equilíbrio, antes de Nico golpeá-lo, levando-o para o chão. E depois que Nico fica por cima dele, aterrissa golpe após golpe, cada um mais devastador que o outro.

Faltam dez segundos no relógio, quando Nico recua um pouco, mas o seu adversário teimoso levanta a cabeça, tentando desesperadamente ficar de pé, apesar de estar visivelmente cansado. E então Nico o golpeia. Duramente. A cabeça do homem oscila, aparentemente desequilibrada, e os olhos rolam para trás em sua cabeça. Eu vejo em câmera lenta quando sua cabeça balança para cima e para baixo duas vezes mais, antes de finalmente chegar a descansar inerte sobre o chão.

A arena fica em silêncio. Há vinte mil pessoas ali, mas eu posso ouvir o paramédico que correu para dentro da gaiola gritar ordens e o juiz instruir os homens de terno, que o assistem do lado de fora, que ele está encerrando a luta. Nocaute.

Eles enfiam algo debaixo do nariz do lutador inconsciente e vejo sua cabeça virar de um lado para o outro. Ele está acordado e vivo e um suspiro coletivo é ouvido ao redor da arena. Depois de alguns minutos, Trevor se levanta com a ajuda de seu treinador e sai da gaiola. Mas Nico ainda está de pé ali, olhando para o lugar onde Trevor estava antes, e então, o árbitro levanta seu braço indicando a vitória. A multidão vai à loucura, mas eu vejo no rosto de Nico que não há motivo para comemoração.

Por todo o caminho para encontrar Nico, eu me preocupo que ele pode me mandar embora quando eu chegar ao vestiário. Estou surpresa por encontrar uma dúzia de pessoas esperando numa fila do lado fora de sua porta. Fico ainda mais surpresa ao descobrir que muitos já entraram. Fotógrafos disputam fotos do novo campeão, mas eu posso ver que ele não está com disposição. Duas vacas de biquíni, do desfile da entrada, estão tentando aconchegar-se em cada lado dele para que as fotografias pareçam mais interessantes. Eu sei que tudo isso faz parte do marketing, mas meus nervos estão abalados e não tenho paciência para isso.

— Não toquem nele — eu advirto quando uma delas levanta a perna e a envolve ao redor do corpo de Nico. Ela para e me olha de cima a baixo, sorrindo para a minha camiseta. Ela provavelmente pensa que eu sou uma fã solitária, com esperança de ter sorte esta noite. Que eu não sou páreo para seu convite aberto para uma coisa certa. Mas não tenho tempo ou paciência para fingir que eu ligo para o que ela pensa. Nico me observa atentamente quando dou alguns passos para fechar a distância entre nós.

— Vamos sair daqui. — Fico aliviada ao ouvir as palavras de Nico. Se ele não tivesse sugerido sair, eu provavelmente teria exigido isso.

Muitas pessoas gritam com Nico que ele ainda não pode ir embora quando saímos pela porta. Mas nenhum de nós se importa.

QUARENTA E OITO

Elle

Já se passaram quase dois dias. Nico não me afastou como da última vez, mas foi quase a mesma coisa, porque ele se fechou completamente. Já tentei de tudo... abraçá-lo, falar tranquilamente, colocar-me à disposição para ajudá-lo, mas ainda não tive resposta. Eu estou começando a pensar que Preach está certo, ele precisa de um médico.

Quebrou meu coração na primeira noite quando ele olhou fixamente para o teto. Ele não disse, mas eu sabia por que ele não podia fechar os olhos. Eu passei pela mesma coisa por anos. Em vez de simplesmente acabar e se render ao sono, você vê aquele momento, congelado no tempo, em sua cabeça. E então você fica com medo de fechar os olhos. Com medo de dormir, com medo dos pesadelos que você sabe que vai ter. Aterrorizado de ser forçado a reviver tudo de novo em sua cabeça, porque tudo parece tão real.

Ontem, ele finalmente tomou os comprimidos que Preach vinha tentando me fazer dar a ele desde a primeira noite. Seu corpo precisa de descanso, as lesões físicas exigem tempo para curar. Nico pode ter sido o vencedor, mas seu corpo levou uma surra implacável nos curtos minutos nos quais ele se rendeu. Ele está inchado, cortado e com hematomas pretos e azuis. Em todos os lugares. Segurei gelo em seus ferimentos quando ele finalmente dormiu, rotando por lugares diferentes de seu corpo a cada quinze minutos, durante mais de dez horas, até que não havia mais nada frio no congelador para segurar contra ele. Essas pílulas funcionam, ele não se move uma vez... nem pelo gelo contra ele ou pelo meu toque.

Mas hoje ele está pior. O meu lado doente e torcido quase deseja que ele ainda estivesse dopado e dormindo. Pelo menos, eu poderia fingir que tudo estava normal e que ele estava se recuperando da luta. Hoje, ele não está mais sonolento. Ele está alheio a tudo, inclusive a mim. Ele não vai me dizer para ir embora, mas não precisa. O corpo dele disse isso quando eu o toquei esta manhã e ele se encolheu. Eu deveria ser mais compreensiva com o que ele está passando, mas sua reação me atingiu, rasgando meu coração em pedaços.

Eu não quero pressioná-lo, mas não consigo evitar. Eu me sinto egoísta, odiando a sensação no meu estômago, mas preciso saber que ele está bem. Que *nós* vamos ficar bem. Eu não tenho ideia de se isso vai funcionar, mas não posso mais ficar aqui apenas esperando que ele me empurre para ainda mais longe. Ele não nota quando arrumo minha mala; eu esperava que seu desejo de que eu ficasse fosse mais forte. Isso seria o suficiente para fazê-lo sair disso quando ele me visse sair pela porta. Mas, em vez disso, ele apenas balança a cabeça quando digo a ele que vou para casa. Eu o beijo nos lábios suavemente, mesmo que ele não corresponda. Eu quero sentir essa bela boca na minha uma última vez antes de ir, sabendo que poderia ser a última após o que estou prestes a fazer.

Mesmo tendo tirado alguns dias de folga, vou direto para o escritório falar com Regina, esperando que ela vá apoiar minha decisão. Leonard está na mesa quando eu entro, e está sorrindo. Ele provavelmente pensa que estamos comemorando. Seu rosto cai quando me aproximo. Eu estou uma bagunça e não posso nem pensar em tentar esconder.

— Você pode sair para o almoço mais cedo? — Regina está de pé para ir comigo antes de eu terminar a pergunta. Leonard não hesita quando lhe digo que preciso do resto da semana de folga.

Leonard me para quando viro para sair com Regina.

— Cuide-se. E a mantenha com você pelo resto do dia. Vou chamar a dona encrenca para vir trabalhar na recepção. Ela está me enchendo o saco pra passar mais tempo com ela, de qualquer forma... talvez isso vá contar para minha nova quota. — Ele tenta disfarçar sua preocupação comigo, mas está escrito em seu rosto, claro como o dia. Surpreendendo-o, eu me aproximo e beijo seu rosto antes de sairmos do escritório.

É verdade, atualmente, você realmente pode encontrar qualquer coisa com o Google, e um pouco de determinação. Assim que eu encontro o que preciso, ligo e marco um horário para vê-lo no dia seguinte. Eu queria que fosse hoje, mas vai ter que esperar. Regina fica comigo pelo resto da noite, fingindo dormir no meu sofá, mas sei que ela nunca planejou me deixar desde o minuto em que ela me viu hoje.

Nico

Já faz alguns dias desde que a vi pela última vez. Pelo menos eu acho que sim. Um dia apenas passa para o outro quando você só deita e se afoga na sua própria autopiedade. Ela não ligou desde que saiu e eu não a culpo.

A porra do Preach me fez acreditar que a luta iria me curar, que voltar à gaiola me faria sentir inteiro de novo, normal. As coisas estavam começando a ficar boas, pela primeira vez em um longo tempo, antes de eu voltar. A decisão foi minha, mas nunca vou perdoar Preach por me dizer que eu estava certo.

Eu deveria ter acabado o que comecei, permitindo-o me golpear até que eu estivesse fora. Mas então eu comecei a me levantar do tatame, pronto para receber a minha penitência final, quando a vi. Foi apenas por um segundo, mas foi o suficiente. De pé em sua cadeira, gritando e aplaudindo, vestindo meu rosto em sua camiseta. Eu pensei que era um sinal. Um sinal de que Preach estava certo e de que eu precisava ter de volta o que era meu, para seguir em frente com a minha vida. Então, eu fiz isso. Eu estava sobre o irmão do homem que matei... o homem que se parece com ele, e dei outro golpe. E ele não se mexeu. Sua cabeça sacudiu em câmera lenta e vi quando ele caiu inerte. Eu pensei que o tinha matado. Mais uma vez.

Porra, Preach. *Passe por isso, retome sua vida e siga em frente*, foi o que ele disse. Olha para onde isso me levou. Mostrei à primeira pessoa que eu pensei que me compreendia, em um longo tempo, minhas verdadeiras cores. Eu sou um monstro. Eu não a culpo por ter me deixado.

A campainha toca novamente no andar de baixo. Eu sei que é Preach, ele é o único que se recusa a me ouvir e me deixar em paz. Que Deus me ajude, eu posso não ser capaz de me impedir de acabar com o velho neste momento. Ele testou a minha paciência e não vai demorar muito para receber o castigo que ele merece. O desgraçado deve estar miserável também.

Eu coloco o elevador para baixo e o espero pacientemente voltar. Estou cheio dele e ele vai saber disso. Praticamente rasgando a porta do elevador para fora das dobradiças, eu o abro, pronto para atacar Preach.

— Mas que porra!

O visitante confuso dá um passo para trás, levantando as mãos em sinal de rendição. Por um segundo, eu estou confuso, quase não reconhecendo o homem que recua no elevador, por ele estar completamente vestido.

— Opa, cara. Se não for um bom momento, eu vou embora.

Eu fico ali, sem saber o que dizer ou fazer. Estou um pouco em estado de choque ao vê-lo. Seu rosto relaxa quando a minha raiva é substituída por confusão.

— Você vai me convidar para entrar, ou vai chutar a minha bunda novamente? — Trevor sorri. Seu rosto está machucado e cortado, mas ele está ali, dentro do meu elevador, parecendo melhor do que eu.

Eu finalmente me afasto, apontando silenciosamente para ele entrar. Trevor entra e assobia em aprovação.

— Espaço agradável. — Eu vejo quando ele olha ao redor,

256 *VI* KEELAND

seus olhos caindo sobre o cinturão de campeão que eu não toquei desde que Preach jogou em mim, há dois dias. Ele está caído no chão na sala de estar.

Trevor ri:

— Se esse fosse o meu cinturão, eu ainda o estaria vestindo. Aposto que essa coisa pode trazer belos peitos e bundas com ele.

Eu não estou rindo com ele quando ele volta sua atenção para mim, entendimento se espalhando pelo seu rosto enquanto ele fala.

— É mesmo, você não precisa de nenhuma dessas merdas. Aquela sua pequena advogada é sexy pra cacete, mas com certeza é o suficiente. Ela poderia vender gelo para um esquimó. — Ele balança a cabeça como se estivesse refletindo.

Meus punhos se apertam ao meu lado com a menção de Elle. Quem esse palhaço acha que é, andando na minha casa e falando merda sobre a minha garota? Como um bom lutador, ele lê o meu rosto e sabe que há problemas a caminho. Levantando as mãos novamente em sinal de rendição simulada, ele emite um som.

— Fique tranquilo, cara, eu não quis faltar com o respeito. Ela é uma grande mulher.

— O que você sabe sobre Elle? — Levantar as mãos não vai me fazer parar quando ele falar sobre Elle, mas vai tornar mais fácil para mim rasgar seus olhos para que nunca mais os coloque sobre ela novamente.

— Ela veio me ver, cara. Eu fui um perfeito cavalheiro, acalme-se. Eu não sou estúpido o suficiente para arriscar ser nocauteado duas vezes por você.

Eu me forço a relaxar os punhos fechados.

— Olha, eu não estou entendendo sobre o que você está falando. Você pode me esclarecer?

Trevor concorda.

— Sua garota veio me ver. Encheu-me de que você está

sofrendo por causa da nossa luta — ele para e respira fundo. — E pela sua luta com o meu irmão.

Ele tem a minha atenção agora. Trevor olha nos meus olhos, de homem para homem, quando continua.

— Meu irmão não foi sua culpa. Nós não culpamos você. Poderia ter sido qualquer lutador lá. Poderia ter acontecido com qualquer um de nós, até eu. Sua cabeça não estava bem. Os médicos disseram que era um sangramento lento e poderia ter saído a qualquer momento.

Estou ouvindo as palavras, mas não posso acreditar que elas estão sendo ditas.

— Se eu não te culpo, por que você ainda está se culpando? — Eu não tenho resposta para a sua pergunta.

— Escuta, cara. No fundo, eu sabia que não tinha chance com você também. Mas a luta foi boa para mim, me deu a exposição que eu precisava para fazer meu nome. Você sabe que aquela merda sobre rancor era só pra vender ingressos. — Ele anda em direção ao elevador aberto, colocando a mão no meu ombro enquanto passa.

Trevor levanta o portão e parece que vai sair, mas então ele se vira para mim.

— Frankie não gostaria que você levasse isso com você. Costumava vê-lo na TV o tempo todo e tentava memorizar seus movimentos. Ele gostaria que você levasse essa bunda gorda de volta para a gaiola e mostrasse a todos como se faz. — Ele levanta a mão, apertando a minha, e dá um passo para dentro do elevador. — E se isso não te fizer parar de pensar em si mesmo, vou te dar 24 horas para procurar sua advogada. Se ela não estiver sorrindo de novo até lá, vou considerar jogo justo eu tentar devolver seu sorriso, por minha conta. — Ele abaixa a porta, fechando o trinco. Homem inteligente, colocando aço entre nós após o último comentário.

Quarenta e Nove
Elle

Acho que já abri um buraco no tapete da minha sala hoje. Às vezes, as melhores intenções acabam sendo os pregos que constroem a casa do fracasso. Trevor disse que iria vê-lo, e ele parecia sincero, mas eu nem tenho certeza se ele realmente foi. Pior, e se ele foi até lá e Nico considerar a minha atitude como uma traição... imperdoável.

E então meu telefone toca e meu coração dispara com esperança. Mas ele rapidamente desanima quando eu vejo o rosto de Regina piscando na tela. Não que eu não aprecie seu cuidado constante, desde que ela foi embora esta manhã, mas ela não é a pessoa que eu desejo ver em minha tela.

Regina quer que eu encontre com ela para irmos à reunião. Eu realmente não quero, não estou com humor para isso. Prefiro ficar em casa e de mau humor, com os meus bons amigos Ben e Jerry. Mas ela está preocupada comigo, o que, por sua vez, significa que ela não vai aceitar um não como resposta. Ela é incansável até que eu finalmente concordo, e, com toda a honestidade, faço isso só para que ela se cale. Eu não acho que preciso ir à reunião, mas concordo porque eu sei que ela não vai dormir esta noite se eu não concordar.

As reuniões da terapia do luto são mais ou menos como reuniões de AA. As pessoas vêm e vão, algumas perdendo sua batalha para superar sua dor, outras tendo sucesso em seus esforços e compartilhando suas histórias. Regina e eu participamos de reuniões neste centro comunitário há mais de dez anos. Durante anos, eu comparecia três vezes por semana, nunca compartilhando a minha história com ninguém, mas ouvir as pessoas me ajudou...

ao descobrir que eu não estava sozinha em minha batalha. Foi onde eu conheci Regina.

Seu marido morreu em um acidente horrível, no qual o motorista estava sob o efeito de álcool e o passageiro ficou gravemente ferido. Infelizmente, seu marido era o motorista e ela era a passageira. Então, muitas pessoas tentaram me ajudar ao longo dos anos, mas foi de Regina que eu, finalmente, me aproximei. Nós duas estávamos atormentadas pela culpa e a vergonha, gastando toda a nossa energia tentando esquecer o que aconteceu em nossas vidas. Ela me ajudou a dar passos de bebê para frente quando eu pensava que precisava correr para trás.

Reconheço algumas caras quando sentamos na fileira de trás; alguns estão aqui há dez anos, como nós, já outros, parecem estar em sua primeira vez. Qualquer pessoa pode compartilhar sua história, não deve haver julgamento entre os membros. Depois de dez minutos, eu começo a relaxar. Por mais que eu odeie admitir, Regina tinha razão ao me trazer aqui. Os últimos dias têm aberto velhas feridas, e sinto conforto em ouvir as amáveis palavras do líder sobre o perdão. Ele também me faz pensar que eu fiz a coisa certa com Nico, mesmo que ele não reconheça. Eu prefiro curá-lo e ele me odiar a ele continuar sofrendo e ficar ao meu lado.

O líder do grupo anuncia que um novo membro gostaria de falar. Somos lembrados da regra de desligar os telefones, e eu ainda estou remexendo na minha bolsa desorganizada, em busca do meu telefone, quando *a* voz me atinge. Eu sei que é ele, mas, quando olho para cima, ainda não consigo acreditar no que meus olhos estão vendo. Ele não olha para cima quando fala em voz baixa.

— Uma mulher inteligente me disse para vir aqui meses atrás... mas eu era teimoso demais para ouvir.

Nico inala profundamente, empurrando uma respiração em voz alta antes de começar, com o rosto ainda voltado para baixo.

—Dezoito meses atrás, eu matei um homem. Eu não pretendia, mas aconteceu. Eu sou um lutador e aconteceu durante a luta. O juiz considerou uma jogada limpa, mas isso não mudou o fato de que foi a minha mão que deu o golpe que o matou. Eu passei o último ano da minha vida sob uma nuvem de culpa e vergonha. Eu segui, vivendo dia após dia, mas também estava morto. Eu estava entristecido pela perda do homem, e pela perda de quem eu era. Durante um ano inteiro. Um ano da minha vida que não posso recuperar. Mas só hoje percebi que havia perdido esse tempo.

Nico faz uma pausa e eu prendo a respiração, enquanto assisto a cabeça dele lentamente levantar. Seus olhos encontram os meus instantaneamente, assim como em todas as outras vezes. Todo o resto na sala desaparece e é como se estivéssemos apenas nós dois, em um longo túnel, sentados em lados opostos, mas inexplicavelmente atraídos um pelo outro.

— Então, hoje, eu recebi um presente. Um presente de uma mulher incrível. Ela me deu o dom do perdão, porque pensei que era o que eu precisava para seguir em frente. Mas eu estava errado. Ninguém estava me impedindo de seguir em frente, apenas eu mesmo. Ela me ensinou mais sobre lutar para se conseguir algo do que eu aprendi durante metade da minha vida, na gaiola. Eu finalmente entendi... o que nos faz seguir em frente é aceitar o que sentimos e compartilhá-lo.

A voz de Nico torna-se instável e eu luto contra a vontade de ir consolá-lo, mas não consigo conter a torrente de lágrimas que caem do meu rosto em silêncio.

— Hoje, eu fiz as pazes com ele, Anjo. E você me deu isso. Eu só gostaria que houvesse algo que eu pudesse lhe dar de volta, que significasse tanto quanto o que você fez por mim. Mas não tenho nada significativo o suficiente para te dar em troca. Então, se você me quiser, eu quero passar os próximos cinquenta ou sessenta anos tentando retribuir... agradecendo todos os dias. Porque você, meu anjo, é tudo o que eu preciso.

Meus pés não podem chegar a ele rápido o suficiente. Eu quase derrubo duas fileiras de cadeiras dobráveis à minha frente, tentando passar. Mas quando finalmente consigo, ele me segura tão apertado que todo o resto desaparece e eu sei que nós vamos ficar bem. Enquanto tivermos um ao outro.

EPÍLOGO

Elle

Seis meses depois...

É quase uma da tarde, de sábado, quando eu saio do escritório. Nico me pediu para vir ao centro de treinamento para ajudá-lo com alguma coisa. Ele está sendo evasivo, não quis me dizer do que se trata. Sinto um nó no estômago enquanto dirijo, esperando que não ouvir más notícias. Os últimos seis meses têm sido o momento mais feliz da minha vida. Eu nem tinha percebido o que estava perdendo até que conheci Nico Hunter. Mas ele tem outra luta, em breve, e eu me preocupo que ele possa ter ouvido algo que possa desestabilizá-lo. Nós fizemos tanto progresso, individualmente e como casal. Conseguimos, finalmente, colocar nosso passado no lugar e seguir em frente... juntos. Nós não tentamos afogá-lo mais, gostando ou não, o nosso passado é nosso, e isso nos fez o que somos hoje. Aceitamos e seguimos em frente.

Fico surpresa quando encontro a academia quase vazia. Geralmente, aos sábados, o lugar está cheio de rapazes sem pescoço. Sal, na recepção, me diz que Nico está à minha espera na sala dos fundos. A sala dos fundos é um grande espaço aberto, quase da metade do tamanho da academia, só que está inacabado e vazio, com algumas prateleiras de metal que revestem as paredes e alguns armários de arquivo com mais de uma década. Nico deve querer ver algum documento.

A sala está escura quando eu abro a porta, e estou prestes a fechá-la, quando uma placa de identificação na porta me chama a atenção. *Anexo das mulheres.* Eu não me lembro de ter visto isso antes e certamente nunca vi nada voltado para mulheres neste templo de machos.

O DESTRUIDOR DE CORAÇÕES **263**

A curiosidade me toma e eu acendo a luz, atordoada com a visão que encontro diante dos meus olhos. O que antes parecia uma garagem de grandes dimensões é, agora, um lugar completamente reformado. As paredes estão pintadas de um rosa pálido, há esteiras de borracha no chão, semelhantes às negras da academia, mas estas são cinza claro, menos brutas. Fotos estão penduradas nas paredes, a maioria de mulheres com roupa de ginástica se exercitando e praticando kickboxing. À minha direita, há uma parede forrada com equipamentos de ginástica, tudo cromado e brilhante, reluzente e novo. Grandes espelhos cobrem as paredes atrás do equipamento e um movimento em seu reflexo me chama a atenção e me assusta um pouco. Viro para a minha esquerda, seguindo o reflexo, e encontro Nico parado na porta de uma sala, uma sala que nem estava lá da última vez que estive aqui para pegar alguns suprimentos.

— Surpresa? — Nico sorri para mim; ele parece satisfeito ao descobrir que eu estou.

— Quando você fez tudo isso? E por que não mencionou que estava fazendo?

— Porque eu queria que fosse uma surpresa.

— É lindo. — Eu olho em volta, vendo a totalidade da transformação. É realmente bonito. Diferente do espaço músculo que está do outro lado da porta. Parece suave e convidativo, não é duro e intimidante. — Mas parece tão... diferente do resto do centro de treinamento?

Nico ri.

— Isso é porque ele é diferente, Anjo.

— É uma academia de mulheres?

— Mais ou menos. — Desencostando do batente da porta, Nico caminha para mim. Eu o vejo seguir em minha direção, sabendo que ele não vai deixar qualquer distância entre nós; ele vai invadir o meu espaço. E ele o faz. Ele para em frente a mim, perto o suficiente para que os pelinhos em meus braços levantem e meu corpo responda à sua proximidade. Eu nunca me cansarei do que este homem faz comigo.

Nico passa a mão no meu pescoço, puxando-me para um beijo rápido nos lábios, liberando-me apenas o suficiente para que eu possa ver seu rosto, mas nossos corpos ainda estão se tocando quando ele continua.

— Este é um novo centro de autodefesa para mulheres. Eu trabalhei nele com Janna, lá do abrigo para mulheres agredidas no qual você é voluntária. Vou dar aulas três noites por semana, quando o centro de treinamento fechar, para ensinar às mulheres a defender a si mesmas.

Eu não sei o que dizer por um minuto, é raro, mas estou realmente sem palavras. Nico não se move. Em vez disso, ele espera, dando-me tempo para organizar meus pensamentos. Seu polegar esfrega suavemente para cima e para baixo a parte de trás do meu pescoço enquanto eu assimilo tudo.

— Você fez isso por mim? — As palavras saem como um sussurro, um pensamento que escapou da minha boca.

— Eu fiz isso por nós. Eu não pude estar lá para você e sua mãe quando vocês precisaram de ajuda. Eu sei que isso não faz sentido, mas nunca vou me perdoar por não estar lá para você. Mas posso tentar estar lá para a próxima mulher que precisar se defender. — Nico faz uma pausa, procurando meus olhos. — Você mudou minha vida, deu-me paz. Prometi que ia passar o resto da minha vida tentando devolver-lhe o que você me deu. Este é apenas o começo.

— Eu... eu não sei o que dizer.

— Diga que você gosta, Anjo.

— Eu gosto, amor. — Eu sorrio para o cara durão e imponente olhando para mim tão docemente.

— Isso é bom. Porque você vai ser minha assistente. — Ele sorri como um gato de Cheshire.

Eu levanto minhas sobrancelhas, surpresa.

— Vou?

— Sim, eu vou colocar as minhas mãos por todo o seu corpo na frente da turma e você vai chutar a minha bunda.

Eu me estico, fechando minhas mãos atrás de seu pescoço. Faço o meu melhor para passar uma imagem séria.

— Eu não tenho certeza se posso fazer isso.

Nico parece preocupado e, por um segundo, me sinto mal por ter tentado enrolá-lo.

— Eu sinto muito, Anjo, se for muito duro para você...

— Oh, se é duro, eu definitivamente não tenho certeza se posso fazer isso... — Eu sorrio.

A expressão de alívio passa pelo rosto dele, mas é rapidamente substituída por outra coisa... e a outra coisa parece diabólica.

— Oh, é sempre muito *duro* para você, Anjo. — Ele me puxa mais apertado contra ele, demonstrando que suas palavras são verdadeiras quando eu sinto sua grossa ereção em mim. — Vamos batizar o nosso novo escritório.

— Nosso novo escritório?

— Sim, eu ia levá-la num passeio completo, mas agora vai ter que esperar até mais tarde. Muito mais tarde.

E é o que fazemos. Nós batizamos o novo escritório... e a nova sala de aula, e o chão...

Mais três meses depois...

Elle

Tanta coisa mudou no ano passado. Nico ainda é o campeão, mas agora nós celebramos depois de uma luta. Nós começamos uma nova tradição de fazer uma festa na noite após uma vitória, no centro de treinamento de Nico. Nenhum de nós olha para trás, para o tempo em que ganhar uma luta só causava dor.

Minha mãe veio para a festa hoje à noite. Ela não estava pronta para ver a luta, mas estamos trabalhando para isso. Passos de bebê, sem correr mais para trás. Eu vejo quando os sobrinhos loucos de Nico treinam no ringue principal vestindo três tamanhos grandes demais para eles. Preach, naturalmente, está num canto com um de oito anos, e Nico treina o outro. E o árbitro? Bem, é Vinny, claro.

Hoje à noite, nós vamos dizer aos nossos familiares que vamos nos casar. Eu gostaria de ter uma história romântica para compartilhar, talvez que ele tivesse feito o pedido em um passeio de balão de ar quente, ou pediu minha mão em casamento em um bilhete num biscoito da sorte. Mas eu concordei em casar com Nico, o super sexy campeão dos pesos pesados, e não com um Príncipe Encantado maricas. Então, ao invés de uma história romântica, vou corar quando eu pensar em como o homem por quem eu sou loucamente apaixonada me pediu em casamento.

Nico

Não há um olho seco em casa quando eu anuncio que Elle concordou em se casar comigo, ontem à noite. Ela me fez jurar não compartilhar que eu a fodi até que ela concordasse em casar comigo. Mas ela gritou *sim* pelo menos uma meia dúzia de vezes enquanto o orgasmo nos atingia.

Pode não ter sido tradicional, mas é a maneira que eu quero me lembrar do momento mais feliz da minha vida, então para o inferno com a tradição... vamos fazer a nossa própria. Eu tinha planejado dar flores e me ajoelhar para fazer o pedido hoje, antes da festa, mas, como um bom lutador, eu aproveitei o momento, mudei as coisas na hora, e foi assim. Eu não consegui me segurar. Entrei no quarto e ela estava deitada na cama e sorriu para mim. Com o pôr do sol, o céu vermelho passava pela janela aberta e lançava uma sombra ao seu redor. E lá estava ela. Meu anjo. Então eu fiz amor com ela e lhe disse como me sentia. Que eu nunca estive mais feliz na minha vida, que ela era o meu anjo e eu queria acordar com ela todos os dias pelo resto da minha vida. Dar-lhe o meu nome e tornar oficial, embora, no meu coração, já fosse algo concretizado.

As mulheres a cercam, soltando *ooh* e *aah* para o seu anel e começam a fazer um milhão de perguntas sobre o casamento, mesmo que o pedido tenha sido feito ontem à noite. Ela me pega olhando e sorri para mim. É o seu grande sorriso bobo, o que eu sei que ela não pode fingir... e é todo para mim. Dois anos atrás, eu achei que jamais teria paz em minha vida novamente. Mas, hoje, quando olho ao redor da sala, eu percebo que tenho muito mais. Eu não acho que mereço o que tenho, mas valorizo tudo isso. Eu sorrio de volta para Elle quando Preach se aproxima de mim, batendo o braço no meu ombro.

— Você é um cara de sorte. — O velho tem um jeito com as palavras.

— Tenho certeza de que sou. E nunca vou me esquecer disso novamente.

Mais oito meses depois...

Elle

Eu ainda estou flutuando depois dos últimos dias. Nosso casamento foi tudo o que eu poderia ter sonhado, e um pouco mais. Eu nunca vou esquecer o olhar no rosto de Nico quando nossos olhos se encontraram enquanto eu estava no final do corredor. Havia quase duzentas pessoas assistindo ao meu lento caminhar até o altar, mas eu não vi ninguém. Todo o resto se tornou um borrão, exceto o sorriso no rosto de Nico. O rosto que assistiu cada passo meu era claramente para mim, mostrando cada emoção que estava sentindo. Emoções que espelhavam as minhas. Emoções que eu finalmente era grata por ter.

O som das ondas batendo na praia enquanto nós andamos

enche meus ouvidos. A água quente molha meus pés a cada onda e eu posso esperar para que ela me molhe de novo quando se afasta. Kauai é bonito, um lugar perfeito para uma lua de mel. Mas não é páreo para o rosto bonito que sorri para mim, enquanto caminhamos de mãos dadas pela praia sob o sol do fim de tarde.

Então eu pego um vislumbre da minha sombra, e o que eu vejo me tira o fôlego. Eu já não estou fugindo de algo que não existe. Eu não preciso. Eu não vejo o meu próprio fantasma em uma sombra, quando olho para baixo, vejo Nico. Sua sombra paira sobre nós dois. É grande e é ousada e se ergue de forma protetora. Assim como o homem.

AGRADECIMENTOS

Obrigada a todos os blogueiros que generosamente doam seu tempo para ler e apoiar as autoras! Eu sei que, sem toda a sua ajuda para divulgar meus livros, a popularidade das minhas histórias não seria a mesma.

Um agradecimento especial a três mulheres maravilhosas que tanto fizeram para me ajudar a publicar minhas histórias. Nita (The BookChick Blog Reviews), Andrea, e Jen (RomCon). Obrigada por serem minhas leitoras betas, revisoras, fazerem vídeos maravilhosos, lindas imagens e, principalmente, pela sua honestidade!

Por fim, muito obrigada a todos os leitores. É muito divertido criar histórias quando você tem leitores incríveis que amam seus personagens. Continuem me escrevendo, eu realmente amo ouvir vocês!

Todo o meu carinho,

Vi

Entre em nosso site e viaje no nosso mundo literário.
Lá você vai encontrar todos os nossos
títulos, autores, lançamentos e novidades.
Acesse www.editoracharme.com.br

Além do site, você pode nos encontrar em nossas redes sociais.

 https://www.facebook.com/editoracharme

 https://twitter.com/editoracharme

 http://instagram.com/editoracharme